エルフ奴隷と築くダンジョンハーレム
―異世界で寝取って仲間を増やします―
Made with elf slaves
火野あかり
Author Akari Hino
ねいび
Illustration Neibi
2
JN031475

CONTENTS

Dungeon harem Made with elf slaves

ダッシュエックス文庫

エルフ奴隷と築くダンジョンハーレム2
―異世界で寝取って仲間を増やします―

火野あかり

プロローグ

目が覚めて最初に考えたのは、自分が生まれ直した意味。

どうやら異世界であるらしい世界に、どういう奇跡があったのか生まれ直すことになった。

為《な》すべき何かがあるのかと頭の中で聞いてみても、誰も何も答えることはない。

この世界を救えだとかそういった役割を与えられているわけではないらしい。

次に考えたのは、以前の人生について。

乳幼児の未成熟の脳髄《のうずい》だからなのか、それとも単に思い出すような出来事がないからなのか、熱いものはひとつも見つけられず、脳裏《のうり》をよぎるものとてなかった。

——ああ、俺は前世で何もできなかったのか。

何一つ大事なものを見つけられず、何一つ守れなかった。

賢《かしこ》いつもりで、わかったつもりで避けてきた平凡な物事こそが本当に必要なものだった。

生きていたつもりの人生は、時の浪費《ろうひ》でしかなかった。

そう気づいてしまったとき、前世の自分が自分の中で本当に死んでしまった気がした。

——これは罰《ばつ》なのだ。

赤子が生まれた直後に泣きわめくのは、きっと後悔と悲しみ、寂《さび》しさや虚《むな》しさのせいなのだろうと強く実感しつつ、マルス・アーヴィングはこの世に生を受けた。

――今度の人生は後悔しないように生きよう。

後悔先に立たずという言葉は、前世の意識を持って生まれ変わった自分には当てはまらない言葉だ。

次に死んで生まれ変わるようなことがあったとき、前世は良い人生だっただろうと自分で自分に誇れるように生きていく。

――生きるとは何かに関《かか》わり続けること。

人でも出来事でも、心動く何かに触れ続けることこそが人生だ。

それが旅に似ていると気づいた日、少年は剣を取る。

英雄になりたいわけじゃない。そんな器《うつわ》を与えられたわけでもない。

愛する者と生きていく――。

そのためには力が必要なのだと、生まれたその日に知っていた。

奇跡が嚙《か》み合って生まれた望みは、平凡で退屈で、ありふれたものだった。

第1話

「あれは……街か……？」

目を細めてみると、砂塵《さじん》の先に建物の影が見える。

おぼろげな全体像は一軒や二軒ではないようだった。

黒髪の少女ハズキが敬礼するようなポーズで街を眺《なが》め元気な声を上げる。

「おおーっ！　懐《なつ》かしい風景ですっ！」

「ハズキちゃんはよく一人でこんな旅路を進んできたな？　心折れそうな気がするぞ、砂漠の旅は」

マルスたち一行は、ハズキの故郷であるノイシュタイン渓谷《けいこく》を目指し、砂漠の中を一カ月かけて旅していた。

目的地は渓谷にある七大ダンジョン、『ノルン大墳墓《ふんぼ》』だ。

攻略の目的は、ダンジョンに葬《ほうむ》られた古代の墓守《はかもり》の族長、ノルンの死体の破壊。

ノルンは死霊術を守り使わせないようにすることを使命とする墓守の長《おさ》でありながら、自《みずか》ら術の行使に耽溺《たんでき》し、一族を裏切った大神官だ。

同族に追い詰められ死に際にノルンが放った根絶やしの呪《のろ》いが、ハズキの一族に男子が生まれぬようにした。

「一応墓守の使命のためですからねっ！　ノルンの死体を破壊できる冒険者を探さないと、いつか一族が途絶えちゃいますしっ！」

「ああ、頑張ろう。俺もそのダンジョンは踏破《とうは》しておきたい」

ノルンの死体の破壊はハズキの目的であって、マルスの主目的ではない。

マルスの目的は、ダンジョンでしか手に入れることのできない超常魔法の込められた本、【禁忌《きんき》の魔本】だ。

魔法の素質がない者でも、目を通すだけで才能ある者が一生かけて身につけるような魔法を一瞬で手に入れることができる。

とはいえここまで二つのダンジョンを踏破しても望みの本は見つからなかった。

時間に関与《かんよ》する魔法であるから、簡単に踏破できるダンジョンには存在しないのだろうと踏んで、マルスは七大ダンジョンと呼ばれる難関に挑《いど》むことにした。

前人未到《ぜんじんみとう》である難関ダンジョンであれば、長命であるエルフのリリアとの寿命《じゅみょう》差を埋めることができる魔法が込められた【禁忌の魔本】が手に入るかもしれない。

旅の目的はリリアと出会った頃から変わらない。

大事な人とともに生きていく。ただ、それだけだ。

「や、やっと到着ですか……？　さ、砂漠の旅路は魔物が少ない分、緊張感もなく景色も変わらないので、ある意味ダンジョンに挑むより厳《きび》しいものがありました……」

息を切らし木の枝の杖《つえ》をつきながら、うなだれたリリアが肺の中の空気を出し切り言う。

足が取られる砂漠の巡行《じゅんこう》は、一行で一番体力のないリリアには厳しいものがあった。

エルフという種族は肉体的にはそれほど強靭《きょうじん》な種族ではなかった。

交通網《もう》として馬車の定期巡行はあっても、異種族であるリリアを乗せてくれる馬車は存在しなかったため歩きだ。

馬車を買おうにも馬の扱いに慣れた者はマルスたち一行にはいなかった。

「んー、街は渓谷っぽい感じはしないな。というかどっちかって言うと渓谷じゃなく平地じゃないか？」

「ま、またまた……その手の冗談は趣味が悪いですよ……？」

リリアは本心から冗談であってくれと祈るような声を出す。

自慢の扇情《せんじょう》的な身体《からだ》つきは日よけのためのローブで隠されている。さらに中は長袖《ながそで》の服。

日焼けや外気温の熱さ対策だ。砂漠地帯出身のハズキの勧《すす》めで、マルスも現代知識によりそれを知っていたから素直に従う。

フードで頭まで覆《おお》っているため、外から見えるのは目元だけである。

エルフであるリリアの自慢の長耳も隠されていた。

「ノイシュタイン渓谷はまだまだ全然先ですねっ！　あそこはオアシスのある交易の街なんですよっ！　そうですね……里まであと五十キロくらいはあると思いますっ！」

「ごじゅっ……!?　――も、申し訳ありません、ご主人様……私はここでサボテンの養分になってしまいます……」

ドサ、とリリアは砂に膝《ひざ》から崩《くず》れ落ちた。

到着までもうすぐだと確信してしまっていたからショックは大きい。

完全に力尽きてしまった様子だったので、マルスはリリアをおんぶすることにした。

「ひとまずあのオアシスの街で休憩《きゅうけい》しよう。交易の街ならダンジョン用の物資も買えるだろうし。距離もそうないから、リリアは俺の背中でしばらく休んで」

「重ね重ね申し訳ありません……どうして私はこんなに体力がないのでしょう?　もっと鍛《きた》えておけば……」

しゅん、とした声でリリアは反省の言葉を口にする。

「いや、一般的に見れば体力はある方だ。俺はともかく、ハズキちゃんが割と異常な部類だな。足腰強すぎる。前のダンジョンでも思ってたけど、あのおとなしそうな見た目からは考えられないくらい肉体派だ」

リリアを背負い、背中に押し当てられた胸のつぶれる感触、持ち上げた太ももの柔らかさを楽しみながらマルスは言った。

少し先を歩くハズキには疲れの色が全く見えず、横道にそれてみたりくるりと回ってみたり跳《と》んでみたりと無駄な動きがとにかく多い。

「あっ!　リリアさんだけズルいですよっ!　わたしもマルスさんにおんぶしてもらいたいで

なんですけどっ⁉」

「リリアさんも奴隷でしょっ⁉　暑さで変になっちゃってるっ⁉　どっちかって言うと女王様
「ふっ、ふふふっ……──奴隷《どれい》は奴隷らしく、靴に砂の重りを詰めて歩いていなさいっ！」

すっ！　元気ですけどっ！」

ぺったりとマルスの背中に張り付きながら、リリアはハズキに高笑いしてみせる。

いつもクールなリリアには珍《めずら》しくハイテンションだ。

楽しくて笑っているというより、疲れ切って変な笑いがこみあげてしまっているような状態だった。

一月《ひとつき》以上砂漠を放浪している疲れがもうすぐ到着するという安堵《あんど》感から解放されてしまった。

しかしそれは砂漠の蜃気楼《しんきろう》と同じような幻想だったので、もはや笑うしかない。

なんだか悪女のようだな、とマルスは笑う。

見えた街の影に向かい、三人はゆっくりと歩を進めていく。

「だいたい、どうしてそんなに元気なのです。水を得た魚……いえ、砂を得た痴女《ちじょ》」

「リ、リリアさん、おんぶされてから急に元気じゃないです……？　痴女じゃないですってばっ！」

マルスの首にしっかりと腕を巻きつけて、リリアはハズキに軽口を叩《たた》く。

いつもの口調と元気が戻ってきた、とハズキは安心しつつも複雑な気持ちだ。

「んー、わたしからすると岩場とか森の中とか、そっちのほうが疲れますっ。それにここは交易路で馬が歩けるくらい砂も少ないですし。つまり……慣れですっ！」

「――世界中が森になればいいのに」

ハズキの話を半分無視し、マルスのうなじに顔を押しつけてリリアは悪態《あくたい》をつく。

慣れだというのは何度も聞いていた。わかっていても恨《うら》み言のように言ってしまうのだ。

森の妖精と言われるエルフだけにリリアも、森の中ならば素早く動ける自信がある。

「そろそろ着くよ。なんとか日暮れ前には到着できそうだな。今日はあの街に泊まろう。俺は浴びるほど水が飲みたい。全身の水分が砂に吸われてる気がするから」

「湯浴《ゆあ》みもしたいですね……砂で髪がゴワゴワしていますし、汗《あせ》も……に、匂《にお》いませんよね？」

「むしろ俺のほうこそ匂ってないか？　リリアもハズキちゃんも匂いはしないよ。いい匂いだ。やっぱり女の子の匂いなのかな、これ」

「ご主人様からは少し汗の匂いがしますが、嫌な匂いではありませんよ？　むしろ……」

リリアは赤くなりかけた顔をマルスのうなじにうずめる。

マルスの汗の匂いを嗅《か》ぐのは大抵《たいてい》、夜中、ベッドの上だ。

「だーいじょうぶですよっ！　オアシスの街なので水はたくさんありますしっ！　食べ物も美味《お》味《い》しいんですよねーっ！　墓守の里の子はみんなここでお小遣《こづか》いを吸い取られちゃうくらいっ！」

「……もしかして五十キロも移動して遊びに来るの？」

「ですよっ？　墓守の里は遊ぶ場所って特にないので。服もあそこで買いますよっ！　オシャレさんはみんなあそこの服着てますっ！」

「どうりで足腰強いわけだ……」

――ちょっと遊びに行くだけで往復百キロ……スケールがデカすぎる。


オアシスの街は賑《にぎ》わっていた。

街は正門から伸びる道の両サイドが片側式アーケードのようになっていて、そこには様々な出店が並ぶ。道幅は現代日本で言えば四車線道路と歩道を合わせたくらいの幅だ。

行商人などの出入りが多く、それほど大きな街ではないが、想像以上に人の数は多い。

出店からは売り文句のタンカが飛び交《か》い、かなり活気のある街だと感じられる。

かつての世界にあったエジプトの町並みと、鮮魚市場の密集度を足したような光景だとマルスは思う。

緑は少なく、日光が砂に反射して、暑いを通り越し、目が痛い。

全体的に水気がない環境らしかった。

「こんな時期にお祭りですかねっ？」

「お祭りって空気でもない気がするけど」

楽しんでいる空気はあるが、お祭りとは少し違う感じがする。

何か特定のことに群衆が注目しているようだった。

「この街のダンジョンが踏破されたようです、ご主人様」

リリアがマルスに耳打ちする。

群衆が話していることを、その優《すぐ》れた聴力で聞き取ったらしい。

「えっ、ここにダンジョンがあったんですかっ⁉　わたし知らないんですけどっ⁉」

「最近見つかったようですよ。なんでも肉屋の地下にあったのだとか。その店はダンジョンの魔物の肉を売っていた、といわれない非難を受けて閉店してしまったらしいですが……」

「じゃあつまりこれは……凱旋《がいせん》パレード？」

群衆をかき分けてみると、道の中央に四頭立ての豪勢な馬車を先頭にした行列が見える。

馬車は先頭の一台だけで、その後ろに千人ほどの徒歩の集団が続く。

「奴隷だ」

「すごい人数……」

奴隷たちは全員が同じような服装で首輪をつけて、掲《かか》げるように金銀財宝を運んでいた。

先頭の馬車はパレード用の屋根のないタイプ。

真っ白でゆったりとした服を着た、浅黒い肌《はだ》をした若い男が馬車の上で群衆に片手を振る。

笑顔はなく、どちらかと言えば威圧《いあつ》的な素振りだった。

マルスからすると趣味の悪いゴテゴテした金のアクセサリーを全身に身に着けている。

黒い短髪で、いわゆるモデルタイプの線の細いイケメンではないものの、筋肉質で高身長なので精悍《せいかん》さを感じさせる。スポーツマンタイプのイケメンだなとマルスは思った。

マルスが一番注目したのは、男の太い両腕に刻《きざ》まれた大量の入れ墨《ずみ》。

奴隷紋《もん》だ、とマルスは自分の左手の甲《こう》と見比べて確信する。

「あの人が踏破者っぽい？　ですね……」

「あの奴隷の数……——碌《ろく》な人間ではありませんね」

リリアは軽蔑《けいべつ》するような口調で言いながらも不安げに強くマルスの服の裾《すそ》を握り込む。

最も苦手な人種だろうから強がってもいるのだろう。

男の隣には赤い髪をした女が立っている。身なりを見る限り側近《そっきん》のようだ。

多少華美《かび》ではあるが実用性を重視した白い軽装鎧《よろい》を身に着けていた。

頭身が高くすらりとした身体つきで、リリアやハズキよりも年上、二十代前半に見える。

無表情に周囲を見渡し、警戒《けいかい》している様子を隠そうともしていない。

美人ではあるが可愛《かわい》げがないな、とマルスは思う。

「俺も人のことは言えないけど……ちょっと異常な奴隷の数だな」

男についてわかることは少ないが、集団については推測《すいそく》がついた。

——この集団のボスがあの男で、ダンジョンの攻略法は奴隷を使い捨てる方法だろう。

「な、なんか怖い空気ですね……」

「信頼関係は皆無《かいむ》に見えますね。まぁ私も痴女を信頼してはいませんけれど」

「えっ⁉」

「いや、リリアの冗談だよ。本気にしないで」

奴隷たちの視線は入れ墨の男のほうを向き、中には睨《にら》みつけている者さえいる。

攻略直後だというのに晴れやかさとは正反対の憎悪《ぞうお》の表情を浮かべているのは、奴隷たちが自発的に協力しているわけではないからだろう。

手に入れた物は男が独《ひと》り占めしていると想像するのは難しくない。

——奴隷紋を起動し、嫌がる奴隷たちを特攻させるのか。

他人の意志や人間性を一切尊重しない方法ではあるが、奴隷という「資源」を最も有効に、効率的に使い切る手段でもある。

道中は荷物持ちをさせ、ダンジョンでは魔物と戦わせ、疲弊《ひへい》した者から順に捨てていく。元気なうちは兵站《へいたん》と戦線を維持《いじ》させ、体力がなくなれば敵とまとめて処分することで食料などの物資の消耗《しょうもう》も抑えられる効率的な手法だ。ただし、人間的な戦法ではない。

マルスは考えてもやらない。いや、人間であればその選択肢《し》を選べる者は少ないだろう。

もちろんあくまでマルスの推測でしかない。

しかし奴隷たちに粗末《そまつ》な服を着せ、現在も荷物持ちをさせ、自分だけが称賛を浴びるような人間だ。

推測はそう大きくは外れていないだろう。

馬車の男はあっさりと他人を切り捨てることができる人間に見えた。

「ご主人様、あの男の足元！」

「ああ。女の子がいる。頭に猫のような耳がついてるってことは異種族か……？」

馬車の下、車輪のすぐそばの危険な場所に猫耳少女がいた。

明るい銀色の長い髪が腰の上近くまで伸びていて、お尻《しり》の上のあたりから髪と同じく銀色のしっぽが生《は》えた異種族の少女だ。

太陽の光を浴びると銀色の髪は水色にも見える。

かなり小柄なようだ。遠目から見ても、たぶんリリアやハズキよりもずっと背が小さい。

「獣人《じゆうじん》、ですね。ただその体格や体毛の少なさを考えると、人間混じりの……いえ、どちらかというと人間に獣人が混ざっている者かと」

「耳としっぽ以外は人間に見えるな」

少女は土色《つちいろ》の麻袋《あさぶくろ》に似た上下一体のワンピース型の服を着て、リリアのものより頑強そうな金属の首輪をつけられていた。

男の手から伸びる太い鎖《くさり》のリードはその首輪に繋《つな》がっていて、馬車が砂利《じやり》を踏んで上下するたびに首が締まる。

両手で必死に首輪を摑《つか》み、なんとか首が締まりきらないようにしているらしかった。

鎖のリードは作為的に短いようで、繋がれた猫耳少女はしっぽを振り乱し、つま先立ちとジャンプでなんとか行列について行っていた。

靴さえも履《は》かせてもらえていない。

転んでしまえば車輪に巻き込まれ、大怪我《けが》どころか命も危《あや》ういだろう。

「痛いにゃ！　ひっぱるにゃあっ！」

「薄汚い獣《けもの》の鳴き声で、我輩《わがはい》を称《たた》える群集の歓声に水を差すな。誰が貴様を生かしてやっていると思っている！」

少女の声に苛立ったのか、ぐいっと鎖を引き上げる男の猫耳少女に向ける目と声は冷たく、それはおよそ同じ人間に向けるものではなかった。

「首っ、苦しっ、にゃ、息できにゃ……！」

男がさらに鎖のリードを力強く引っ張り上げ、猫耳の少女は完全に宙に浮く。

首輪と首の間に指をねじ込み、少女は足をバタバタ動かし必死に抵抗するが、その抵抗はすぐに止められる。

男が放った残酷《ざんこく》な一言が、少女の体の自由を完全に奪ったからだ。

「『――ネム・ネイル。脱力し、一切の抵抗をするな』」

男の左手の腕が鈍《にぶ》い光を放つ。

同じものを持っているマルスも初めて見た、奴隷紋の起動。

本来なら奴隷の反逆を防ぐために存在するものだが、男にとっては加虐《かぎゃく》の道具だった。

首を吊《つ》られるという生命の危機に瀕《ひん》しているのに、猫耳少女――ネムは何も抵抗せずに両腕と両足をだらんとぶら下げ、目を見開き、ニュートラルな真顔《まがお》になる。ネムの体重を支えるのはついに細い首だけになった。

すべての自由意思を奴隷紋により封じられてしまっていた。

抵抗する力を失ったネムの瞳《ひとみ》から、ぽろっと涙が流れ落ち、命の火がか細く揺らめいているのをマルスは感じた。

──どうする。助けることは簡単だ。

でもここで一時救っても根本的には解決しない。

「ひどい……命を何だと思ってるんですかっ……！」

「異種族の扱いなどあんなものですよ。家畜《かちく》以下の扱いです。──私だってご主人様に買われていなければ同じ目に遭《あ》っていたかもしれません」

ネムのうめく声は群衆の声にかき消される。

ふらふらと吊り上げられている様《さま》を見ても誰も助けようとはしない。

家畜以下の異種族の見世物《みせもの》。世間《せけん》の認識としてはそちらが当たり前。マルスやハズキが例外なだけ。

「ご主人様」

「マルスさんっ！」

リリアもハズキもマルスを見つめる。

二人は何かを訴える眼差《まなざ》しをしていた。

ハズキはともかく、リリアまでそのような目をしていることは珍しい。

異種族ということで親近感を覚えてしまったのか、それとも自分の過去を思い出してしまったのか。

リリアの感情の確かなところはわからないが、マルスの答えるべき回答は決まっていた。

「わかってる。──助けよう」

虐待《ぎゃくたい》をしているのに男の表情は変わらない。

この悪魔じみた行いがネムに対しての日常であることをうかがわせる。

ダンジョンで使い捨てられるか、見世物じみたこうした行動によってか、遠くない将来、ネムは殺されてしまうだろう。

面倒《めんどう》ごとに巻き込まれるのはわかっている。

むやみに敵を増やす結果になるのもわかっている。

ほかの奴隷たちを助ける気はないのだから、偽善《ぎぜん》にもほどがある。

しかしここでスルーすればリリアとハズキの心証は最悪だ。

見てしまった以上、見過ごせば後味《あとあじ》も悪い。

新たな仲間が増えればダンジョン攻略にも役立ってくれるだろう。

助ける理由を上回る助けない理由は見つけられなかった。

助けても助けなくても、結局どこかで後悔はする。

過去の選択を悔《く》やむのは人生の常《つね》だ。それなら――。

第2話

「リリア、あの子の首の鎖《くさり》を弓で切ることはできるか？」

「もちろんです。『セクメト』で頂いたこの魔法弓と私の技術ならば容易《たやす》いことです」

こくりと頷《うなず》き、自分の『夢幻の宝物庫』からリリアは弓を取り出し引き絞《しぼ》る。

これまで使っていた弓とは違い小型だ。

軽い弓であるにもかかわらず、その威力《いりょく》は大型の剛弓《ごうきゅう》に匹敵《ひってき》するものがあった。

リリアとしてはマルスに買ってもらった弓を使いたいのだが、実戦では軽い弓のほうがいいとマルスに言われ仕方なく使っているものだ。

「よし。鎖が切れたら俺が『身体強化』で回収する。そのまま落ちたらあの子が車輪に巻き込まれちゃうから」

「承知しました。――ご武運を」

「俺も気をつけるけど、もしかすると向こうからリリアに反撃があるかもしれない。ハズキちゃんと二人で注意してくれ。それと、多分相手は貴族だ。敵に回すと少し面倒《めんどう》なことになる。

――だけどちょっと怒らせるよ。冷静でいられると上手《うま》くいかないから」

マルスが男を意図的に怒らせるつもりだと聞き、リリアもハヅキも首をかしげる。

ネムの奪取でさえ怒るだろうに、これ以上わざと怒らせる必要があるのだろうか。

「無視されなければそれでいいんだ。男の俺への認識を『その他大勢』から引き上げるために騒ぎを起こす」

ギャラリーの一人に収まっていては何一つ前には進めない。

個人としての「マルス」を認識してもらう必要があった。

入れ墨《ずみ》の男は十中八九貴族の類《たぐい》だと思われた。

奴隷《どれい》が千人近くいることを考えると、男の財力、権力は一般人のそれではない。人の一生を買うのだから、奴隷の金額は決して安いものでも簡単に手に入るものでもないのだ。

「『身体強化』、よし、やってくれ」

「行きます」

マルスの全身に力がみなぎっていく。熱くなる感情とは裏腹《うらはら》に、身体《からだ》には冷えた感覚が満ちる。

上に着ていた砂漠用の服をばさりと脱ぎ、宝物庫に入れる。

雑踏《ざっとう》の話し声も風の動きも、何もかもを敏感に感じられるようになる。

身体そのものが拡張されたような不思議な気分だ。

難点があるとすれば徐々《じょじょ》に高まっていく身体の高揚が精神にまで影響し、少しだけ好戦的になってしまうこと。

気取《けど》られないよう殺気を抑え、リリアは薄氷色《アイスブルー》の瞳《ひとみ》を鋭く尖《とが》らせながら群衆の中で弓を構えた。

何人かの群衆がリリアの弓に気づくが、もう遅い。

どこにでもある鉄の矢尻《やじり》は重力に囚《とら》われることなく一直線に飛び、男と少女を繋《つな》ぐ鎖を断ち切った。

合わせて地面に踏み跡を残しマルスが飛び出す。

鎖が切れたのとほとんど誤差のないタイミングだ。

高速で飛ぶ矢と同じかそれ以上の速度で走り抜け、周囲に一瞬、暴風が吹く。

「大丈夫？」

「げほっ、げほっ……だ、誰にゃ……？」

「君を助けに来た」

お姫様だっこでネムを抱え上げ、マルスは急速反転し、馬車と距離を取る。

──軽すぎる。体格が小さいだけじゃないな、これは。

体重の軽さに驚きつつ、後ろに出てきていたリリアにネムを渡す。治癒《ちゆ》の魔法はリリアとハズキの得意分野だ。

マルスの行動はあまりに突然で、群衆は誰一人として反応できなかった。

しかし、馬車の上にいた二人──入れ墨の男と側近《そっきん》の女は違う。

入れ墨の男はマルスの身体能力を前にしても動じず、何が起きたのかを理解しながら動かない様子だった。マルスたちの行動の目的を判断せんとする冷静さと、ネムそのものには関心のない冷酷さが垣間見《かいまみ》える。あえて反応していないだけなのだ。

「何者だ、貴様。『それ』は我輩《わがはい》の所有物である。今すぐ返してもらおうか」

平静な声にも聞こえるが、それを向けられているマルスは怒りを感じ取る。

入れ墨の男は感情を隠すのが上手くないらしい。

浅黒い顔の眉間《みけん》には深いシワが刻《きざ》まれ、口元は歯を食いしばっているのがわかるほどだ。

一人称が「我輩」などというような尊大なものであるような人物だから、相当プライドは高いのだろう。

凱旋《がいせん》パレードを邪魔されたことに心底《しんそこ》怒りを覚えているらしい。

取り乱さないのは群衆にそのような狭量《きょうりょう》さを見せないためだろう。

——これは貴族で確定だな。

だとしたら当初考えていた策はそのまま使えそうだ、とマルスは入れ墨の男に向き直る。

「放っておいたら殺しそうだったからね。殺されたら困るんだ」

「……？　貴様に一体何の関係がある？」

入れ墨の男の反応は予想通りのものだった。

マルスに関係ないというのも事実だ。

リリアたちに対する好意的な対応を誰かに見咎《みとが》められようとマルスは対応を変えない。同じように、入れ墨の男が奴隷にどう対応しようと本来口出しできる問題ではない。

この世界では奴隷も資産の一つであり、家畜や道具と同じ扱いをする者もいるし、また認められてもいる。

だが逆に資産だからこそ大事にする主人もいる。

大事にしてくれる主人に買われれば、実質的には永久雇用《こよう》の職業ともなり得るのが奴隷だ。

マルスたちがそうであるように、結局は主人次第《しだい》である。

「貴様っ！　この方を誰と心得る⁉　ラオファイト王国の第四王子、クルーゼ様の前に許可なく出るとは！　あげく攻撃するなど、不埒者《ふらちもの》め！」

赤い髪の側近の女が馬車を飛び降り、腰に差していた細身の剣――レイピアを前面に突き出しながらマルスに突進してくる。

激高《げっこう》した女の速度は『身体強化』を使ったマルスに匹敵する。実際に同じ魔法を使用しているのだろう。

ただ、マルスには女の動きにはスローモーションのように見えてしまう。

一言で言うなら、技《わざ》の習熟のレベルと身体の動きの研究深度が違った。

大多数がひと通り覚えるだけでマスターしたと思っている『身体強化』をひたすらに極《きわ》めたのがマルスで、そのレベルはもはや同じ魔法と呼べるレベルではない。

「――遅い」

「なっ⁉」

落ち着いて剣を抜き、これまた落ち着いてレイピアの上に自分の剣を置く。

そしてレイピアの刀身《とうしん》に自分の剣を滑らせて、下に流すようにする。

根元から刃先までが擦《こす》れてキィィンと甲高《かんだか》い金属音がした。

飛び散る火花を避けながら、マルスは女の突撃の勢いを利用しつつ腕を引っ張り、地面に組み伏せ剣を奪う。

一秒にも満たない刹那《せつな》の攻防だ。

「戦う気はないから。痛かったらごめん」

「くっ……！」

力は込めず肩甲骨《けんこうこつ》に膝《ひざ》を乗せ、腕の関節を押さえる。

甲冑《かっちゅう》のせいで関節の自由度はもともと低い。

女がむやみに力を入れれば自分から骨折、脱臼《だっきゅう》してしまうようにした。

抵抗しなければこれ以上何もしないと身体の動きで伝える。

「もうよい。双方剣を収めよ。ユリス、お前ではその男に勝てぬ。それに我輩は殺せなどと指示を出した覚えはない」

「クルーゼ様、も、申し訳ありません、醜態《しゅうたい》まで晒《さら》してしまって……」

暴れる女を組み敷いていると、入れ墨の男——王子クルーゼが苛立《いらだ》った態度でパンと両手を叩《たた》く。

マルスは立ち上がり、剣を鞘《さや》にしまって、地に伏した女騎士——ユリスに手を差し伸べる。

しかしその手は弾《はじ》かれ、奪った剣を強引に奪還《だっかん》された。

敵意こそあれど戦う気はもうないらしく、ユリスは髪を整えてクルーゼのもとへ戻っていく。

王子クルーゼの命令は絶対ということだろう。

「――貴様は結局どうしたいのだ？　先も言ったように『それ』は我輩の所有物。どこの国の法でも窃盗《せっとう》は犯罪だろう？」

「そこに関してはまったくもって正論なんだが……所有物だからって他人の命を粗末《そまつ》に扱っていいわけじゃないだろ？」

マルスはちらりと群衆を見る。

誰もがクルーゼとマルスのやり取りに注目しているのが確認できた。

「他人……？　まさか貴様、その魔物を人と同列に考えているのか？　『それ』は獣人《じゅうじん》――人の血も混じりはしているが、異種族だぞ？」

「それが？　俺は気にしてないよ」

人と同じようで違う近親種を忌避《きひ》する気持ちは理屈では理解できる。

例《たと》えばチンパンジーが人語を解し人間と同じように生活できるとして、人と同じ権利を与え受け入れることのできる人間は現代人でもそう多くはないだろう。

隣にチンパンジーが引っ越してきたり、職場に新人としてやってくるのを受け入れられるのかという話だ。

自分たちに近いからこそ、居場所が奪われる気がして怖いのだ。

ただそれは理屈の話で、リリアのような存在を知った今、感情では納得できない。

ここでネムを見捨てるようなことをすれば、そういう人物であるとリリアやハズキに印象づけてしまう。

これから七大ダンジョンに潜るのだから不信の芽《め》は排除しておきたいし、何よりリリアたちに嫌われるのが嫌だ。

だから自分の行動が利口《りこう》でないことも合理的でないことも、極めて偽善《ぎぜん》的で、ある種差別的であることも理解しながら、マルスは前に出た。

最終的な目標が達成できれば、道中の行動の一貫性などマルスは求めない。

ネムを介抱《かいほう》していたリリアはハズキに治癒を任せ、頭まで被《かぶ》っていたローブを外し、群衆にエルフの最大の特徴である耳を晒す。

そしてマルスの隣に立ち、クルーゼに向けて弓を構えた。

クルーゼは一瞬目を丸くして、次いで大きな声を上げて笑う。

「エルフ……？　フ、フハハッ！　醜悪な異種族を奴隷として飼うなど、貴様も同類ではないか！　殺人衝動を持つ魔物だぞ！」

「お前のような下衆《げす》とご主人様を一緒にするんじゃありません。それと、殺人衝動は単なる偏《へん》見《けん》です。人間が私たちの土地を奪ったから抵抗しただけの話」

側近の女ユリスがリリアの言動に反応し剣を抜く。

「俺は異種族だからって差別しないし、奴隷だからって冷遇したりしないよ。というか可愛《かわい》い

「どうやら価値観が我輩と大きく異なるようだな。これ以上の問答は無意味だろう。その生優《なまやさ》しさでは奴隷の真なる価値を知らんようだ。──『ネム・ネイル。その男を殺せ』」

クルーゼは片腕を顔の正面に突き出し、マルスに見せつけるように奴隷紋《もん》を起動させる。

ぐったりしていた少女──ネムはハズキから離れ、四つ足になり体を丸めた。

両手足の五指に風を纏《まと》ったような透明な爪《つめ》が形成されていくのがわかる。

まるで陽炎《かげろう》のようだった。

一本の長さは三十センチほどに見えた。

マルスは知らないが何かしらの魔法であることは明らかだ。

「たとえ死に瀕《ひん》していようと奴隷紋からは逃れられぬ。これこそが奴隷の真骨頂《しんこっちょう》。所詮《しょせん》は所有物である所以《ゆえん》」

「イヤにゃ……イヤにゃのにっ！」

ぜぇぜぇと荒い苦しそうな息を吐いて、ネムは必死の抵抗を見せる。

しかしすぐ虚《うつ》ろな目に変わった。奴隷紋の魔力が精神を縛《しば》ったのだ。

「待て！　剣呑《けんのん》な空気になってるけど、俺は交渉《こうしょう》のために出てきたんだ！」

「交渉だと？　……『ネム・ネイル、停止せよ』」

「喧嘩腰《けんかごし》になっちゃったのは悪かった。言ったように交渉がしたくてね。──俺にその子を売ってくれないか？」

だろ⁉」

「我輩が金に興味を持つとでも？　まして貴様のような無礼者に――」

「そう言わずに。俺は異種族が好きでね」

――食いついてくれ。せっかく怒るのを承知で無礼に振る舞ったんだ。すぐ殺そうとするあたり、俺に相当イラついてるだろう。一刻も早くこの面倒ごとを切り上げたいはずだ。

マルスの提案にクルーゼは冷たい眼《め》のまま考え込んでいる様子を見せる。

――ひとまず考えてはくれている。もっと煽《あお》っておくか……？

奴隷紋で縛られた所有物である以上、クルーゼを殺しでもしなければ同意以外にネムを手に入れる方法はない。

クルーゼが貴族なのはわかり切っていたため、金を払うと言うだけでは交渉のテーブルに着かせるのは無理だと思えた。

珍《めずら》しいダンジョンの宝を掲《かか》げていても商人たちが売買の打診をしないのは、すでに断られてしまっているか相手にすらしてもらえなかったからだろう。

しかし、このような状況になれば違う。

どうあれ面倒な状況になれば、必ず落とし所が必要になるからだ。

ダンジョン帰りで疲れていること、怒りで思考が乱れている状態ならば、面倒がってマルスの用意した交渉のテーブルに乗ってくれるかもしれないと考えた。

「――一億。共通貨幣《かへい》で一億なら売ってやろう。貴様に払えるとは到底《とうてい》思わんがな」

不可能だろうと言いたげな見下した表情でクルーゼは両手を大きく広げた。

提示された一億という金額はかなりの高額だ。

一般的な人間の奴隷でさえ、高い能力を持つ者だとしてもせいぜい二千万程度。

前回ダンジョンで出会った剣の達人《たつじん》ゼリウスでさえ、奴隷として購入するならば二千万という値段はそう大きくは越えないだろう。

五百万もあれば一般的な家族が住めるだけの家を買えるのだ。

──釣れた！

できる限り平常心を維持《いじ》しつつも、マルスは内心興奮《こうふん》していた。

自分の思惑《おもわく》通りに事が進んでいる実感がある。

相手の発言や行動に望む方向性を与えるマルスの誘導が上手くいった。

凱旋の邪魔をされ、部下の失態《しったい》を群衆に見られ、自身のプライドを傷つけられたクルーゼはマルスと同じようにするだろうとの予感があった。

つまり、マルスのプライドを傷つけるのだ。

そこでマルスは金を話題に出した。

クルーゼはマルスが払えないであろう金額を提示し、「身の程知らずめ」と群衆に見せつけるはずだと思ったからだ。

自分の身なりや振る舞いが金持ちや貴族に見えないことはわかっている。

侮《あなど》ってもらえるほうが今回は都合がよかった。

「買った！」

マルスは夢幻の宝物庫に手を突っ込み、入っていた財宝や金銭を地面に出していく。

現金だけだと足りないが、『セクメト』で手に入れたいらない魔法の武器や武具、装飾品を換金すれば難しい金額ではない。

幸いにして交易の街、買い手はいくらでもいる。

群衆たちは財宝に目を奪われ、早速《さっそく》売ってくれという声も上がり始めた。

この環境もマルスにとっては追い風だ。

何人いるかもわからない群衆が見ている中とあれば、プライドが高いゆえ発言を反故《ほご》にはしないだろう。

「『夢幻の宝物庫』……貴様、ダンジョンの踏破者か」

「ああ。じゃあ奴隷契約は解除してもらえるかな？　その子は今から俺のだ」

大観衆の前で約束したことを違《たが》えることはできない。

プライドがそれを許しはしないだろう。

すーっと、音もなくクルーゼの腕の奴隷紋が一つ消える。

「この地にいるということは、目的は七大ダンジョンか？」

「ああ。欲しいものがあってね」

「我輩もそこへ行く。――ダンジョン内で今のような大言壮語《たいげんそうご》を吐けると思うな。魔物より先に貴様を殺してやる」

「前も似たようなこと言われたよ。揉《も》めちゃったけど、ダンジョンで会うことがあれば協力し合いたいものだけどね」

「――人類未踏の地を踏破《とうは》し、歴史に名を残すのは我輩だ。断じて貴様ではない！」

クルーゼが吐き捨てるのを聞きながら、背中を向けて手を振り、マルスはリリアたちのもとへ駆けていく。

前人未到の地、七大ダンジョン。その攻略はそのまま英雄への道だ。

初めてダンジョンを踏破した冒険者の名前が歴史に残っているように、七大ダンジョンの攻略を成し遂《と》げればやはり歴史に名は残る。

目的としてはそちらのほうが多数派なのだろうなと思いつつ、マルスはどうでもいいと思った。

いつか失う名誉や欲しいものと替えられない財産など欲しくはない。

第3話

「大丈夫そうか？」

「ええ。全身アザだらけですし生傷《なまきず》も無数にありますが、命に関《かか》わるようなものはないかと。首の大きなアザも治癒《ちゆ》で治せます」

「よかった。——まさかリリアが助けてあげてってアピールするとは思わなかったよ」

「やはりご迷惑でしたか……？　あんな大金を遣《つか》わせてしまって」

罪悪感がある顔をするので、マルスは首を振り、リリアに責任はないとアピールする。

「迷惑じゃないよ。仲間は欲しかったし、リリアが言ってくれて決心がついた。お金は全然大丈夫。元々ダンジョンに入る前に遣い切るか寄付《きふ》するつもりだったからね。宝物庫の中にお金を置いておいても、ダンジョンでは何の役にも立たないから」

「まぁ……ダンジョンで死んでしまってはいくら持っていても無意味ですものね」

「当面の生活費さえあれば、あとはいくら持っていても意味はない。金を置いておくスペース分の食料を持ち込んだ方が圧倒的に有意義だ」

まともに人が過ごすことが難しいマルスの夢幻の宝物庫ではなく、『セクメト』で手に入れたリリアのところで、買ったばかりの猫耳少女ネムの治療をすることになった。

リリアの宝物庫もダンジョン用の物資が天井まで積まれている。生活環境としてはこちらも好ましくない。今夜は外に宿を取るべきだなと改めて感じる窮屈《きゅうくつ》さだ。

「それに正直三人で挑《いど》むのはどうなんだろうって内心思わないでもなかったから、タイミングが良かったよ。性格が合えばもっといい」

「あの王子のように奴隷《どれい》をたくさん買う、というのも選択肢《し》ではありますけれど、そのやり方は考えないのですか？　──私個人としては大反対ですが」

「リリアがそう言うと思ったから考えてない。それに少ない人数でしっかり連携《れんけい》していくほうが性《しょう》に合ってる。俺は小市民だからあんなにたくさんの奴隷を扱うのは難しいし、さっきの王子みたいなのは、あれはあれで才能だからな。俺にリーダーの才能はないよ」

あくまで最効率を考えるなら奴隷の使い捨ても悪い選択肢ではないが、それはダンジョン攻略にフォーカスした場合に限った話であり、そんな非人道的な方法で得られるリリアとの平穏《へいおん》は後ろめたくて望めない。

「喧嘩《けんか》か……？」

「そういうわけではなさそうですね。痴女《ちじょ》に対しネムが一方的に敵意を向けているようですよ」

「それは喧嘩じゃないか!?」

リリアに導かれマルスが宝物庫に入ると、ハズキがネムと格闘している姿が見える。

寝そべるネムの上にハズキが馬乗りになっていた。

早くも喧嘩かと思ったマルスだが、どうやら少し様子が違うようだ。

本格的な治癒のために杖《つえ》を持って近づこうとするハズキの顔を、ネムがいやいやと騒ぎながら押さえているのだ。

小柄なハズキよりさらに小さな身体《からだ》なのに、ネムの動きにはパワフルさがあった。

魔法の力だけを考えればリリアよりハズキのほうが高いので、リリアではなくハズキが主に治癒を担当している。

「確かにちょっと平和そうな空気がある」

「ネムが本気なら痴女は今頃大量出血ですよ。ネムもそれは理解しているようですね」

「さらっと怖いこと言うな⁉」

ネムを近くで見ると、髪は白っぽい水色で、長さは背中の中ほどくらいまであった。

意図して伸ばしているというよりは、ただ伸びてしまっただけと言えるほどボサボサである。

泥《どろ》のついていないところの肌《はだ》は白く、全身は栄養不足のせいか細身。

猫らしさがあるのはぴこぴこと自在に動く耳としっぽ、そして長い八重歯《やえば》だけだ。

「だ、大丈夫ですよーっ！　痛いこともひどいこともしませんからねーっ！」

「触るにゃ！　人間は嫌いにゃ！　そして重いにゃ！」

「あうっ、い、痛い、顔押さないでっ！　お、重くはないですーっ！」

覆《おお》いかぶさるハズキを引き離そうと、ネムは遠慮なく顔面を押す。

「安心なさい。その女は一応信頼できます。人間ではないエルフの私の言葉なら、多少は信用できるでしょう？」

ふう、とため息をつきつつ、リリアは胸の下で腕を組んでネムをなだめる。

人間は異種族を嫌うが、異種族も人間を嫌う。

リリアはそのことをよく知っている。

「にゃあ……本当かにゃ？　――そっちの男も殴らないにゃ？」

耳をぺたんと倒したネムは金色の目に怯《おび》えの色を浮かべ、ハズキの顔を押しのけながらマルスを指さした。

つい先ほどまで人間に殺されそうになっていたのだから不信感を抱くのは当たり前だ。

ましてほぼ初対面である。

「俺はマルス・アーヴィング。殴ったりしないから大丈夫、安心してくれ」

「私はリリア・シルベストリ。――私とそこの痴――女はこちらのご主人様の奴隷です。貴方《あなた》もあのような大金で買われたのですから、粉骨砕身《ふんこつさいしん》努めるように」

現状ネムはまだマルスの奴隷ではない。

だが、それでも買われたのは事実なのだから、奴隷になるべきだというのがリリアの考えだった。

内心、自分よりも高額で買われたネムに嫉妬《しっと》心もある。

「わ、わたしはハズキ・アザトートといいま……――そ、そろそろ顔から手を離してもらえませんかっ⁉」

ぐい、っとほっぺたを押されて、ハズキは幼《おさな》さの残る可愛《かわい》らしい顔を崩《くず》していた。

思ったよりネムの力が強いらしく、半泣きになってしまっている。

「だって魔法で攻撃する気にゃっ⁉」

「ち、違いますよぉっ！　治癒です、治癒っ！」

たいそう嫌われてしまった様子のハズキを可哀相《かわいそう》に思ったマルスは駆け寄って、二人を引きはがす。


「ネムは……ネム・ネイルにゃ……歳《とし》はたぶん？　十五歳にゃ……」

ハズキの治癒を受けながら、むすっとした顔のネムは胡坐《あぐら》をかいて自己紹介をする。

しっぽは力が抜けたようにダレていた。

歳は十五歳とのことだったので、マルスの二つ下、ハズキの三個下だ。

歳の割には幼い体格だった。

「自分のこと『ネム』って言うんですねっ！　よろしくお願いします、ネムちゃんっ！」

押しのけられていた顔を元に戻すように片手でふにふに動かしながら、ハズキはネムの一人称に言及する。声はいつもよりも少し甘めで、親戚《しんせき》の子供に会ったようなテンションだ。

「……バカにしてるにゃ？　ネムのものは自分の名前しかないから大事にしてるにゃ。それに結構好きな名前にゃ」

「いいえっ！　なんだか可愛いなぁって思いましたよ！　わたしも『ハズキは～』って言ってみましょうかねっ？」

「痴――ハズキがやると気色悪いのでやめなさい。ネム、安心しなさい。今後は貴方だけのものがたくさんできますし、貴方の好きなその名前もたくさん呼んでもらえます」

自然な感じのネムと違い、ハズキがやると少々ぶりっ子感が出てしまう。

ついついいつもの癖《くせ》でハズキのことを「痴女」と言いそうになるリリアだが、さすがにネムの前では控《ひか》えているようだった。

――ネムちゃんに変な言葉を教えるわけにはいかないもんな。……だが痴女だ。

慈《いつく》しむような目でリリアはネムを諭《さと》すように優しく言った。

その言葉はネムにはしっくりきていないようだったが、マルスとハズキには十分リリアの優しさが伝わった。

そんな目線を向けているとリリアは恥《は》ずかしそうに顔を伏せる。

「とりあえず二人に傷の治癒をしてもらって、まずは風呂と着替えだな。さすがにその服はちょっと」

ネムの着ている服は、服というより麻袋《あさぶくろ》。

奴隷の服は大人も子供も同じサイズなのか、脛《すね》まであるワンピースのような形状だった。

ボロボロの茶色の布を被《かぶ》っていると言ってもいい代物《しろもの》だ。

かなり汚れているし、見た目もいいものではなかった。

「イヤにゃ！　風呂は絶対イヤにゃ！」

部屋の隅《すみ》に飛んで行き、小さく丸まってネムはぐずりだす。

予想外の拒否にマルスは戸惑《とまど》ってしまう。

猫の特徴があっても基本ベースは人間にしか見えないのに、思った以上に風呂が嫌いなようだった。

「頭からざばーって水かけられると、寒くて死にそうになるにゃ！」

「……水？」

マルスやハズキは疑問符を浮かべたような顔をするが、かつて奴隷だったリリアには身に覚えがあった。

奴隷がまともに風呂に入ることなどまずない。人間ならまだしも、異種族ならなおさらそうだ。

扱いは動物と変わらないのである。

だから屋外で頭から水をかけるだけの、風呂というより洗浄に近い雑な対応をされるのだ。

「これからは二度とそのようなことはありません。温かいお湯で体を洗うのですよ」

「お湯で煮る気にゃ!?　ネムはたぶん美味《おい》しくないにゃ!?」

「だから……——面倒《めんどう》です。体感させましょう。ご主人様、手伝ってもらえますか？　できればご一緒に湯浴《ゆあ》みをしてほしいです」

リリアに促《うなが》され、マルスはネムを優しく羽交《はが》い絞《じ》めにして風呂場へ連れていくことにする。

大暴れするネムを押さえるにはそれしか方法がなかった。

「や、やっぱり殴るにゃ⁉」

「ごめん！　でもお風呂に入るだけだから！　というか力強っ⁉」

暴れるネムを押さえていると、ハズキが杖をちょんとネムの額《ひたい》に当てる。

するとネムは目がとろんとし始める。

眠気をこらえきれないといった表情だ。

「え、ハズキちゃん何したの？」

「沈静化の魔法ですよっ。夜眠れないときに便利なんですよねっ。ほわわーんってなりますよ？」

「金輪際《こんりんざい》他人には使わないように……」

──怖すぎる魔法だ。他人の意識を混濁《こんだく》させるって。

躊躇《ちゅうちょ》なくネムに使うハズキも少し怖いと思った。

しかしハズキの顔には悪意が微塵《みじん》も見られず、どうやら善意からの行動のようだった。

眠りかけているネムを羽交い絞めにする理由もないので、今度はお姫様抱っこに変える。

小さくて軽い体はハズキの半分の体重さえない気がした。

「ところで俺も一緒に風呂入る必要あるかな？　ずいぶんおとなしくなったし、さすがに初対面の子と一緒にってのは抵抗がある」

「ご一緒に。暴れだした場合、私たちでは手がつけられません」

確かにリリアやハズキでは本気で暴れたネムを止めることはできそうにない。

現状ネムの了解を得ていないので奴隷にするかどうかは不確定だが、パーティのバランスを考えると仲間になってもらえるとありがたい。

だがいきなり一緒に風呂に入って不信感が芽生《めば》えないだろうか？

若干《じゃっかん》の疑問を持っていると、表情から察したリリアが回答をくれる。

「ネムはおそらく気にしませんよ。まず、ネムからは羞恥心《しゅうちしん》を感じません。それにネムはご主人様に触れられても特に反応していないので、発情期がまだ来ていないのではないかと推測《すいそく》されます。あまりに無関心というか。そういう男女のあれこれを知っていれば異性に触れたりすると対応が変わると思うのですよ。おそらく幼少期からの栄養不足による発育不良かと。まず本来の獣人《じゅうじん》は性別にかかわらず人間よりかなり大柄です。ネムは人間と比べても小さいので、そういった成長も遅れているのでしょう」

「発情期？」

「獣人に限らず、その、エルフにもあるのですけれど……異種族の多くは人間とは違い、明確に発情期がありますね」

照《て》れた顔でリリアは言う。普段見せているリリアの痴態《ちたい》は発情期とは別なものだと言ったも同然だからだ。

実際エルフの発情期は一年に一度来ても多いくらいだ。

エルフは千年生きて子供は一人いるかいないかが標準である。

通常、長寿の生物ほど残す子孫は少ない。一個体が長く生きるため子孫をたくさんつくる必要がないからだ。それは人間よりもずっと長生きなエルフにしても例外ではなく、一年に一度程度しか妊娠の機会は存在せず、その機会が来ても発情期が訪れないことも多い。

「リリアの発情期は楽しみだな……どんな感じになるんだろう」

「み、みっともないかもしれません。これまでは少し疼《うず》くかなという程度だったのですが……今は。――ご主人様のせいですよ？」

上目遣《うわめづか》いの潤《うる》んだ瞳《ひとみ》を見ていると吸い込まれてしまいそうだったので、マルスは慌《あわ》てて顔をそらしてごまかした。

「そ、そういやお腹《なか》すいたな？」

「――ごまかしましたね。まぁ、そういう状況じゃないからいいですけれど……」

視界の端で唇《くちびる》をツンと尖《とが》らせるリリアが目に入ったが、あまり見ていると魅力にあらがえなくなる。

ハズキは自分の着替えのほかにもう一セット着替えを持って、マルスに抱えられたネムのしっぽが揺れ動く様子を見ていた。

左右に揺れ動くたびに視線が同調して泳ぐ。

「わたしは年中発情期な気がしますね……！　すっごいムラムラしますっ！　――じゃなかったっ！　わたしの服をひとまずネムちゃんの着替えにしちゃいましょう、って話をしたかったんでしたっ。少し大きいかもですけど」

背丈《せたけ》はリリア、ハズキ、ネムの順番で大きい。

そういう意味ではハズキの服が一番ネムのサイズに近いが……いや、何も言うまいとマルスは口を閉じ、今後の予定を話す。

「この街で物資のほか服も買おうか。お金も場所を取るから遣い切ってしまおう」

「なら食べ歩きもしたいですねっ！　すっごい美味しいのがあるんですよっ！　お肉をお肉で巻いて、チーズを挟《はさ》んで、さらにお肉で巻いたやつですっ！　焼き加減と味が少し違うお肉たちが仲良くイチャイチャしてる最高の料理ですよっ！」

野菜が主食のリリアは目を細めるが、肉食系女子のハズキはうっとりする。

「なんだそれ、美味《うま》そうな響きだね？」

うとうとしているネムを連れ浴室に向かう。

夢幻の宝物庫の中の浴室は広く、脱衣所を含めると大きさは十四畳ほどもある。

間取りは寝室にしている部屋と物置の部屋が同じサイズ、中央部のリビングに当たるスペースはその倍のサイズだ。

ネムは途中ゆっくりと意識が戻りつつあったが、お姫様抱っこされたまま、マルスの顔をちらりと見てゆっくり顔を背《そむ》ける。マルスから敵意を感じてはいないようだった。

マルスが脱衣所に置いてある椅子《いす》に降ろすと、ネムは目をこすりながら立ち上がる。

「さぁ、服を脱ぎましょう。怖いことなど何もありませんから」

「にゃあ……やっぱり風呂はイヤにゃ……このままでもいいにゃ。ちょっとかゆいだけにゃ」

パッと見ただけでも泥《どろ》や砂でネムは汚れている。

不衛生だし、まして傷もある。

リリアは目を細め、ネムの顔の前に人差し指を出しながら語気を強めた。

「私たちが良くないのです。その状態ではどこの店にも入れません。それに、異種族だからこそ身なりは綺麗《きれい》にしておかなければなりません。粗野《そや》だとか魔物だからと侮《あなど》られるのはそうしないからです。綺麗な身なりで堂々としていれば案外平気なものですから」

高級店などでもそうしていれば意外と拒否されることは少なかった。

リリアはマルスとの旅路で重々承知だ。

「よくわかんにゃい……むずかしい言葉は知らないにゃ。──ソイヤ？」

その返答に思わず吹き出してしまいそうになるのをリリアが目だけで諫《いさ》めてくる。

ジェスチャーでごめんと伝えると、リリアも少し笑いながらネムに言葉の意味を説明した。

「粗野です、粗野。下品だ、という意味です」

「ネムは下品だったのかにゃ……！　──下品って何にゃ？」

「ま、まぁ綺麗にしておこうという話です。貴方も女の子ですから、余計に」

──奴隷なら教育なんて受けてるわけないもんな。

必要なことは自分たちで教えていけばいいか、とマルスは今後を少し考える。

いつか学校を建てるのもいいかもしれない。

庶民《しょみん》が気軽に通える学校がほとんどないせいで、個々の教育水準は生まれた環境に左右される部分が極《きわ》めて大きい。

子供の教育をしたことがあるわけではないが、受けた記憶はあるから多少はできるだろう。

知識の共有は大事だなと考えていると、リリアはネムの服をためらうことなく脱がした。

汚い麻袋の服から砂や泥が散らばった。

その服を脱がす様子は母親が子供にしているような光景だった。

異種族としての仲間意識なのか、ネムはリリアにはあまり抵抗しない。

ネムにあまり好かれていないと感じたハズキは、服を着たまま浴室で風呂の準備をしていた。

「ネム、貴方子供のような体格の割には胸があるのですね……」

ゆったりしたワンピースのような麻袋を脱がすとネムの身体が露《あらわ》になる。

下着の類《たぐい》は一切つけていなかった。

身長はリリアやハズキより小さいのに――リリアと比べれば頭一つ分小さい――体つきは十分な成熟を感じさせる。

ただ身体のベースそのものは相当痩《や》せていて肋骨《ろっこつ》が浮いた状態だ。腕も足もかなり細い。

そんな肋骨が浮くような脂肪《しぼう》の少なさなのに、胸は大人の手でも少し持て余すかもしれないサイズ。

ピンク色の乳首は重力を嫌うようにツンと上を向いていた。

下半身は若干《じゃっかん》未成熟で、柔らかそうに膨《ふく》らんだ割れ目はぴたりと閉じていて陰毛《いんもう》は生《は》えていなかった。

少女らしさと成熟した女らしさを併《あわ》せ持つ身体だ。

――こ、これはなかなか……！

いやいや、今はそういうのじゃないだろ、俺！

コメントはせずに、マルスは箒《ほうき》で床に落ちた泥や砂を無心でかき集めた。

「リリアにゃん？　のほうがあるにゃ。邪魔じゃにゃいの？」

「もう慣れました。足元や手元が見えにくいですし、少々邪魔に思うことはありますけれど。

――喜んでくれる方もいますから、愛着すらありますよ」

薄汚れた金属の首輪を外してやってネムを全裸《ぜんら》にすると、リリアも脱ぎ始める。

汗《あせ》にまみれたリリアの身体からは、むわっとした生温《なま》かい空気が漂う。

本来ならツンとした嫌な匂《にお》いであるはずなのに、リリアのそれには甘さが混じり、男の理性を奪う妖《あや》しい色香《いろか》となっていた。

脳髄《のうずい》の奥深くまで潜り込み、思考の根幹をも揺らがす香り。

晒《さら》される滑《なめ》らかな肢体《したい》はあまりに目の毒だった。

男にはあり得ない全身の曲線と、触らずとも柔らかさのわかるなまめかしい肉付き。

股間《こかん》に血流が集まり、膨らんでむくりと上を向き始める。

しかしネムが見ている状況では盛ることはできないから、なるべく二人の身体を見ないようにして、今度は意味もなくスクワットを始め、この場をやり過ごす。

「お風呂の準備できましたよーっ！　今日の入浴剤はこの前買った森の香りにしてみました

っ！　森林浴ってやつですかねっ！　――っ⁉」

風呂の用意をしていたハズキは、脱衣所でネムの身体を見るなり声にならない声を発する。

言葉に詰まった原因は明らかだったので、マルスもリリアも森林浴についての認識の誤りには反応しなかった。

ネムの胸を見てハズキは自分のと比較してしまったのだ。

「わたし十八歳なのに……もしかして一生貧乳のままっ⁉」

「助かった、ハズキちゃん」

「？　何が何だかわかりませんけど、役に立ったならよかったですっ！」

両手で頬《ほお》を挟みガッカリとビックリが同時に来た顔をしたハズキに邪《よこしま》な気持ちを削《けず》られて、マルスはほっとする。

女性陣が風呂場に入ったのを確認した後、マルスも服を脱いで腰にタオルを巻く。

広い風呂場の端っこで身体を洗うつもりだ。

「ネムの知ってる風呂と違うにゃ。井戸の前じゃにゃいの？」

「お風呂と言えば普通はこちらです。綺麗にするだけでなく、疲れを取ったりする場所ですね。砂漠地帯ならば水は貴重ですから、奴隷のネムが見たことがなくても不思議ではありませんが」

「ネムちゃん、どうしたらおっぱいだけ大きくなるんですかっ⁉　わたしはネムちゃんより足とかお尻《しり》はむっちりしてるのに胸が全然ないんですけどっ⁉」

「痴女……」

四人が並んで寝そべることも可能な大きな湯船には湯がたんまりと入っていた。

入浴剤が好きなハズキは、マルスからもらった小遣《こづか》いで様々なものを買い込み、仕上げに花を浮かべるなど様々な趣向を凝《こ》らしていた。

ちなみに入浴剤はそれなりに高額である。この世界で生活必需品《ひつじゅひん》以外にお金を回せるのは一部の裕福な者だけだ。

性欲こそものすごく強いハズキではあるが、基本の部分は天然な女の子であり、メルヘンチックな物を好み、可愛いものには目がない。そして無類の風呂好きだ。

「この部屋あったかいにゃ？　髪がもわっとするにゃ」

「お湯がありますから。さぁ、湯船に入る前に身体を洗いましょう。多分洗い方やソープなどの使い方もよくわかっていないでしょうから、今回は私とハズキで洗って差し上げます。光栄に思うように」

「座ってればいいのかにゃ？　ネムは覚悟を決めたにゃ！」

椅子に座り小さくなって身構えるネムをリリアとハズキが挟みシャワーをかけ始める。

マルスはなるべく見ないようにしながら自分の髪を洗って砂を落とす。

——天国じみた地獄だな、ここは。下半身の血流止まれ！

俺は全身のコントロールが普通よりできるはずなのに、どうして下半身だけは制御《せいぎょ》不能なんだ⁉

美少女たちが三人も一糸まとわぬ姿ではしゃいでいる。

視線を向ければ何もかも丸見えだ。

ただでさえ強い性欲がこの状況に刺激されないはずがなく、今にもタオルを突き破りそうな分身をなんとか鎮《しず》めようと、これから挑む七大ダンジョンの過酷《かこく》さを必死に考えていた。

しかし、聞き耳を立ててしまうのが男のサガだ。

「にゃあぁ……ぬくいのにゃ…ぞわぞわするにゃ……」

「すっごい泥まみれっ！ これは洗い甲斐《がい》がありますねっ⁉ 髪もゴワゴワ、もったいないっ！」

少しシャワーを浴びせるだけで、茶色に染まった水が流れ落ちていく。

ネムは初めてのお湯の感覚にぶるぶると震えていた。

「くすぐったいにゃ⁉ なんで触るにゃ⁉」

「おっぱいぷるっぷるですねっ……！ リリアさんとはまた違う感触ですっ！ リリアさんはもっとこう……むにゅうって手を持っていかれる感触……！ ネムちゃんのもいいなぁっ！」

「──痴女。少しは真面目《まじめ》に生きなさい」

「わたしは大真面目におっぱいを研究していますっ！」

ハズキはなぜかリリアを触りたがるが、どうやらネムに対しても同じらしい。

自分にないものに興味があるのか、それとも単に触りたいだけなのかは謎だ。

「ネムの耳に水を入れないよう注意するのですよ。人間とは構造が違いますから」

「かしこまりですっ！」

ネムの頭の上でぴこぴこと動く耳が水に濡《ぬ》れそうになったのを見て、リリアが注意する。

「耳、頭の可愛いのしかついてないんですね……細かい毛がびっしりでふわふわ……可愛いっ！」

「触るにゃ！」

「あうっ！　ふわっとしたので叩《たた》かれたっ⁉」

水を含んだしっぽで、びしゃっとハズキの腹が叩かれる。

叩かれたハズキはとても嬉しそうな顔をしていた。


「ぬくいの気持ちいいにゃ……ここに住むことにするにゃ」

「お風呂に住んじゃだめですよっ⁉」

頭を湯船の縁《ふち》に乗せ、天井を向きながら全身を脱力させてお湯に浮かぶネムは、ぽかんと口を開けて、長い八重歯を見せて、とろけた表情で言った。

ネムを真ん中にしてリリアとハズキが並ぶ。

マルスは浴槽《よくそう》の端で目にタオルを載《の》せ、三人の会話を聞きながら時々タオルの隙間《すきま》から様子を窺《うかが》っていた。

ネムはマルスのほうをちらちらと見ていたが、近寄ってくることも積極的に話しかけてくることもなかった。

――今近づかれるのはまずい。

人よりモノが大きくて不自由だと思ったのは初めてだ。性欲も精力も強い十七歳の身体は、所有者の意志など関係なく目の前の女たちに反応してしまう。

身体を洗い終えてやることがなくなると煩悩《ぼんのう》にばかり意識が集中してしまうのだ。

リリアはきっとネムの情報に対して自分のバイアスがかからないよう本人に直接聞いてほしくてマルスを一緒に風呂に入れようとしたのだろうが……生殺しだ。

リリアは全身性器に思えるほど豊満で美しい身体をしており、ハズキは下半身が男の本能的な性欲をくすぐりすぎる。

ネムも華奢《きゃしゃ》で小さな身体なのに胸が大きくてそのギャップが……まで考えて、マルスは頭を冷ますためお湯を顔にかけた。お湯のほうが頭よりまだ温度が低い気がした。

「ネムはあの連中と一緒にダンジョンに？」

「行ったにゃ。ダンジョンは鎖《くさり》つけられなくて好きに動けるから好きにゃー。一番おっきい部屋の魔物もネムが倒したのにゃ！」

「一番ということは……まさか。もしかして最後のフロアにいた魔物ですか⁉」

リリアが知っているのは、マルスとハズキとともに踏破《とうは》した『セクメト』で見たヒュドラという、絶滅した龍の亜種《あしゅ》だ。

マルスの話では、ダンジョンの最奥《さいおう》にそのダンジョンで最も強い存在がいる。

「でっかい牛みたいにゃのがいたにゃあー。牛なのに人間みたいに立って歩いて、でっかい斧《おの》を持ってて面白《おもしろ》いやつだったにゃ。そいつの上に乗って、わしゃしゃーっ、ってしてたら倒せたにゃ！」

ジェスチャー混じりでネムは笑顔を見せる。

その子供が自慢するような態度は全裸であっても淫靡《いんび》さを感じさせない。

「わしゃしゃーって……ネムちゃん強いんです？　可愛いのにっ？　魔法とか？」

「強いにゃ！　だからまだ生きてるのにゃ。弱いと死んじゃうのにゃー……倒したのは――こうやってにゃ！」

ネムが手を少し上にあげると、その白い細い指の三倍ほどの長さの、半透明な爪《つめ》が現れる。

そして、五本指それぞれにあるその爪をカチカチとぶつけて鳴らしてみせた。

タオルを少しだけ浮かせて片目で見ているマルスにも見覚えのある魔法だった。

「さっき奴隷紋《もん》で操《あやつ》られてた時も使ってたやつだね。上位っぽい魔物の皮膚《ひふ》も貫《つらぬ》けるのか。地味に絶体絶命だったかもしれないな、俺」

「異種族……それも獣人に分類される者たちが得意な身体拡張系の魔法ですね。人間はあまり使うことのない魔法だと思います。身体能力で劣る分、適性のある武器を使うほうが楽ですから」

魔法と一口に言っても、マルスが使うような自分を強化するもの、ハズキのように現象として外に発露《はつろ》するもの、リリアのように物質に作用するものなど種類は様々だ。

ネムの使った魔法は体そのものを拡張するものである。

「足のほうもできるにゃー！」

ネムは両手足に爪を発現してみせる。

「おおーっ！」

ぱちぱちと拍手《はくしゅ》し感心するハズキに気をよくしたのか、ネムは両手足に爪を発現してみせる。

「やはり身体能力で戦うのですね。獣人は身体能力に優《すぐ》れているとは聞いていました。私たちには前衛《ぜんえい》がマルス――ご主人様しかいないので、これはいい戦力増強になりそうです。何しろ次の目標は七大ダンジョンですから」

「よくわかんにゃいけど、ダンジョンならついていってやってもいいにゃ。ゴハン食べられるならどこでもいいのにゃー」

「それは問題ありませんよ。これまでの人生で食べたことのないようなものが食べられます。私たちのご主人様は料理を得意としておりますし、何よりご馳走《ちそう》を振る舞うのが大好きな方ですから。ですので――」

「――奴隷になればいいのにゃ？　ネムだってそれくらいわかってるにゃ。お仕事しないとゴハンは食べられないのにゃ！」

ゆらゆらとお湯に浸《ひた》ってくつろぐネムは、知識が乏《とぼ》しく知能も弱いと思っていたリリアの先入観とは違い、自分の置かれた現状を正確に理解しているようだった。

ただそれは単に理解しているというより、自分の生き方が奴隷しかないという諦《あきら》めから来るもののようにも見える。

「大丈夫っ！　マルスさんの奴隷って、どっちかっていうと守りやすいようにしてくれてるだけで、全然怖いことないですよーっ！　優しいしかっこいいしっ」

「かっこいいのかにゃ……？　あんまり強そうには見えないにゃ。強いのがかっこいいのにゃ」

——悪徳商法の誘いみたいだ。

ハズキの言葉を聞き、マルスは昔よくその手の悪徳商法のセールスに絡《から》まれたなと思い出した。

「弱くはないと思いたいけどね……改めてよろしく、ネムちゃん。俺のことはマルスでいいから。みんなで楽しくやろう」

結局ハズキもマルスさんで呼び名は落ち着いたし、ご主人様と呼ばれたいわけでもない。それにリリアから呼ばれる「ご主人様」が特別な響きにもなってくれる。

「それで、さっきまで一緒にいた王子たちについて聞きたいんだけどさ」

「クルーゼにゃ？　あいつは悪いやつにゃ！　すぐ怒って蹴《け》ったりするにゃ！」

「そうそう、そいつのこと。ダンジョン攻略は今回が初めてかな？　あいつらも七大ダンジョンに挑むって言ってたけど」

「これで三つ目だー、って言ってたにゃ。王様になりたいけど、けーしょーけん？　で自分が一番じゃにゃいから、昔ダンジョンで失《な》くなったなんとかってお宝を探して、色々なダンジョンに行ってるにゃ。王様の証《あかし》？　とかって聞いたにゃー」

——継承権が低いのか。

だから功績を上げるためにダンジョンに。

だが一回の攻略じゃ個人で金持ちにはなれても国家レベルには遠く及ばない。

そもそも宝はあくまで副次的なものでしかないのだから。

下層を資源として開発していけばかなりの金額にはなるが……。

でも七大ダンジョンならそれこそ国家を興《おこ》せるほどの財宝が存在する可能性もある。

誰も生きて帰ってきてないから勝手に七大ダンジョンと呼ばれているだけで、実際は他と大差ない可能性もなくはないけど。

たまたま挑んだ連中が弱かった、なんてこともあり得るだろう。

これればかりは入ってみないとわからない。

「あんなのが三回も踏破を!?」

「悔《くや》しいけど、実績は格上だな」

「いいえ、絶対にそんなことはありません！　あの大量の奴隷たちを使い捨てにでもしているのでしょう!?」

「まぁそれも攻略能力ってことだよ。別に自分が一番強い必要はないし。人間社会じゃ財力も権力も立派《りっぱ》な資質さ」

リリアはクルーゼの攻略を認めないと憤慨《ふんがい》するが、自分がマルスを贔屓《ひいき》しているだけだと気づき、少し落ち着きを取り戻す。

客観的に物事を見られないのはよいことではないが、リリアがそこまで自分を買ってくれていることにマルスは喜びを覚える。

ストレートに好きと言われるよりも、こういう何気ないタイミングで好意が明らかになるほうが心に刺さった。

「あんなでもクルーゼは王国で一番強い戦士なのにゃ……ネムの倒した牛もクルーゼは普通に倒せると思うにゃ。王子なのと強いのとで誰もなにも言えないにゃ。王様も好きにさせてるにゃ」

「醜《みにく》く肥大化《ひだい》した自尊心の原因はそこですか……特権階級にあることと個人の才能が最悪の形で嚙《か》み合っていますね」

肩にお湯をかける色っぽい仕草《しぐさ》とは対照的に、リリアは辛辣《しんらつ》に言い放った。

クルーゼが自分以外のものはすべて部下や所有物という発想を持っているのは間違いない。

恵まれた生まれで恵まれた能力を与えられていればそうなるのも無理はない気もした。

「まぁ……ほかに王位継承者がいるならクルーゼがダンジョンで死んだら死んだだし、生きてれば収益をあげてくるわけだ。なら多少悪いことをしてもなかったことにする方が国は得する」

——ダンジョンの先行者としては十分強力だな。

戦力的にもそうだし、物資も死人が出れば余るに違いない。

ひょっとするとそれらをハイエナのように手に入れることができるかもしれない。

あれだけの規模なら集団の分裂などもありそうだし、あの王子が協力を望まなくても実質的に協力関係になることもあり得る。

場合によっては俺の望む【禁忌《きんき》の魔本】——寿命《じゅみょう》操作の魔法以外はすべて渡したって構わない。

目的を果たせればどうあれ俺たちの勝ちだ。

「ラオファイト王国は資源がないから侵略で大きくなった国ですし、だから王族でも強いことや実績が一番大事だって聞いたことありますっ！」

「そうか、ハズキちゃんは知ってる国なのか。聞いてる感じはならず者国家だな？」

「ですですっ。この辺の小さな部族や都市はだいたい戦争に負けてラオファイト王国に併合《へいごう》されちゃってますねっ。砂漠の覇者《はしゃ》？　だとかそんな感じで呼ばれてます。わたしたち墓守《はかもり》の里はどこにも属してませんけど……」

砂漠の遊牧民が周辺部族を打ち倒し統合し国家として名乗りを上げ、足らない資源は他所《よそ》の地域から奪い取ることで賄《まかな》い、さらに領土を拡大して成り立ったのがラオファイト王国だ。

現在でこそ王国を名乗っているが、成り立ちは野盗の中で最も強かった者の末裔《まつえい》である。

蛮族《ばんぞく》の王の血筋は脈々と受け継がれているようだな、とマルスはクルーゼを思い出していた。

「なんかぼーっとしてきたにゃ……」

「風呂で長話するものじゃないな。上がったらどこかにご飯食べに行こう」

様々な質問をぶつけているうちに、知らず知らず自分ものぼせ始めていることに気づく。

平気そうなのはいつも長湯のハズキだけだ。

「ハズキはネムの髪を乾かしてやってください。面倒でなければ少々整えてあげてもいいかと。

意外とそういう細かい作業が得意でしょう？」

じゃれ合っている二人を横目にリリアは先に風呂から上がる。

最初こそ抵抗していたネムだったが、いつの間にかハズキと和解しているようだった。

ハズキは良くも悪くも人畜無害《じんちくむがい》なタイプなのを理解したのだろう。

「かしこまりですっ！　可愛くしちゃいますよーっ!?　いい匂《にお》いのするボディクリームなんかもつけちゃいましょうっ！」

「ハズキにゃんが臭いのはそれのせいかにゃ？　どんなに離れててもわかるくらい臭いにゃ！」

「く、臭いっ!?　乙女《おとめ》的にはショックな言葉なんですけどっ!?」

きゃーきゃー騒ぐハズキとネムをよそに、マルスはこっそり前かがみで風呂場を出る。

すると一足先に風呂場を出ていたリリアと鉢合《はちあ》わせた。

どうやら身体を冷ましていたらしく、脱衣所の椅子にタオルを巻いた姿で座っていた。

風呂で温められた白い肌はピンク色になり、水に濡れたタオルはリリアの身体にへばりついていた。

濡れた髪はそんな魅惑《みわく》の身体に張り付いて輝く。

唯一《ゆいいつ》鉄製の首輪だけがいかめしく鈍《にぶ》い光を放っているが、見慣れてくるとそれはそれでファッションのようにも感じられる。

リリアはタオルで股間を隠すマルスを見て妖しい微笑《ほほえ》みを向けた。

隠すと言っても所詮《しょせん》布一枚、マルスの屹立《きつりつ》しているモノを隠すにはあまりに頼りない。

　それはリリアにも言えることで、凹凸《おうとつ》のはっきりした身体はタオルでより扇情《せんじょう》的に強調されている。

「ご主人様。――大きくなっていますね？」

「生理現象だからね……やっぱり一緒に入るのは目の毒だ。我慢《がまん》できるほど辛抱《しんぼう》強かったら俺はもう少し上手に生きてると思うぞ。正直、目先の性欲で動いてることは否《いな》めないからね」

「それは誰で大きくなっているのです？」

「三人ともかな……」

「そこは私と言うのが波風立たない答えだと思いますが？」

　怒ったような口調は冗談めかしたものだったが、顔は笑っていなかった。

　タオルに覆《おお》われた胸元をリリアは二の腕でさらに寄せる。

　そして谷間に人差し指をさし入れ、タオルをゆっくり下げ、さらに深い谷間をマルスに見せつけるようにする。

　むにゅりと盛り上がる柔らかな胸の膨《ふく》らみは凶悪な毒を孕《はら》んでいた。

「今のこれはリリアのせいだよ」

「ご主人様の性欲が強いからですよ？　――かちかちですね？　今日も元気です♡」

　一人の女としてリリアを評価するなら、まさに極上。

　シミ一つない身体の綺麗さはもちろん、仕草や性格までマルスの好みだ。

　ちょっとした仕草にさえ匂い立つ色気がたっぷりと乗り、みずみずしい一挙一動《いっきょいちどう》は優美さが漂う。

マルスは感触も温度も匂いも知っているのだから、誘惑の強さは他人が見るよりもずっと強力だ。

ごくりと生唾《なまつば》を飲み込む。気づけば、はぁはぁと息が上がっていた。

いつの間にかタオルは床に落ち、生理現象としての勃起《ぼっき》は明確に性欲によるものに変わる。

目の前のメスのフェロモンに打ち勝てる気がしなくなってきた。

「——えっち、します？♡」

「え、こ、ここで……？」

——非常にしたい。

自分が下半身で動く生き物になってしまっているのを自覚する。

リリアの秘所はすべてタオルで隠されているが、赤く染めた頬と濡れた視線、艶《つや》やかに輝く唇が劣情をそそった。

「ネムちゃんは泳げますかっ？　わたしは最近泳げるのに気づいたんですよっ！」

「にゃ!?　すごいにゃ！　ネムもできるかにゃ？」

「浮くことができてるのですぐだと思いますっ！」

「やってみるにゃ！」

風呂場の方からはハズキとネムの無邪気な声が聞こえてくる。

どうやら風呂から上がる気はないらしく、まだまだ遊びたいようだ。

その事実がマルスを揺らがす。

「しばらくは出てこないようですね……」

「で、でもここじゃ……」

「リビングの方に行きましょう。びくびくしていて苦しそうですよ……？♡」

視線を下に向けてみれば、ガチガチに勃起したチンポから透明な汁《しる》が出ていた。

風呂のお湯とは違うものだというのは感覚でわかる。

もう我慢して鎮まるのを待つのは難しい。

手が自然とリリアのほうに伸びていく。細い肩口を摑《つか》みたい。

「おおーっ！　上手ですね、ネムちゃんっ！」

「魚の気分にゃ！　これであいつらを捕まえるにゃ！」

「やっぱりおっぱいで浮くんですかねっ？　リリアさんのもポヨポヨ浮くんですよね……！」

「ハズキにゃんはお尻がおっきいからそれで浮けばいいにゃ！　爆発しそうにゃ！」

「あっ！♡」

「にゃ⁉」

パシン！　とおそらくはお尻を叩かれた音とハズキの濁《にご》った嬌声《きょうせい》、ネムの驚愕《きょうがく》の声が聞こえてくるのをスルーし、マルスはリリアの肩を摑んで、目を閉じたリリアの唇にキスをする。

高ぶる身体を抑える方法はもうなかった。

「こんなっ、しょ、食卓でなんて……！♡」

「ベッドまで待てない……！」

風呂場からリリアを連れ出したマルスは、すぐに食卓テーブルの上にリリアを押し倒す。

そして覆いかぶさるとともにテーブルに軽く乗り上げ、リリアの片手を握ってむさぼるようにキスを始める。

◇

唇はマルスもリリアも同じ部位、同じ構造であるはずなのにその柔和《にゅうわ》さは全く違う。

いつ触れてみても口から全身がとろけてしまう。

荒くなったリリアの鼻息がくすぐったく、きっと自分も同じようにリリアをくすぐったくしているのだろうと思った。

リリアに抵抗するそぶりは一切なく、マルスに身体をゆだねるように脱力しきっていた。

事に至《いた》る前の二人は、こうしてひたすらキスをしたり会話してみたりという時間を過ごすことが多い。

お互いの存在を愛《いと》おしみながらするコミュニケーションが彼らにとってのセックスだ。

「はぁっ、はぁっ……ご主人様の熱くて硬《かた》いのが押しつけられて……♡　そんなに私の身体に入りたいのですか……？♡」

「ご、ごめん、無意識だった」

いつの間にかリリアの下半身に下腹部を擦《こす》りつけ腰を振ってしまっていた。

発情期の動物同然の行動をとってしまっていたことに自分でも驚く。

マルスの腰の動きのせいでリリアのタオルはすっかりはだけて、胸はまだかろうじて隠されているが下半身は丸見えだ。

ふっくらした薄桃色《うすももいろ》の割れ目を見ていると、頭の奥からかーっと熱いものがこみ上げる。

もはや我慢できず、リリアの纏《まと》っているタオルを食卓テーブルに広げるように引きはがす。

顔をうずめられるほど大きな胸が目を引いて離さない。

視線を奪われて、それが欲しくなってたまらなくなってしまう妖しい魅力は宝石に似ていた。

沈黙のまま見つめていると、リリアは羞恥心を隠しきれなくなって顔をそらす。

何度見られていようと、全身に穴が開くほど見つめられるのは恥ずかしい。

「…………」

「…………」

気まずい緊張感が二人の間にあった。

始めてしまえば獣《けもの》の如《ごと》く快楽に没頭できる二人だが、その直前はどこにでもいる少年少女のようにぎくしゃくした会話や距離の測《はか》り合いがある。

一拍おいてリリアがこぼした言葉には、先ほどまでの発情の気配は微塵もなかった。

「こ、こんな状況で言うことではないとわかっているのですが……『ノルン大墳墓《ふんぼ》』の攻略はやめませんか……？　今の私はご主人様と――ハズキやネムたちととも穏《おだ》やかな日々を送りたいと思ってしまっています。何も死ぬ可能性の高い危険なダンジョンに挑まずとも……ご主人様は金銭や名誉にもそれほど興味はなさそうですし、私もありません。今のままでも十分すぎます……」

──ずっと言おうとしていたのだろう。

そうわかるだけの勢いがリリアのよどみない発言にはあった。

マルスの行動や選択に文句をつけたくない。普段からそういった振る舞いを見せていたから言い出せずにいたのだ。

最終目的が寿命操作でリリアと同じ時間を生きることだとマルスは言っていない。

存在するかしないかもわからない【禁忌の魔本】を当てにしたずさんな計画など、期待を持たせて傷つけるだけで終わってしまうかもしれないと思ったからだ。

しかし、リリアが本心を明かした今、このまま黙っているべきではない。来るべき時がやってきた。

泣きそうな顔のリリアの頰に優しく触れ、指先に感じる温かさで決心をつける。

「俺もそう思ってる。これからもリリアたちと一緒にいたい。だから──」

出会った当初寿命が違うと聞いたときから考えていたこと、二回のダンジョン攻略の両方で【禁忌の魔本】があったから、どのダンジョンにも一定数存在するのだと確信したことなど、マルスは一部始終を話した。

当てにならない希望だけ見せるのが嫌だったから言わなかったと謝罪もする。

「それでは私のためにダンジョンに……？」

「ああ。俺たちが死んだあとリリアがずっと一人だなんて寂《さび》しすぎるし、何より俺がもっと一緒にいたい。ダンジョンに挑むのも命を懸《か》けるのもそれが理由だ」

二度生きてみて実感したのは、自分のためだけに生きるのは虚《むな》しいという確信。

一人でダンジョンを踏破し様々なものを手に入れてみても、満たされなかった。

リリアと出会ってからは毎日が楽しい。その日々を維持《いじ》できるならなんだってやる。

「――うっ……ぐすっ……！　ご主人様ぁ！」

感極まってしまったリリアはボロボロと泣き始め、しまいには声をあげて泣きじゃくる。

いつもは冷静沈着なリリアが、どこにでもいる少女のようになってしまう。

「リリア……」

「ごめっ、ごめんなさいっ、う、嬉しくて……！」

リリアの感情は爆発していた。

マルスと出会うまでのリリアの人生はずっと奴隷として奴隷商人のあいだを転々としており、心が休まる時はなかった。痛い苦しい寂しいで満ちていた。リリアの人間よりも長い人生の大半はそんな風だったのである。

バカにされ蔑《さげす》まれ、見世物《みせもの》として毎日、自分が無価値であると思い込まされる。

多くの異種族の者がそうやって心を壊された。

なまじ知性とプライドがあるせいで『リリア』を保てるのが余計に辛《つら》かった。

いっそ壊れてしまえれば楽なのにと毎日思っていた。

そんな自分が命を懸けられるほど愛されている。

一個人として大事にされている。

キャパシティを超えて沸き立つ感情の処理の仕方がわからず、真っ白になった頭はショートし、涙と嗚咽《おえつ》が止まらない。

「ずっと一緒だ。――俺は君のために頑張りたい」

「ど、どこまでも、最果てだろうと地の底だろうとお付き合いします……！」

だから今度は親愛を込めて軽いキスをし、薄氷色をした瞳からこぼれる涙を指の先で拭《ぬぐ》った。

リリアの涙で身体の火照《ほて》りが冷めていくのを感じる。

ただしそれはマルスに限った話だったようで、リリアは腕を、次いで足を絡《から》ませてマルスに再びキスを求めた。

はぁはぁはぁはぁ、と荒すぎる呼吸音とマルスに聞こえるほどの高鳴る心音。

今度こそ本当にリリアのスイッチが入ったようだった。

「ご主人様の赤ちゃんが欲しいです……♡」

頬ずりしてくるリリアに、マルスの身体は再び熱くなってくる。

抱きついたリリアを抱えソファに移動することにする。食卓テーブルの上では動くたびにギシギシと音が鳴るし、背中が痛そうだったからだ。

――これはもう、最後まで止められない。

全身を駆け巡る熱くたぎる奔流《ほんりゅう》が欲望を放出しろと騒ぎ立てていた。

下半身を少し前に突き出し、ソファに深く座り込む。

対面座位のかたちで太ももに乗り上げたリリアはマルスの首に抱きついてくる。

お湯と汗の混じった液体で、二人の体表面がぺったりとくっつく。

女を抱いている、と実感できる心地よい重みに口元がほころぶ。

筋肉質な身体に合わせ形を変える胸の柔らかさ。

女性特有の少しポッコリとした柔らかな下腹部にいきり立った股間が押しつけられる。

熱く硬く血管を浮き上がらせ、矢尻《やじり》のようにカリのカサが開いた規格外のチンポである。

常《つね》に冷静であることにプライドを持っていたリリアでさえマルスのそれに快感を教え込まれ、今では毎晩のように体内をかき回されることを望むようになってしまっていた。

「重くはありませんか……？」

「ううん、全然」

密着度をさらに高めるためにリリアの腰を引き寄せ、慣れた動きでキスを始める。

ちゅ、ちゅ、と唇を合わせるだけのキスを繰り返していると、リリアの方から舌《した》が伸びマルスの舌先に当ててきた。

歯をなぞり舌を交じらせながら性交の準備に移る。

舌のざらつきがもたらすくすぐったさと、例《たと》えようのない甘い味に全身がとろける。

細い腰から膨らむお尻に手を当て、軽く力を入れて指を沈めていく。

ほのかに光を放っているように感じる白い肌はみずみずしい弾力にあふれていた。

もはや言葉はいらない、と二人は興奮《こうふん》しきって身体を擦りつけ合う。

「んっ……ご主人様……好きです、愛しています……♡」

くいくいとリリアが小刻《こきざ》みに腰を前後し、チンポの裏筋《うらすじ》を自《みずか》らの下腹部に擦りつける。

下腹部にふにゅりとめり込む感触はスライムのように柔軟だ。

鈴口《すずぐち》からこぼれる我慢汁が淫猥《いんわい》なシミとなってリリアにねっとりへばりつく。

へその下あたりまで届く長さを身体で確かめているような動きだった。

オスに媚《こ》びるに等しい数センチの卑猥《ひわい》な動きはリリアの意志ではなく、興奮から無意識でしているものだ。

ハズキとネムが同じ空間にいるだとか、ダンジョンの物資を街で集める必要があるだとか、そういうことが些事《さじ》に思えるほど下半身の疼《うず》きは強く、昇り詰めた肉欲は理性をたやすく吹き飛ばす。

たらりとマルスの太ももの根本、睾丸《こうがん》の周りにとろみのある液体がチンポを伝ってくる。

それがリリアの秘裂《ひれつ》から染《し》み出したものであることはすぐにわかった。

段々と余裕のない顔になっていくにつれ、リリアの腰の動きはヘコヘコと上下にも激しくなる。

気づけばぬるぬるとチンポにリリアのおまんこが激しく擦りつけられていた。

「ご主人様っ……！♡　わ、私もう……♡　――えっちしたい、です♡」

割れ目が張り付いて、リリアの愛液が潤滑油《じゅんかつゆ》のように裏側に塗りつけられる。

擦れて空気を含んだ愛液はねばつき白く濁り、二人の性器の密着度を高めた。

膨らみきったクリトリスが、ずずず、と細かく弾《はじ》けながらチンポをレールにして滑る。

「俺も挿《い》れたい……」

性器同士の接触で全身に喜悦《きえつ》の波が押し寄せてくる。

挿入《そうにゅう》に至ったときに感じる快楽は尋常《じんじょう》なものではない。思い出すだけで射精してしまいそうになる。

ぐい、とソファに膝《ひざ》をついたリリアがマルスの肩に片手でつかまり、もう片方の手でチンポを細い指で摑み、膣口《ちつこう》に亀頭《きとう》の先端を当てようとする。

陰唇《いんしん》があまりに柔らかく形状を変えるため、ぬるんと滑り、狙《ねら》いがなかなか定まらない。

ようやく誘導できたかと思えば、今度はチンポの大きさがネックになる。

マルスは目の前に差し出された豊かすぎる胸の谷間に顔をうずめ、乳首に吸いつき、やがて両手で持ち上げるようにして優しく揉《も》みしだいた。

たぱたぱと半ば固形化した水に溺《おぼ》れていく気分だった。

「な、何百回しても大きいです……！♡　――あっ！♡」

「うっ」

リリアの爆乳と戯《たわむ》れていると、亀頭の先端だけがいきなりリリアの体内に飲み込まれる。

いつ入れても、穴に入れるというより穴を作る感覚に似ていた。

亀頭が押しつぶされる快感に顔をしかめていると、早くも精液を吸い出そうと、膣内の細かなヒダが歓迎するように亀頭に絡みつき細かく振動する。

「あっ、はあっ……！♡　――んんんっ、んんっ！♡　ふうっ、んあっ……！♡　は、入りませんっ……！　早く欲しいのに……♡」

普段はマルスから入れてくれるため、リリアは覚悟をするだけでいい。

しかし今回はリリアが自発的にしなければならず、力を緩《ゆる》めたら侵入してくるだろうカリの太さに少々怯《おび》えを覚えていた。

リリアはそのカリがいかに強い快楽を与えてくれるのか誰よりも知っている。

膣内をすべて引きずり出すように引っかかり、中の性感帯を余すところなく責め立てるのだ。

そうなれば恥ずかしい声を漏《も》らし交尾《こうび》を求めるだけの生き物になってしまう。

「ゆっくりでいいからね」

「は、はいっ……ああ、は、入って……――ひうっ⁉♡」

「うあっ……」

にゅるんと亀頭全部が入ると、ズルズル半分くらいが一気に飲み込まれる。

マルスも突然、一息に与えられた刺激で肺の中の空気が抜け、情けない声を出した。

入った瞬間、リリアは一瞬真顔《まがお》になる。こちらも強い刺激が唐突《とうとつ》に襲《おそ》いかかったのだ。

腰が抜けてしまったのか脱力し、リリアの身体ががくりとマルスに落ちてくる。

ごりごりごり、とリリアの中が強制的にマルスの形になってしまう。

「あひっ⁉♡　あああっ、ああっ！♡　んー、んっんんっ！♡」

　唐突な挿入に焦《あせ》ったリリアは腰を浮かせて逃げようとするも、力が抜けてしまった腰ではやはり上手《うま》く動けず、結果体重を乗せたピストンを繰り返す状態になった。

　引き抜こうとする際の快感で何度も腰を抜かしてしまう。

「し、締めつけすぎ……！」

　押し戻されるくらい締まりがキツイ。

　ひくひくと膣内が痙攣《けいれん》し、うねった膣肉が舐《な》めしゃぶるかの如くチンポに絡みつく。

　上下左右に小さなヒダが存在する膣内はまさに名器。

　ヒダの一枚一枚には鳥肌《とりはだ》のような極小の突起がみっちりとひしめいていた。

　たっぷりと愛液が満ち満ちたそんな最高の肉壺《にくつぼ》で射精しない男がいるはずがない。

「んっ、ふぅっ……！♡」

　リリアはマルスに力いっぱいしがみつき、背中に爪を立てる。

　指はかくかく震え、吐く息には声にならない声が混じる。

　コリコリした感触が亀頭に伝わり、一気に奥まで入ってしまったところで、リリアは絶頂に達したようだった。

　ちらりと見えたリリアの足はぴんと伸ばされ、腰から下が細かく痙攣している。

　マルスのほうも急激に刺激を与えられたため、射精しそうになり根元のほうがびくびくと動いてしまっていた。

「ふあっ、ひっ、んっ、んんっ……！♡　い、入れられただけでっ、――イ、イってしまいました っ！♡」

じわっと全身から汗を吹き出し、息も絶え絶えの様子で、これ以上快感が襲ってこないようリリアは硬直しながら言う。

だがその抵抗はリリアだけのことで、マルスからすればもう我慢などできる状況ではなかった。

――目の前で最愛の女が絶頂に達した。

胸元から上を真っ赤に染め、うっすらと涙を浮かべつつ、喘《あえ》ぐように熱い息をマルスの顔のすぐそばに吐き出している。

ただでさえ気持ちのいい膣内は絶頂後の痙攣も混じり天国のような快楽をくれる。

今にも射精してしまいそうな興奮を抑え、マルスはリリアの尻を掴み上下に揺すり始めた。

「あっ、い、あ、ああっ！♡　まだ敏感なのにっ！♡　い、息がっ！♡」

「こんなの我慢できるわけない……！」

風呂でさらに温まった膣内をごりごりと味わう。

自分の形にするように女を独占していくのは、肉体のみならず精神的にも征服感がある。

「お、奥っ！　いつもよりもっと奥に入ってっ！♡　ゆ、許してくださいっ、今はまだぁっ！♡

――イ、イっでますからぁっ！♡」

体重が垂直にかかるせいで少し揺すっただけでも奥の奥まで貫くことになった。

細かなつぶつぶのついたヒダに必死でチンポを擦りつけてしまう。

睾丸が持ち上がり、尿道の先端まで精液が昇っていく。

オスの本能としか言えない、膣内射精への甘美な誘惑。

外に出す気には微塵もならない。

頭の中が微熱に冒《おか》されていた。

「ま、またイくっ！♡　イ、イってるのにイくっ！♡　お、おまんこがびりびりってっ！♡」

ゆさゆさとリリアを上げ下げし、腰を突き上げる。

ソファは自分たちのしていることが恥ずかしいことだと喧伝《けんでん》するかのように、ギシギシと軋《きし》む音を出していた。

「お、俺ももう出る……！」

「あっ、あんっ！♡　だ、出してください！♡　私のおまんこっ、ご主人様でいっぱいにっ……！♡」

「ううっ！」

びゅくくっ！　びゅるる！

どくんと根元が大きく跳《は》ね、尿道を熱い迸《ほとばし》りが疾走《しっそう》していく。

精液を放出する快感に頭の中も真っ白になった。

膣の痙攣が内部へ引き込むように動き、残った精液も吸い取っていった。

お互いに抱き合って、絶頂の余韻《よいん》に浸《ひた》る。

びゅくびゅくと残りの精液を出し切るまで、マルスは行動不能だ。

そして、ふうふうと呼吸を整え、黙ったまま見つめ合った。

このあともう一度キスをして、膣内で膨らんだままのモノを擦りつけ始めれば二回戦が始まる。

周りのことなど考えていなかった二人は当然そうするつもりだったが——。

「ネムちゃんっ！　ちゃんと身体を拭《ふ》いて服着て出なきゃダメですよっ！」

「ほっとけば乾くにゃ！」

ネムが全裸のままリビングのほうへ駆けてくる。そしてそれを止めようと身体の前面にタオルを当てたハズキが追ってくる。

全裸で身体を重ねているマルスとリリアを見て、ネムは二人を指差し、ハズキの方を振り返って言った。

「この二人も服着てにゃいし、拭いてないにゃ！　びっちゃびちゃにゃ！　そして変な匂いするにゃ⁉」

「ふ、二人とも何してるんですっ⁉　色々びっちゃびちゃですかっ⁉」

「リリアにゃん泣いてるにゃ⁉　マルスにゃんもやっぱり殴るにゃ⁉」

「セックスならわたしも交ぜてくださいよっ⁉」

しっとりとした空気が一瞬で消え失《う》せる。

マルスとリリアは視線を合わせ、額《ひたい》と額を軽くこすり合わせて笑った。

全員、身支度《みじたく》を整える。

◇

マルスとリリアはその前にもう一度風呂に入り直した。

まだ奴隷ではないが、外目から見て所有者がわかるようにネムにも首輪はつけるべきだとリリアは主張した。

所有者のいない異種族は何をされるかわからないから、念のためのフェイクである。

「この服、胸のとこがキツイにゃ……やっぱり前の服にするにゃ」

「キ、キツイ……わ、わたしの服が……!? ――それじゃまるでわたしのおっぱいがないみたいじゃないですかっ！ それに前の服はボロボロだからダメですっ！」

「全然なかったにゃ？ ハズキにゃんはネムより子供にゃ」

「わたしはこれでもお姉さんですっ！ おっぱいだって、い、一応、あ、ありますよぉっ！ ふっくらしてるし、触るとぷにっとしてますからっ、ぷにっと！ ほらほらっ！」

風呂から上がったあとハズキの服を着せられたネムは、しっぽを左右にぶんぶんと振りながら不満を口にした。

ハズキのサイズでオーダーメイドされている服なので、ネムだと胸がキツイ。

リリアを除けばハズキが最年長だが悲しい現実だった。なお、それについてはハズキの服を着せるという話になった段階でマルスにはわかっていた。

ネムは肩から紐《ひも》で吊《つ》り下げられたショートパンツ姿で、上はお腹《なか》が見える丈《たけ》の短いシャツ姿。奴隷としての新しい首輪は青色のもので、同じように青いリボンを、ハズキにしっぽの先につけられた。

髪が青っぽい銀髪なので、色は青と金と白でまとめたらしい。

可愛らしさと元気さが両立したスタイルだ。

ハズキが着るともっと腹部が出て痴女っぽく見える服である。結局恥ずかしくて着ていない。

「下もなんか穿《は》かされてるから窮屈にゃ！　あと身体が臭いにゃ！　なんかヌルヌルしたの塗られたからにゃ！」

「パンツは穿かなきゃダメですっ！　だ、だから、あ、あのヌルヌルはおしゃれアイテムですよっ！　いい匂いでしょぉっ⁉　高かったんですよっ⁉　臭いって言われるのはショックなんですけどっ⁉」

——仲がいいんだか悪いんだか……姉妹みたいだな。

馴染《なじ》むのはそう難しくなさそうだ。

「それにしても綺麗になったな、ネムちゃん」

「というか元々がとびっきりの美少女ですよ、ネムちゃんっ！　まつげ長いし目はくりっくりだし、唇はピンクだし髪はさらっさらだし……！」

「確かにこれは見違えるほどのものがありますね……！」

「にゃあ……あんましジロジロ見るにゃ！」

「照れてますねぇっ！　かーわいいっ！」

「う、うるさいにゃ！」

照れて少し赤い顔のネムをハズキがからかう。

ハズキによってネムの髪は整えられ、出会ったときと比べると容姿の美しさは天と地ほどの差があった。

マルスもリリアも散髪はハズキにしてもらっている。料理は大雑把《おおざっぱ》だが、そういった細かい作業においてハズキは才能があった。

ネムに首のあたりを気にしている様子が見受けられるのは、長年使われていたであろう首輪が変わったことによる違和感ゆえだろう。

「痴女は人見知りなくせに、妙なところで社交性を発揮《はっき》しますよね。店では顔を真っ赤にして自分の注文もろくにできないのに。ご主人様とネムに共通していることと言えば……年下という点でしょうか？」

「年下には強気に出られるタイプか……聞こえが悪いな？」

「あるいは母性でしょうか？　性欲が強いということは、それだけ繁殖《はんしょく》欲求が高いということですし、それに伴《ともな》う母性はあるのかと」

「ならリリアも母性は強いのかな？」

「そ、それはどういう意味です!?」

ネムの緊張が解けているのを確認したマルスは、赤面してむくれているリリアと二人を連れてリビングのほうへ向かい、全員で食卓に着く。

「ネムちゃん、まず、さっき奴隷になってもいいって言ってたのはホント？」

「ゴハンをくれるならなるにゃ。さっきのお湯のところをネムの場所にしていいなら、もっとなるにゃ」

「風呂はダメだね……気が進まないなら、お金を渡すからそのまま自由になる道を選んでもいい。ネムちゃんには命を懸ける理由がないからね」

仲間になってくれれば嬉しいが、自発的に協力する気がないのであれば不必要でもある。協力的でない仲間は敵よりもずっと厄介《やっかい》だ。

「自由ってなんにゃ……？　ネムは別に奴隷でいいにゃ。お金もらっても数字がよくわかんにゃいし、最初から奴隷だったから考えても同じにゃー。嫌われ者だし、行きたいところもやりたいこともないにゃ。人間は近づいたらみんな『魔物』って怒るしにゃー……それにこんなに色々してもらったのははじめてなのにゃ。一緒にいてもいいなら一緒にいたいかもにゃ」

「もちろんその選択は歓迎するよ」

耳をぺたりと倒し、ネムは何かを思い出したように悲しげに話した。

異種族の奴隷というだけで簡単に命を奪われてしまうのだと、以前リリアは言っていた。

実際ネムはマルスたちの目の前で殺されかけていたのだ。

「俺たちはこれから七大ダンジョンに行く。それでもついてくる？　――死ぬかもしれない」

「行くにゃ。だって元々そこに行くために連れてこられたのにゃ。ネムは小さいけど強いからにゃー！　がー、わしゃしゃ！　ってやればだいたいの魔物は倒せるにゃ！」

ネムは顔の横に両手をやり、威嚇《いかく》するように爪を立てるポーズをしながら笑顔を見せる。

——やっぱり異種族は平均すれば人間より強いんだろうか？

リリアも魔法だとか弓の技術がすごいし。

ネムちゃんの言ってることはちょっと抽象的すぎてわからないが……。

強いから人間に疎《うと》まれているのだろうことは想像がつく。

しかも数が少ないから余計にだ。

「マルスにゃんの奴隷になればゴハン食べ放題にゃ？」

「もちろん。俺の趣味が料理なんだよね。あとはリリアとハズキちゃんの服買うのとか。ネムちゃんのもたくさん買おう」

マルスの言葉にネムは金色の瞳にさらなる輝きを湛《たた》え、大きく口を開けて笑い、長い八重歯を見せつけた。

「じゃあなるにゃ！　ネム・ネイル、よろしくにゃ！　あっ、でも首輪はこの軽いのがいいにゃあー。前のは重くて、歩くと頭がぐわんぐわんしてたにゃ」

——まぁ俺の奴隷なら平気だけど、結構みんな簡単に決めるよな。

あっさりと奴隷になることを承諾《しょうだく》してしまうくらいなのだから、ハズキもネムも思考は短《たん》絡《らく》的である。

もちろんマルスに害意がないことも要因の一つではあるが、転職不能の職業に就《つ》くようなものなのに選択の仕方は直情的だ。

　これは日本人であったマルスには多少違和感を覚えるところなのだが、この世界の基準だとそう珍《めずら》しいことでもない。

　何しろこの世界は危険がいっぱいで、死は非常に身近なものだ。前提が現代と違いすぎる。貴族などの特権階級以外の庶民の寿命は平均すれば、せいぜい五十歳前後といったところ。人ひとりの命は金銭で買えるものだし、餓死《がし》は庶民には現実的な死因の一つである。場所によっては孤児《こじ》もありふれている。

　なのでその日その日を楽しく生きる短絡的な思考は、この世界の一般層だとむしろ合理的なものと言えた。まず定職に就いている者はあまりおらず、日雇《ひやと》い仕事で稼《かせ》いだ金をその日のうちに遣《つか》い切るような人物が非常に多い。

　明日はないかもしれない、もっと悪くなるかもしれないという思いが多くの人間の行動の前提にあるからこそ、一攫千金《いっかくせんきん》を狙えるダンジョンを目指す者が少なくないのだ。そうでなければ人々は命懸けでダンジョンに挑まない。

　退屈で平和な日常は、この世界では限られた特権階級の者しか手にできない贅沢《ぜいたく》なのである。

　ネムの笑顔を見ていると、リリアがマルスを見つめ、くすりと笑っていた。

　心の中を見透かされているような、そんな視線だった。

「なんだか……ちょっと家族っぽさが出てきたな」

「ええ」

「リリアさんがお母さんですかねっ？　できればわたしはお嫁さんがいいんですけど……リリアさんは姑《しゅうとめ》でっ！」

「――私が妻ですが。出会った順番的にも確実でしょう？　お望みならイビリます！」

リリアは目を細め、ハズキを静かに威圧《いあつ》した。

どっちも嫁のつもりでいるマルスだが、ひとまずはリリアを刺激しないよう黙ったままでいる。

「家族……馬のおっきいのとちっちゃいのみたいなののことにゃ？」

「そうだよ。ネムちゃんは家族いる？」

「馬小屋で馬と一緒に暮らしてたから、馬が家族かにゃ？」

「お父さんお母さんは？」

無神経な質問かとも思ったが聞いておきたい。

家族がいるのなら奴隷にはできないと思うからだ。

それならば家族のもとに自由の身で帰してやりたいとマルスは考えていた。

「いないにゃ。ネムはたぶんこう……土からにょきにょきって生えてきたと思うのにゃ。だからみんなと見た目が違うのにゃ」

ジェスチャー混じりでネムは言う。

冗談で言っているわけではないらしく、なんとなくどこか本気で言っているような響きがあった。

「生物学的にそのようなことはあり得ません。どこかにきっと、貴方の両親はいますよ。どちらかはおそらく人間でしょうね。ネムの身体的特徴は純粋な異種族――獣人ではありませんから。体毛は人間並みかそれ以下ですし、手足も獣人とは大きく違います」

リリアの見立てではネムは最低でもハーフ、場合によっては数世代にわたり人間との交配が続いていると思われた。

本来の獣人はオスメス問わず体格的に人間よりずっと大型であるし、鎧《よろい》にも似た強固な体毛に覆われ、手や足には甲冑《かっちゅう》を纏《まと》った人間を引き裂ける爪が生えている。

ネムは猫耳としっぽの生えた人間と言える容姿であるし、毛色に至っては自然界では目立つであろうほとんど白に近い水色だ。

「にゃ⁉　ネムも人間なのかにゃ⁉」

「だから――そ、そうです、貴方は人間のようなものです。詳《くわ》しく調べていないのでわかりませんが……」

――あのリリアが説明を諦めた！

長生きだからか知識欲の強いリリアは説明したりするのが非常に好きなのだが、ネムに限ってはあっさりとそれを放棄《ほうき》する。

前提となる知識に差がありすぎるからだろう。

説明に説明が必要なり、理解させるのが困難だと判断したのだ。

「でも家族にはあんまり興味ないにゃあ。よくわかんにゃいにゃ」

「ま、しばらくは俺らが家族ってことで。いつかみんなで捜しに行こう。そういう旅もいい」

ダンジョンを踏破して、時間の縛《しば》りがなくなればそうしたこともできる。

失敗の可能性は考えても、マルスは基本的には望みが叶《かな》う前提で動いていた。

——寿命を延《の》ばす【禁忌の魔本】。

普通に考えれば荒唐無稽《こうとうむけい》だけれども、実際マルスはこの世界に転生してきている。

明らかに物理法則とかそういったものを超越している現象だ。

魔法だって存在する。デフォルトで寿命が人間の十倍近くもあるようなエルフさえいる。

だったら寿命を延ばすくらいのことができないとはどうしても思えないのだ。

「ハズキちゃんの故郷の、前人未到のダンジョン。頑張って踏破しような」

「よくわかんにゃいけど、ネムがいれば簡単にゃ！」

片腕を大きく突き出し、ネムは耳を動かしつつ声を上げた。

するとハズキが対面から腕を伸ばし、ネムの頭を優しくわしゃわしゃと撫《な》でまわす。

「よしよしっ、ネムちゃんは強いんですもんねっ！」

「頭さわるにゃ！　ハズキにゃんすぐさわるからイヤにゃ！　ネムはネコとちがうにゃ!?　あいつらは寝てばっかかにゃ！　だけどネムはちゃんと働くのにゃ！」

と、思わぬ反応を見せる。

どうやら猫のように扱われるのは嫌なようだった。

それでも大きな猫耳としっぽの動きは完全に猫のそれである。

「痴――ハズキ。異種族、特に獣人と呼ばれる彼らは人間と知覚能力などに差があります。耳などの敏感な感覚器官にはあまり触れぬように。貴方だって敏感なところをいきなり触れられたら嫌でしょう？」

リリアも自分の長い耳を触ってみせる。

人間のそれと比べれば聴力が格段に優れているが、その分敏感だ。

「えっ、わ、わたしは興奮しますけど……？　マルスさんにお尻触られたりするともう……ゾクゾクびちゃびちゃですよね？　あああ、交尾して妊娠させてもらわなきゃって、リリアさんもなりますよねっ⁉」

「――痴女！　私はそこまではしたなくありません！　ま、まぁ？　少しは劣情を催《もよお》すこともありますがっ……――あっ、ご主人様違うのです、これはその……ハズキとの売り言葉に買い言葉というものでしてっ！　ちゃ、ちゃんと発情いたしますからねっ⁉　後ろから囁《ささや》かれて耳に息がかかる時など、全身の力が抜けて、火照って性器がぬるぬると――……ああ、もうっ！　なんてことを言わせるのです！　ハズキ、貴方のせいですよ⁉」

リリアは、最初は照れていただけだったのに、ハズキの発言すべてを否定するのはマルスでは欲情しないと言っているも同然だと気づき、机に両手をついて立ち上がり、慌てて訂正《ていせい》した。

だが不興を買ったに違いないと思って動揺しすぎたためか、恥ずかしいことまで思わず口走ってしまったようだ。

最後にはしゃがんで、黙って両手で顔を隠してしまう。

心の中で穴があったら入りたいと言っているのが聞こえてきそうな振る舞いだ。

プライドの高いリリアにはあまりに恥ずかしい状況だった。

しかし顔を隠しても、長い耳が真っ赤に染まっており、それはマルスにもハズキにも丸見えだ。

「ハズキにゃんはお尻触られたいのかにゃ？　またネムがパーンってするかにゃ？　すごい声出て面白かったにゃ。こーびってなんにゃ？　リリアにゃんはお腹痛いのかにゃ？　ネムがお腹なでなでするかにゃ？」

純粋な疑問を口にしつつ、ネムはしゃがみ込むリリアを心配していた。

「ネ、ネムは聞かないでおきなさい。そこの女の言動は記憶する必要が微塵もありません。私も何も問題ありません」

「ひ、ひどいっ！」

仲がいいのか悪いのかわからないやり取りにマルスは苦笑した。

すぐに死ぬかもしれないのに、今日も穏やかな日だ。

いつまでもこの穏やかな日々が続けばいい。

◇

——いつからこうなってしまったのか。

私ならばこうなる前に止めることもできたのだろうか。

いいや、きっと何も変えられはしない。

私はただ、大昔の約束を守ってこの方のそばにいることしかできないのだから。

『ずっと俺のそばにいろ。この寒々しい王宮で、こんなに人がいる王宮で、俺の味方はお前だけなのだ』

王子クルーゼの側近《そっきん》、二十三歳の女騎士であるユリス・ハウは遠い昔の言葉を思い出しながら、クルーゼの傍《かたわ》らで事の成り行きを見守る。

マルスたちと遭遇《そうぐう》した日の夜、つまりダンジョンを踏破したその日に、クルーゼ一行は次なる目的地『ノルン大墳墓』へ向け馬車隊を進めていた。

千人規模の奴隷たちはダンジョン攻略で酷使された後でもろくな休息は与えられない。

マルスという存在が同じく七大ダンジョンを目指している。

その情報がクルーゼの功名心にさらなる火をつけてしまっていたからだ。

何をやってもできてしまうその能力と権力、広大な版図《はんと》を統《す》べる覇者の血が燃えたぎりクルーゼの歩みを止めることを許さない。

「貴様らグズが生きていられるのは誰のおかげだと思っている⁉」

奴隷を指揮する奴隷――四人の奴隷長に向け、王子クルーゼはムチを振るった。

奴隷長たちは元は王宮勤めの騎士などであり、仕事上の失敗により身分を奪われ奴隷に落ちた者たちだ。

とはいえ生まれたときから奴隷階級だった者たちとは能力的にかなりの差がある。

指揮経験を持つ者も多いため、こういった場合は小隊長として一定の指揮権を与えられていた。

「我輩《わがはい》が貴様らのようなゴミどもに何不自由ない生活をさせてやっているのだぞ⁉ 言わずとも我が意を察しろ！」

大の男、それも筋力や体格に優れた者が躊躇なく本気でムチをぶつけるのだから、当然肉は裂け、大量に出血する。

クルーゼが激怒している原因はマルスの介入《かいにゅう》だ。

奴隷長たちがもっとしっかりしていればマルスに割り込まれるようなイレギュラーは発生しなかっただろうとクルーゼは憤慨していた。

もちろんこれは単なる言いがかりでしかなく、奴隷長たちも内心では理不尽《りふじん》なクルーゼの対応に怒りを覚えていた。

そしてそれは側近であるユリスも同じ。味方ではあるがクルーゼのすべての振る舞いに同意できるわけではない。

それどころか、誰よりも今のクルーゼの行動を憂慮《ゆうりょ》している人物でもある。

そうでなかった頃を知っているからだ。

現在のクルーゼを贔屓目《ひいきめ》なしに評価すると、筋骨隆々《きんこつりゅうりゅう》の悪い意味で冷静な男というのがふさわしい。

悪い意味で冷静とは、その性格の冷酷さからくる評価だ。

ただ、だからこそ強いとも言える。多くの人間が簡単にはできない他人を殺すという行動をクルーゼは躊躇なくできるからだ。

昔から冷静ではあったが、今ほどではなかった。それを知るのはユリスだけだ。

「栄誉の傍らに随伴《ずいはん》させてやっているというのに……まして貴様らには小隊長まで任せているのだぞ？」

青筋《あおすじ》を立てた顔で再びムチを何度か打つ。

さすがに千人規模となれば、クルーゼ一人ですべての指揮を担《にな》うのは不可能だ。

そのため一部の奴隷運用は奴隷長やユリスのような側近たちに任せている。

その奴隷長たちの奴隷紋はクルーゼが直接管理しているので、こういった体罰《たいばつ》を与えても反逆されることはない。

クルーゼ一行で奴隷でないのはたった一人、ユリスだけだ。

「下を向き不満げな顔でもしているのか？　だが我輩はもっと不愉快《ふゆかい》だ。我が覇《は》を知らしめるためだけに存在しているゴミのような群衆たちの前で、あのような醜態《しゅうたい》を晒《さら》す羽目《はめ》になったのだからな」

ドスンと音を立て、馬車の中に設置された玉座《ぎょくざ》にクルーゼは座り込み頬杖《ほおづえ》をつく。

自分以外の人間――父である王や兄である王子たちも含めて――はすべて等しく価値のないゴミである。クルーゼの価値観はそう考えるくらい極端に歪《ゆが》みきっている。自分以外の存在は道具であり敵なのだ。

奴隷たちは声を抑えて俯《うつむ》くだけで、一言もクルーゼに返答しない。

ユリスやクルーゼから見えないその表情は怨嗟《えんさ》で濁《にご》っている。

奴隷紋の存在と、国に残してきた家族が人質になっているから従っているだけ。

クルーゼとそんな立場の奴隷たちの間に信頼関係など存在しようがなかった。

黙っているのも同意しているのではなく、黙っているのが一番早く怒りを収める方法だと知っているからだ。こういった体罰は日常茶飯事《さはんじ》であった。

「もうよい。——飽《あ》いた。消え失せよ」

空気を固めて飛ばす魔法で、クルーゼは座ったまま馬車の扉を強引に開け放つ。

夜の砂漠の冷たい空気が一気に車中に舞い込んだ。

奴隷長の一人に向けてクルーゼは手のひらを向ける。

何をしようとしているのか察したユリスは、床に膝をつき頭を下げて乞《こ》う。

「クルーゼ様。彼らは奴隷と言えど幾人《いくにん》か分の奴隷紋を持つ指揮官です。奴隷たちからの人望もありますし、個々人の能力も高く、失《お》うには惜しい人材です。ですので、どうかこれ以上の叱責《しっせき》はお控《ひか》えいただきますよう……」

クルーゼは走行中の馬車から奴隷長たち四人を叩き落すつもりだった。

いつも一緒にいるユリスにはクルーゼの思考の先読みができた。

いくら下が砂だとはいえ、後ろに何十台も馬車が続いているのだから危険極まりない。

怪我《けが》をした状態で落とされれば傷口に砂が入り込み重症化する可能性もあった。

一瞬迷う様子を見せた後、少し頭に血が上っているようだと気づいたクルーゼは玉座から立ち上がり、奴隷長たちに背中を見せた。

クルーゼという人物は冷酷ではあれど頭が悪いわけではない。

嗜虐《しぎゃく》性こそ強いが思考ベースは合理的な人物で、攻略に奴隷を用いるのも自身の権力と財力を最大限に活かせる方法だとわかっているからだ。

「──我が寛大《かんだい》な心に感謝せよ。我輩は寝台に戻る」

「はっ……！」

「お前も後で来い」

「かしこまりました」

バツが悪そうに吐《と》き捨てるように言ったあと、クルーゼは馬車の壁をすり抜け、後ろを走る専用の寝台馬車に跳び移った。

踏破したダンジョンで得た【禁忌の魔本】の魔法により、クルーゼは様々な魔法を身につけている。

使ったのはその中の一つ、壁をすり抜けることができる魔法だ。

ダンジョン攻略では壁の中から魔物を攻撃したり、そもそも魔物との遭遇を避けることもできる強力な魔法である。

もっとも、壁の中にいる間は急速に体力を消耗《しょうもう》するため常時使用はできないのだが、ダン

ジョン攻略においては限りなくチートと言える魔法だった。

「怪我をした者はこちらへ。私ができる範囲で治癒を施《ほどこ》す」

「そ、そんなことをすればユリス様もクルーゼ様に……」

ユリスは奴隷長たちに軽く頭を下げ、ムチの傷に治癒魔法を当てていく。

自分よりも年長者で、かつての同僚であり上司だった者たちに、ユリスは一定の敬意を持っている。だから奴隷に身分を落としていても、建前《たてまえ》で上下関係は示すが邪険にはしない。明日は我が身という考えもあった。

「私は構わない。叱責されるのは慣れているし、私相手ならそこまで苛烈《かれつ》でもないから。――クルーゼ様をあまり恨《うら》まないでやってほしい」

「で、ですが……あまりに傍若無人《ぼうじゃくぶじん》ではありませんか？　王族だからといって、許される範囲を大きく逸脱《いつだつ》していると思います」

口々に不満を口にする奴隷長たちをユリスは咎《とが》めることはしない。

集団におけるナンバーツーであるユリスだが、この手の不満を相談されることはよくある。そしてそれを告げ口しない。だからこそ奴隷たちの信頼も勝ち得ており、中間管理職さながらに上と下の関係を調整していた。

これはユリスなりのアメとムチである。

自身がクルーゼの忠実な部下である以上、クルーゼ本人に対して不満があっても、奴隷たちがユリスの言うことを聞けばそれは実質的にはクルーゼの命令を聞いているのと同じだからだ。

「あの方も好きでやっているわけではない。今が人生において最も大事な時期であると認識した結果、あのように苛立《いらだ》ってしまっているだけだ」

「……………」

あの嗜虐性は趣味を兼《か》ねているだろう。

奴隷長たちがユリスを見る目にはそういった意味合いが込められていた。

本当はそのような人ではないのだ、とユリスは言いかけ、すぐに口を閉じ、別なことを奴隷長たちに言った。

——少なくとも昔は違った。もっと優しくて無邪気で……。

「どこかのダンジョンで紛失《ふんしつ》してしまった、建国王の持っていたとされる『支配の王笏《おうしやく》』。それがあればクルーゼ様の王位継承は実現する。加えて七大ダンジョンの踏破という前人未到の功績で、ラオファイト王国には千年の栄華《えいが》がやってくるだろう」

その由来《ゆらい》をひもとけば元々ダンジョン産のものだとされる宝、『支配の王笏』。

所有者に好意を寄せるようになる精神支配の魔法を発動できるアイテムだ。

対象に好意を抱かせ自発的な行動を促すこともできるラオファイト王国の至宝《しほう》の一つだった。

建国王は圧倒的な力とそれを含む魔法のアイテムを駆使し、現在の国の礎《いしずえ》を作ったとされる。

遊牧民であること以外は出自不明の人物であるため、ダンジョン踏破者だったのではないかと噂《うわさ》される人物だ。

しかし数代前の国王が豊かな資源を求めダンジョン攻略に乗り出した際に失われてしまった。

誰一人帰ってくることはなかったため、どこのダンジョンで紛失したのかさえわからないまま。

その頃は、ダンジョンは踏破した者が存在しない未知の秘境で、今のように七大ダンジョンなどといった区分けが一切されていなかったため、ダンジョンで紛失したことまでしか伝わっていない。

クルーゼの目的はその至宝の回収、および七大ダンジョンの財宝だ。

「ユリス様がクルーゼ様の腹心であることを承知の上で申し上げますが……――あの方は王の器《うつわ》ではないと思います。先日会った黒髪の冒険者の半分ほどでも優しさがあれば…。本来ならとっくに王太子の座にいてもおかしくないはずなのに」

「……その器を手に入れるために我々は進むのだ。それにあの黒髪の冒険者がダンジョンを踏破できるとは思えない。状況如何《いかん》では他人を切り捨てる冷静さが何よりも必要だ。クルーゼ様はそれを持っている」

――あの男は強かった。だがそれだけだ。

優しいことは必ずしも正しいことではない。優しいだけで欲しいものが手に入るのなら、クルーゼ様は昔のままでいただろう。

マルスを思い出し、ユリスは奥歯を噛みしめた。

国内においては、国王のシンボル的存在なのが『支配の王笏』で、現在の国王クルーゼの父も残った資料をベースに形だけ似せたレプリカを所持している。

もし本物を獲得できれば、王笏の魔法の力がなくとも正統な王位継承者として国王になれる目も出てくる。

まさしく王の器と言えた。

「お前たちももう持ち場に戻れ。それと、クルーゼ様はこれから就寝だ。なので適度であれば休憩《きゅうけい》時に酒を飲むことも許すと奴隷たちに伝えてくれ。無論、静かに」

「で、ですがそれでは後で見つかったときに！」

「安心しろ。第七隊が運んでいる酒と食料は私が自費で買ったものだ。クルーゼ様といえども文句はつけられない。——間《ま》を置かずダンジョンからダンジョンで辛いだろうが、なるべく英気を養《やしな》っておくように」

「わかりました……」

部下のガス抜きまで命じられているわけではないが、クルーゼが嫌われればそれはそのままクルーゼの命の危険に繋《つな》がる。

だからこうして自費をはたいてまでカバーしていた。

「私もそろそろ休む。クルーゼ様の機嫌も明日には直っていることだろう」

集団の中でユリスの発言力はクルーゼに次ぐ。

これまでの三回のダンジョン攻略に同行しているし、腹心中の腹心だからだ。

その権限を用い玉座が設置されている馬車を止め、奴隷長たちを降ろし空席の玉座を眺《なが》める。

ごてごてと装飾の施された黄金の玉座だ。

クルーゼが欲しいのは、こんな空《むな》しい玉座などでなかったはずだ――。

王宮の片隅《かたすみ》に二人で作った秘密基地、そこに置いた木の枝で手作りした椅子のほうが輝かしく思えた。姿形は立派《りっぱ》になったのに、現在のすべてがユリスには色褪《いろあ》せて見える。

「――どうしてこうなってしまったのだろう。私たちはただ〝あの頃〟が欲しいだけなのに」

ぼそりとつぶやき、ユリスはもう戻らない自分たちの黄金時代を思い出す。

望みは過去にある。過去から欲しい未来を取り戻すため歩く。

前進できているのかそれとも止まっているのか、ユリスにはわからなかった。

「いずれにしろ、私はあの時の約束を守るだけ。あの方のそばにいること。それこそが私の存在意義だ。拾われたあの日から、私の命はあの方のものなのだから」

幼き日の恋心が、ユリスを人類の挑める最高峰の極地であるダンジョンまで連れてきた。

愛する者の望みがそこにあるなら、身も心も削《けず》ろうと覚悟してやってきた。

たとえ好きだった人物がもはや別人のように変わってしまっていても、ここに至るまでに手に入れたもの、失ったものが絡みつき逃れることはできない。

大人になるということは地位や責任に縛られ、自由を失うことと同義だとユリスは思う。

昔のまま純粋な気持ちだけではいられない。

「――私はあの方を王にする。何者にも脅《おびや》かされない平穏を与えるために」

一介《いっかい》の騎士でしかないユリスが、王になったクルーゼと結ばれることはあり得ないとユリス自身わかっている。

それでも従者の域《いき》を超えて一人の女として、愛する男の夢を支えていたい。
——自分の望む未来にはたどり着けなくとも、あの方が幸せなら。
約束はとうの昔に呪《のろ》いになっているとユリスは気づいていた。

「おいしいっ、おいしいにゃあっ！　幸せにゃ！　生まれてよかったにゃ！」

「気持ちはわかりますが、そんなに焦《あせ》って食べなくても消えてなくなったりしませんよ。みっともないでしょう？　ほら、手も口のまわりもべたべたで……せっかく洗ったのに髪にまでついているではありませんか。ああ、髪まで食べて……まったくもう！」

綺麗《きれい》に着飾ったネムを連れ、オアシスの街のレストランで食事をする。

マルスたちと同じようなダンジョン冒険者や交易商人も多い大衆店だ。

異種族を二人も連れての食事は目立つので、個室が取れない場合はこういった乱雑な人種が集まるところに行く。浮くには浮くが多少はマシだ。

予想していた通りネムの食べ方は綺麗ではなく、隣のリリアがため息をつきながら世話をしていた。

ネムの食べ方は両手にフォークを逆手に持ち、目についたものを突き刺して頬張《ほおば》るというもの。

何か一つ口に入れるたびに嬉《うれ》しそうに金色の目を爛々《らんらん》と輝かせ、ろくに噛《か》まずに飲み込んでいく。口の周りにはソースなどがべったりとつく。まるっきり子供の食べ方である。

「く、苦しいにゃ……！」

「ちゃんと嚙んで食べなさい！　ほら、背中を向けて！　どうして食事で死にかけるのですか⁉」

「この魚、死んでるのにネムを殺そうとしたにゃ……⁉」

リリアが背中を叩《たた》いてネムの喉詰《のどづ》まりを治す。こうしたひやりとする場面が多々あった。

リリアは甲斐甲斐《かいがい》しくネムの口元を拭《ふ》いたり、興味を示した食べ物の皿を渡したり、飲み物を渡したりと母親のような対応をする。

「急ぎじゃないからゆっくり食べていいよ」

――やっぱり母性強めだと思うんだよなぁ、リリアは。

文句は言いつつもハズキちゃんのこともよく見てるし。

さっき一緒がいいって言ってたし。

ほのぼのとした光景を眺《なが》め、自然と笑みがこぼれる。

ネムに対しては、ハズキに出会ったばかりの頃に見せていた対応に比べ、リリアが少し優しくなっているように感じる。

それが異種族の奴隷《どれい》という同族意識からくるものなのか、ハズキとネムの知識、年齢の違いを鑑《かんが》みてのものなのかはマルスにはわからない。

ネムは教育というものを全く受けておらず、馬小屋という特殊な環境で育ったというのは風呂場で聞いていたため、テーブルマナーとかは気にしていない。

「すっごい食欲ですねっ……！　ちっちゃいのにどこに入ってるんですかっ？」

「あげないにゃ!?　これはネムがもらったゴハンにゃ！」

ネムは自分の前の皿を覆《おお》い隠すようにしてハズキから見えないようにした。

気を許しているように見えて食事においてはそうでもなかったらしく、ハズキに対しネムは「フーッ」とどこから出しているのかわからない声で威嚇《いかく》し、若干《じゃっかん》厳しい対応を取る。

出会った当初のリリアほどではないが、ネムも人間に対しての忌避《きひ》感情は一応あるらしい。

「と、取りませんよっ！　わたしってそんなに食いしん坊に見えますっ!?　いや、確かに食いしん坊なんですけどっ！」

「ハズキにゃんは、ネムが食べなきゃ全部食べるって目をしてるにゃ……！」

初めて会った日の翌日、ハズキは好き放題、遠慮なく食べていたのをマルスは思い出す。

三大欲求の化身《けしん》というリリアの比喩《ひゆ》がよくわかるくらい、ハズキは欲求に素直だ。

「すごい眠いし動きたくないにゃ……おいしい毒食べさせたにゃ？」

「単純に食べすぎなのですよ。お腹《なか》がぽっこりしているではありませんか。女の子なのですから、もう少し見た目を気にしなさい」

「すごい食欲だったもんな。まぁ勢いだけで、結局一番食べてたのはハズキちゃんだけど」

「負けるわけにはいきませんからっ！」

「なに張り合ってるのかな？」

ガッツポーズで大食いを誇るハズキと違い、食後のネムはぼんやりとうなだれた。

生まれて初めてこんなにたくさん食べたらしい。

物理的な量で言えばハズキが一番食べているのだけれども、マルスにはそれがなんとも不思議に感じられる。

一体どこに入っているのだろうといつも思う。

「もうみんなお腹いっぱいみたいだし、そろそろ宿に行こうか。買い物は明日でいいな。食べ歩きもその時しよう」

「ですね。私も少々疲れました」

「少々っ？　昼間砂漠でヘロヘロだったのにですかっ？」

「痴女《ちじょ》のくせに煽《あお》ってきますね……さぁ、食器を片付けましょう」

一組ごとにウェイターがつくような高級店でもない限り、この世界の飲食店はセルフサービスのほうが多い。

今回の店も例外ではなかった。

食休みすることもなくハズキは立ち上がり、テーブルの上の皿をまとめ始める。

こういった場面ではハズキは気が利く。

四人でたらふく食べたため皿の量は非常に多く、積み上げた高さは三十センチほどにもなった。ちょっと危なげにも見える光景だ。

「俺も手伝うよ。ちょっと量が多い」

「座っててていいですよっ！　わたしがちゃちゃちゃちゃちゃーっとお皿下げちゃいますっ！　ここはお客さんが持っていく店みたいなのでっ！」

「にゃあ！　まだそれ食べるにゃ！」

「も、もうソースしか残ってないですよっ⁉」

ハズキがネムの前の皿を持ち上げると、ネムがハズキの服の裾《すそ》を引っ張って止めようとする。

そして皿を持ったハズキのバランスが崩《くず》れ……悲劇が起きる。

ガシャガシャ、パリン！

不愉快《ふゆかい》な高音が店中に鳴り響き、店内の全員が目を閉じ、耳のいいリリアとネムはとっさに耳も塞《ふさ》ぐ。

床一面に皿の破片が無惨《むざん》に散らばった。

爆音の後、店内は葬式でもやっているのかと思うくらい静まり返る。

そんな空間で一番最初に声を出したのはハズキだった。

「下がるのはお皿じゃなくて、わたしのテンションでした……！」

半泣きでアワアワした口調のハズキにマルスは声を上げて笑ってしまう。

それに釣られて店内の客からも笑いが起こった。

「お皿代弁償《べんしょう》させてごめんなさいっ……」

「事故事故。気にしないでいいよ。まぁ店には悪かったけどちゃんと謝ったし、『このお金で新調できるからむしろありがとう』って笑われたくらいだ」

「ネムもあまり意地汚いことはしないように。あのような事故が起きます」

「だってハズキにゃんがネムのゴハン取ったにゃ……」

ハズキのせいだと主張するも、さすがにネムも自分に原因があることは自覚しているらしく、耳を倒ししっぽをだらんとぶら下げてテンションは低めだった。

半数がしゅんとしていると空気も悪いので、マルスは明るいトーンで話す。

「まぁ気を取り直して宿に行こう」

「わたしは今日おトイレで眠りますねっ……」

「俺そういう罰《ばつ》を与えるタイプに見えてた⁉」

——思ったよりガチでへこんでる……！

とはいえそんな気持ちも宿に着くころには収まり、いつものように陽気な顔でハズキとネムはマルスが受付からカギを受け取るのを待っていた。

そしてはしゃぐ二人をリリアが注意する。まるっきり母娘《おやこ》みたいな様子だ。

「ひ、ひっろーいっ！　お城っ⁉　お城ですかっ⁉」

「馬小屋に比べたら小さいにゃ。ハズキにゃんはあれにゃ、田舎者《いなかもの》にゃ？」

「ずいぶんと広い部屋ですね？　ベッドが二つもあります。私とご主人様、ハズキとネムの組み合わせで使うのがいいと思います！　私とご主人様だけで！」

「ま、まぁそうなるな。四人横並びは少し厳しいサイズのベッドだし。リリアもちょっと落ち着こう」

　借りた部屋は本来四人ではなく二人で使う部屋なのだが、あらかじめベッドを追加してもらうことで四人部屋とした。

　広さは三十畳ほどもある大きな部屋で、この宿ではスイートとされる場所だ。

　当然置いてある調度品はどれも高級品で、アメニティも一流品が完備されている。

　どうやらクルーゼ一行が泊まる予定だった部屋らしいのだが、突然のキャンセルで宿側も困っていたようだ。

「ワラがないにゃ。こんなに綺麗で広い部屋なのに、寝るところはないんだにゃ？」

「えっ。どういうことですっ？　ワラってあのワラ？　お馬さんムシャムシャのっ？」

「それにゃ！　あいつら子分のくせにネムの寝る場所食べるにゃ！　だからネムはあいつらの上で寝てやるのにゃ！」

「ああ……馬小屋に住んでいたと言っていましたね。——ネム、あそこに白い布がかかった箱があるでしょう？　これからはああいう場所で眠るのですよ。暖かくて寝心地がいいです」

　思い出して憤慨《ふんがい》する様子のネムにリリアは優しく諭《さと》すように言う。

　しかしネムはピンと来ていないようだった。

「にゃあ……？　馬よりあったかいにゃ？」

「そ、それはどうでしょう……ですが寝心地は確実にこちらが上です。寝そべってみるといいですよ」

恐る恐るベッドに触れ、ネムは押すと反発する、と驚いた顔で報告してくる。

やがて怖くない物だと理解したネムは全身でベッドに飛び込んでいく。

「このべっど？　とかいうの、ワラよりふかふかさらさらで気持ちいいにゃ……眠くなってきたにゃ……」

食欲が満たされた後は睡眠欲。ネムもまた本能に忠実だった。

うつ伏せで薄水色《うすみずいろ》のしっぽをだらりと足のほうに投げ出し、ネムは段々と小声になっていく。

「寝ちゃった……!?　急に充電切れるタイプか」

「今日は様々なことがありましたから、気疲れもあるでしょうね。それにダンジョン攻略後と考えると疲れ切っていて当然です」

「ここに来るまでの間、わたしが一緒に手を繋《つな》いでましたけど、歩きながらちょっと寝ちゃったりしてましたねっ。耳としっぽがやる気なくなっちゃうと眠いみたいですっ！」

「できれば着替えさせてあげたいけど……今日はこのままでもいいか。布団《ふとん》だけかぶせてあげよう。砂漠の夜ってびっくりするくらい冷えるから、風邪ひくかもしれない」

そっとネムを抱え、ベッドの端へ移動させ布団をかける。

すでにぐっすり眠っていてダラリと脱力状態だ。

子供特有のものか、身体《からだ》の関節《かんせつ》の自由度が高く、全体が非常に軟《やわ》らかい。

「――そういえば、さっきセックスしてましたねっ!?　ずるいですよっ！」

「なっ⁉」

ハズキはニヤつきながら、先ほどマルスたちがソファでしていたことに対し突っ込む。

流れもあって、マルスはハズキにも自分の目的を語る。

「はぇー……そんなこと考えてたんですねっ……それはリリアさんも泣いちゃいますっ！」

「……思い出してもまた泣いてしまいそうです。私は今後もどこまでもついていくと決めました。合理性だとか危険だとか、そんなことで悩んでいた私が愚《おろ》かしく思えてたまりません」

「な、なんか恥《は》ずかしいぞ⁉」

――自分の気持ちを知られるのがこんなに恥ずかしいなんて！

命を懸《か》けるほど好きなんだと知られ、マルスは全身がムズムズした羞恥心《しゅうちしん》に襲《おそ》われる。

なんともいたたまれない感覚だ。

「いいな、いいなぁっ！　わたしも長生きしたいですっ！」

「？　ハズキちゃんも寿命《じゅみょう》操作すればいいじゃないか。リリアだってハズキちゃんやネムちゃんと一緒にいたいって言ってたし、そうしたほうが楽しいよ」

「ご、ご主人様⁉」

「リリアさんいっつも厳しいのに本当はわたしのこと大好きっ⁉」

悪意なくマルスは聞いたことを言っただけであるが、リリアは顔を真っ赤にして声を上げようとする。

マルスから見た二人は隠す必要など何もないくらい仲良しだ。

「はぁ……ま、まぁ嫌いではありませんが……」

「やったっ！　友達でいいんですかねっ？」

「？　──正直、私はとっくに友人だと思っていましたけれど。まぁ部下のような気分もありますが……」

拗《す》ねたような照《て》れ顔のリリアは、前髪を指でくるくると巻いて居心地《いごこち》悪そうにしていた。

マルスに小さくガッツポーズをしてみせ、ハズキは感無量な顔をする。

うっすら涙も浮かべていた。

「生まれて初めて友達できましたっ……！」

「友達の定義狭いな!?　言葉にされないと友達じゃないの!?」

「いやー、わたしだけ友達と思ってたパターンばっかりだったのでっ……」

「何それ悲しい……」

見ず知らずの他人には信じられないほど引っ込み思案でも、馬が合う相手だとハズキは実に率直《そっちょく》で存外面白《ぞんがいおもしろ》い。だが天性の空気の読めなさは否《いな》めないので、友人が少ないのもわかる。

「ところでご主人様、フロントでカギを二つ受け取っていませんでしたか？」

「い、一応必要になるかと思って……！」

「もしかしてセックス用のお部屋ですかっ？　わたしもしたーいっ！」

「──痴女。で、でも今日はまた私もたくさんしたいかも、です」

ネムのほうを全員で見る。

すっかり寝息を立てて眠り込んでいるから、きっと朝までそのままだろうと皆が思う。

三人だった頃は朝まで続けて昼や夕方に起きるような怠惰《たいだ》な生活を送っていた。

時間も場所もある。

何より爛《ただ》れた習慣が下半身に疼《うず》きを生む。


「この部屋は完全防音だ。本当はお忍びで観光に来る貴族向けの部屋なんだって。見た目は普通の部屋なんだけど、置いてある物はかなりグレードが高い。――でも汚していいってさ。どうもここは女の子を連れ込むのが前提っぽくて」

「な、なんだかあからさまにそういう部屋ですね……」

「エロいっ！　ってやつですかねっ、このお部屋っ！」

薄暗い照明が部屋全体を鈍《にぶ》く照らし、大きなベッドが置いてある。

さながらラブホテルのような作りをした部屋だった。

「ご主人様。私たちは宝物庫で着替えてまいりますね。今は街歩きの格好《かっこう》ですから……」

「マルスさんのチンポがガッチガチになる服に着替えてきますっ！♡　あっ……昨日のセックス思い出して、も、もうびちゃびちゃになり始めちゃいましたっ……！♡」

「痴女……もう少し慎《つつし》みを持つことはできないのですか!?　私が言葉を濁《にご》している意味が全部消えたであありませんか！　ま、まぁ内容は似たようなものですけれど……！」

ハズキの肩を摑《つか》んでリリアは揺する。

目的はハズキの言う通りだとしても、リリアとしてはもう少しオブラートに包みたい。

「ご、ご主人様もシャワーなど浴びるのでしたらお早めに！　行きますよ、痴女！」

「は、はいっ！」

ハズキの襟首《えりくび》を摑んだリリアは顔を真っ赤にして自分の夢幻の宝物庫に入っていく。

一人残されたマルスはシャワーを浴び、腰にタオルを巻いて待機する。

「お待たせしました……ち、痴女、やはりこれはちょっと過激すぎな気がっ！　全裸《ぜんら》よりずっと恥ずかしいのですが⁉」

「お待たせですっ！　今日のはすっごいですよっ⁉　何しろハズキちゃんカスタムですからっ！　ドスケベ祭り開幕ですっ⁉」

「マ、マジか……！」

上から下まで凝視《ぎょうし》せざるを得ない格好の二人がそこにいた。

二人とも珍《めずら》しく薄化粧《うすげしょう》をしていて、甘い匂《にお》いのする香水をつけていた。

リリアは薄い白色のベビードール姿。ほとんど透明に近いものだ。

極細《ごくぼそ》のTバックは同じく白で、ふっくらとした割れ目が強調される。

ベビードールの丈《たけ》はお尻《しり》をギリギリ覆うことができる長さだ。

華奢《きゃしゃ》な身体つきなのに胸やお尻は大きく膨《ふく》らみ、美しい曲線を持った女性的な身体が透けたレース越しに薄《うっす》ら見える。

「ど、どうでしょう……痴女が私の寝間着《ねまき》を勝手に改造してしまったようなのですが……い、いくら何でもはしたなすぎるでしょうか？」

「すごい可愛《かわい》い。黒もいいけど白もいい。というか何でも似合うな。その……身体が素晴らしすぎるから」

真っ赤な顔で上下の局部を隠し、内股《うちまた》のリリアはたいそう恥ずかしそうな顔をしていた。

そんな恥じらいさえも性欲を掻《か》き立てるエッセンスになる。

昼間ネムが一緒だったときとは違い、今は性欲を我慢《がまん》する必要は一切ない。

それどころかマルスの性欲が高まれば高まるほど歓迎される状況だ。

「今日はおめでたい日ですからっ！　リリアさん大好き記念日ですよっ！　なので結婚式のドレス風なのがいいかなってっ！」

「た、確かにウェディングドレスっぽいけど……エロすぎだな？」

ハズキの言うようにウェディングドレスのようなレースがたくさんあしらわれているが、胸の部分は肩から吊《つ》るヒモのみだった。

肝心《かんじん》の胸部分はすべて露出《ろしゅつ》していて、乳首には装飾のついた丸いニップレスが貼《は》り付いているだけ。

少なくとも結婚式で着るのは不可能な代物《しろもの》である。

「ハズキちゃんはハズキちゃんですごい！」

「エロエロですっ？　わたしはリリアさんと反対で黒を基調に作ってみましたっ！　で、リリアさんのぽよぽよおっぱいには敵《かな》わないから、わたしのほうは過激に丸見えおまんこ奴隷スタイルにしてみましたっ！♡」

「これ自分で作ったのか……その技術だけで食べていけそうなくらいすごい」

「毎日少しずつ、マルスさんがセックスしたくてたまらなくなりますように、って願いを込めて作りましたっ！♡」

ハズキの格好は真っ黒なボンテージ風のもので、生地《きじ》は網《あみ》に近い。

足も同じ網のニーソックスを穿《は》いていて、それはトップと細いベルトでつながっていた。

だが局部にあたる場所は丸出しだ。

というより、腹以外の部分が隠されていないに等しい。

やはりリリアと同じように胸の部分は露出しているが、豊満なリリアのそれとは違い、ほんのりふっくらしているだけだ。

しかし下半身には光るものがある。

引き締まったくびれから広がる、まさに安産型と言える大きな骨盤《こつばん》。

そのお尻から伸びる、むっちりと音がしそうなほどみずみずしい太もも。

「ふー！♡　ふー！♡　マ、マルスさんのチンポ、すっごいビクビクしてるっ！♡」

「そりゃこんなもの見せられたら……もう太ももまで濡《ぬ》れてる」

「昼間マルスさんたちがしてるの見てからずっとセックスしたくてたまらなかったんですっ！」

ぱっくりと注目を集めるよう開かれたうっすら陰毛《いんもう》の生《は》えるおまんこからは、たらたらと粘《ねば》りのある愛液が漏《も》れる。

本性にこそマゾで淫乱《いんらん》な要素があるものの、ハズキの見た目は清楚《せいそ》な美少女だ。

片側の前髪で片目は見えないが、健康的な白い肌《はだ》に整った顔つきをしている。

金髪でグラマーな体型をしているリリアと比べると多少地味ではあるが、例《たと》えば日本の高校に通う女子であったなら、クラスの半数の男子がこっそり好いているようなタイプである。

スカートのガードが甘かったり、人見知りなところが、よりいっそうそういう印象を与える。

そんなハズキが見せてはいけないところを見せ、興奮《こうふん》している。

「私のほうも見てください……♡」

「わたしのおまんこももっと穴が開くくらい見てほしいですっ！♡」

もう開いてるんですけど、と続けハズキはベッドに腰を下ろす。続いてリリアもベッドに座る。

二人のメスに囲まれたマルスは、どちらのほうに目を向けるべきか迷う。

リリアは自分で胸を揉《も》み上げその柔らかさと重さをアピールする。

ハズキはドロドロに濡れてしまったおまんこを押し開き、中指と薬指を挿入《そうにゅう》し、ぐちゅぐちゅとわざとらしく音を立ててかき回していた。

膣口《ちつこう》からは大量の愛液が漏れ出し、重量感のある粘ついた糸が垂《た》れてシーツに染《し》み込んでいく。

「……おっ！♡　おおっ……！♡　い、一日我慢したから、き、ぎぼぢよすぎるっ……！♡

オチンポ入ってきたら絶対イグっ……！♡」

ハズキは濁音《だくおん》混じりの声を出し、夢中で指を出し入れする。

指を曲げているから、おそらくGスポットをかりかり刺激しているのだろう。

一人だったときは自慰《じい》を趣味とし、一日中していることも珍しくなかったらしいハズキの動きは慣れたもの。

ギンギンに勃起《ぼっき》したチンポは昼間のことなどすっかり忘れているように膨らんだ。

「二人ともセックスアピールが強すぎる……！」

「朝まででもえっちしたいです……♡」

マルスの手を胸へと引っ張り、リリアはむにむにと何度も揉ませる。

自分はその代わりにとばかりにマルスの勃起チンポを手でさすり、上下させる。

ひんやりとした自分以外の体温に、マルスは息が漏れた。

全員がこれから行う性交がすぐには終わらないことを確信していた。

◇

「にゃ……」

パチ、と夜中にネムが目を覚ますと、部屋は暗く誰もいないことがわかった。

「にゃあ……みんなどこ行ったにゃ？　もしかしてネムを置いておいしいもの食べてるのかにゃ……？」

捨てられた、という可能性は思い浮かばない。

早くもマルスたちを信頼しているネムは、無意識下でも疑いはしなかった。

くんくんと鼻を鳴らしてみる。

ハズキのボディクリームは人間であれば少しいい匂いがする程度のものだが、ネムの嗅覚《きゅうかく》だとかなり匂う。

そう遠くない場所に同じ匂いの充満する場所があった。

「変な匂いも混じってるにゃ……昼間マルスにゃんとリリアにゃんからしてた匂いにゃ」

マルスとリリアが抱き合っていた時の匂い。それが男女の体液の混じるものだとはネムは知らない。

「急に寂《さび》しいにゃ！　一人にするにゃ！」

夜眠るときは馬と一緒だったし、昼間は奴隷として様々な仕事をさせられて常《つね》に誰かと一緒にいた。ネムは一人になった経験がほとんどなかった。

部屋のドアを静かに開け、こっそり首だけ出して、耳を両手で隠しながら廊下の様子を見る。

薄ぼんやりした明かりが廊下に点々とあるだけで、人の気配はしない。

「オバケ出そうにゃ……耳もしっぽもちぎられたくないにゃ……こっちはダメにゃ」

ネムは酔った奴隷仲間に「夜に一人でいるとその耳としっぽをちぎるオバケが出る」と小さな頃吹き込まれていて、それをいまだに信じていた。異種族に対する嫌味じみたものだったが、知識がなく素直なネムにはその手の皮肉が通じない。

急に不安に襲われたネムは部屋のドアを閉め、にゃあにゃあと唸《うな》りながら部屋の中をぐるぐる回る。

一人でいるのは嫌だ。しかし廊下に出るとオバケが出る。

迷いに迷ったネムは窓を開け放った。

夜風はひんやりしていて、それにもハズキのボディクリームの匂いが乗っていた。

「あの部屋にゃ！　みんないるにゃ！」

一つだけ明かりのついている窓があり、そこからみんなの匂いと声がする。

安心感からぱあっと顔を明るくし、その勢いのまま窓から飛び出る。

身軽な動きで屋上まで上がり、目的地の窓の上まで移動する。

ネムの優《すぐ》れた身体能力はその柔軟な筋肉と関節によって実現していた。

恐怖心のなさが余計に身体能力を高め、パルクールじみた動きが天然でできる。

屋根の上から飛び降り、目的地の窓枠《わく》に指でぶら下がる。

そして雨避《あまよ》けの小さな屋根部分に乗り、部屋の中を覗《のぞ》く。

「にゃあ……何してるにゃ？」

ネムの目に飛び込んできたのはマルスたちの性交する姿だ。

ベッドの上で両足を開き寝そべるリリアにマルスが覆いかぶさっていた。

「あっ、あっ！♡　は、激しいっ……！♡」

全裸のマルスが腰を打ちつけると、リリアが悲鳴じみた声を出す。

正常位で、さらに上から押さえつける状態で、杭打《くいう》ちでもするように激しいピストンを繰り返していた。

誰も見ていない、邪魔する者は誰もいない状況であるため、マルスは獣《けもの》同然の性欲で動く。

「やっぱりいじめてるにゃ……？　おしっこのとこに剣みたいなの刺してるにゃ」

ネムにとって性器は性器ではなく泌尿器《ひにようき》だ。

発情期も経験していないし、快感が得られることも知らない。

オスの生殖器を見るのも初めてなので、マルスの股間《こかん》にあるものの正体もわからない。

ずぶずぶと出し入れされる光景の意味がわからなかった。

「リ、リリアさん早く代わってくださいっ……！♡　オナニーでイクのもうイヤですよぉっ……！　うぅっ！♡　す、寸止めっ、あっ！♡　こ、これはこれできもちぃ……！♡」

「ま、まだっ、あっ、ああっ！♡　ご、ご主人様が果ててっ！♡　あああ、い、いませんからっ！♡　もっと、もっとおまんこの中にたくさん出してほしいですっ……！♡」

両手足をマルスの首と腰に巻きつけ、リリアは震えた嬌声《きようせい》を発する。

鉄の如《ごと》く硬《かた》いチンポの裏側はぼこぼことした球体状になっていて、マルスが体重を乗せ突き入れるとすさまじい衝撃が膣内を襲う。

——いじめられてるのと違うにゃ？

パンパンと下腹部がぶつかり合う音は痛そうな風にも聞こえるが、リリアが痛がっている様子はない。

それどころかリリアの顔はネムが初めて見る、快楽一色なもの。

ハズキはハズキでマルスとリリアのセックスを見ながらひたすらにオナニーに励《はげ》む。

何度も膣内に射精されマルスの形に広げられた膣口からは、ダマになった精液がボトボトと零《こぼ》れ落ちる。

嬌声が鳴り響く室内を見て、ネムは生まれて初めての不思議な感覚に襲われていた。

しっぽがぴんと上を向き、全身がざわざわとしたものに覆われる。

「おしっこ漏れたにゃ……」

うっすらと下着が濡れているのに気づき、ネムは自分が漏らしてしまったと思い焦《あせ》りを覚える。

ハズキがしているように触ってみると、一瞬電気が走るような刺激があった。

──ちょっと気持ちいい気がするにゃ。

「──ご主人様っ！♡　んんんっ、す、好きっ、好きですっ！♡　──イく、イくイくイぐっ！♡　あああああっ！♡」

びくん！　とリリアが硬直し、マルスの腰に巻きつけていた足をまっすぐ空中に伸ばす。

何度目の絶頂かは本人にもわからない。

──行く？　どこにも行ってないにゃ……？

絶頂など理解できないネムは聞こえた通りに言葉を受け取る。

身体をのけぞらせ、ぜぇぜぇと息を吐くリリアの頭をマルスはいたわるように撫《な》でていた。

「にゃあ……ネムの好きとリリアにゃんの好きは違う感じするにゃ」

ネムもマルスのことは好きだ。

だがそれは恋愛方面の好きという段階にまで達してはいない。まずもってそちらの情緒が発達しきっていない。

ただ食べ物をくれて優しくしてくれるから好きなのであって、リリアやハズキが感じているのとは別種のものだ。

「か、代わってくださいっ！♡　リリアさんはいっぱい気持ちよくしてもらったでしょっ！

わたしがわかっただけで五回はイカせてもらってましたよっ！」

「はぁっ、はぁっ……い、嫌ですっ！　もっともっとご主人様とえっちしたいですもんっ！♡」

「もんってっ！　そんな感じの人でしたっけっ⁉」

「だ、だって嬉しくてっ……！♡」

楽しそうだと思って見ていると、マルスが気絶したようにベッドに倒れていった。

「げ、限界……下半身の感覚がもう……ない……」

「ええええっ⁉　わたしはまだ五十回くらいしかイカせてもらえてないのにっ⁉」

「わ、私ももっとおちんぽ欲しいですっ……！♡」

「た、多分俺二十回くらい出してる！　もう腰が動かん……！」

マルスの腰が勝手にかくかくと動いていた。

体力的にはとっくに限界を迎えているが、女二人が承服《しょうふく》しない。

「治癒《ちゆ》ですかっ⁉　治癒すればセックスしてくれますっ⁉」

「きょ、今日はもうやめよう！　もうそろそろ夜が明けるし、ネムちゃんに気づかれちゃう！」

——ネムに知られちゃいけないことなのかにゃ……？

何を見てしまったのかはわからない。

不可思議な身体の疼きとともに、ネムは黙っていることに決めた。

第5話

「あいつらがダンジョンに？」

数日後、ハズキの故郷へたどり着いた一行は、現在の墓守《はかもり》首長であるジィンからクルーゼたちがすでに『ノルン大墳墓《ふんぼ》』へ侵入したことを聞く。

マルスたちが到着する二週間前のことだった。

先代までの首長の頃は侵入者を制限していたが、首長がジィンに代わってからは条件が軟化し、ダンジョン攻略の経験がある者には積極的に挑《いど》ませていた。

死霊術の破棄《はき》を目的としている墓守の一族、その不肖《ふしょう》の身内である大神官ノルンの呪《のろ》いを解除するためには、ダンジョン内で今なお魔法を発動し続けているノルンの死体を破壊しなければならない。

そうでなければ一族は女しか生まれず、いつか滅び、管理する者がいなくなれば死霊術が再び世界に蔓延《まんえん》するかもしれない。

現在の墓守の一族は、一族の沽券《こけん》などにこだわるのをやめたのだ。

「わたしたちも入りますねっ、ジィンちゃんっ！」

「あ、ああ、お前は好きにしろ、ハズキ……」

ジィンは同胞であるハズキにあまりいい顔をしない。

というより、どこかよそよそしい。

まるで腫《は》れ物にでも触るかのような……。


「ハズキ、もしかしてこの里でハブられていませんか？」

「そんなことないと思いますけど……？　でも友達は一人もいませんねっ！」

「どうしてそんなことを強気で言えるのです！　どんな精神状態ですか!?」

里の住人は見るからに引いている。

ハズキを見ると物陰《ものかげ》に隠れてみたり、中にはひそひそと内緒話《ないしょ》をしている者もいた。

見える住人はすべて女の子ばかりで、男は一人もいない。

最初はそのことからマルスが注目されているのかと思いきや、どうやら視線はハズキに集中している。

自慰《じい》、なんて言葉まで聞こえてきて、ハズキが避けられている理由はすぐにわかった。

「ま、まぁ友達いなくても大丈夫だよ！　俺たちがいるしさ」

「ですねっ！　この里にいたときも、一人でお人形作ったりお歌を歌ったりして結構楽しかったですよっ！」

——一人で。そういえば、ハズキちゃんの両親はこの七大ダンジョン『ノルン大墳墓』から帰ってこなかったんだった。

確かダンジョン攻略経験のある父親と、この里出身の母親。

マルスは以前ハズキから聞いた家族のことを思い出した。

七歳の時に両親が帰ってこなくなってから、ハズキは祖母に育てられたという。

そしてその祖母も亡くなり、本当に一人になったハズキは旅に出てマルスたちに出会った。

どこか甘え癖《ぐせ》があることも、引っ込み思案な性格であることも、きっとそういう家庭環境が影響しているのだろう。

おばあちゃんはよくしてくれた、とハズキはよく言う。

なんでも焼こうとしてしまう料理の腕こそ壊滅的だが、実際そのほかの家事——掃除や裁縫《さいほう》など——についてはしっかり躾《しつ》けられている。

手芸が趣味の人であったらしく、そういった技術もハズキに継承されていた。

服が少し破れたくらいならハズキはあっさり直すし、商品顔負けのぬいぐるみを作ったりもできる。

「さぁ、ダンジョン攻略だ。準備はいい？」

「ええ。リストも確認しましたし、忘れ物は何もないはずです」

「もっちろんですっ！　わたしが一族の呪いを解いちゃいますよっ！」

「ネムはお腹《なか》すいたにゃ！　あとちょっと眠いにゃ！」

「え」

ネムはいつも同じような状態なので、この際無視することにする。

耳もしっぽもシャンとしているから問題はないだろう。

最悪本当にダメならば夢幻の宝物庫で休憩《きゅうけい》すればいい。

「この先ですねっ！」

「王家の谷みたいだな……」

「なんですそれっ？」

「ああ、こっちの話な。俺の知ってる風景と似てるってだけさ」

ノイシュタイン渓谷《けいこく》という地名の通り、里は巨大な渓谷地帯だ。

目的地は里を少し離れた谷にある。

両サイドを息苦しいほど高い岸壁に囲まれた場所である。

上には丸い岩が積まれ、マルスたちを見下ろす人の影が多数見えた。

不正に侵入した者などを排除するための措置《そち》だろう。岩を落とすのだ。

そして谷の最奥《さいおう》部に、大人数で警備している十メートルほどの扉があった。

両開きの扉は渓谷そのものに埋め込まれ、錆《さび》が浮いた、かなり古びた様相を呈《てい》している。

ダンジョンの概念がなかった時代、『ノルン大墳墓』は冥界《めいかい》へとつながる道として、墓守たちに守られてきた神聖な地であった。

「墓守の長《おさ》として、この『ノルン大墳墓』から危険な魔物を出すわけにはいかない。だからお前たちが入ったあと門は厳重に閉じさせてもらう。それ以後、原則として開けることはないが、付近に魔物がいないのであれば考慮する場合もある。ただ……期待しないでほしい」

──一度入れば出られない。

生還者《せいかんしゃ》がいないのは、外から封じられているからでもあるだろう。

「ハズキ、気をつけろ。ダンジョンというだけでも危険なのに、相手はあの大神官ノルンだ。

──現在の首長とはいえ、私と彼女では比べ物にならない。最強にして最悪の死霊術師なのだから」

「はいっ！　それでもわたしは使命を果たします、墓守の娘だからっ！」

「父母もきっと誇りに思っているぞ」

邪険にしていたジィンだが、旅立ちの前にハズキに微笑《ほほえ》みかけた。

ハズキの使命感がどれほどあるのかはマルスにはわからない。

きっと同族でなければわからない感覚もあるのだろう。

「生きてまたここに来よう。ハズキちゃんの生まれ育った場所だから、案内してもらうよ」

「もっちろんっ！」

ゴゴゴ、と十数人がかりで扉が重苦しく動く。

真っ暗な深淵《しんえん》に向かって四人は歩み始めた。

第6話

真っ暗なフロアを照らすために、リリアが魔法を天井に向けて放つ。

するとフロア全体が一気に照らされ、状況が判明する。

扉の奥はフロアそのものが大きく、パッと見た感じだと拓《ひら》けた部分だけで野球場ほどもある洞窟《どうくつ》だった。

その広い場所を中心として、さらに蜘蛛《くも》の巣状に道が分岐《ぶんき》しているとこれまでの攻略経験から直感が働く。

だがマルスはダンジョンの構造そのものよりも視界に入ったものに注目する。

少しだけ背中にひやりとするものを感じた。

「どうやら今まで挑《いど》んだ連中が弱かったってわけじゃなさそうだな……」

「あれは『セクメト』でも遭遇《そうぐう》した深層の魔物ですよね……？　こんな入り口付近に？」

「この『ノルン大墳墓《ふんぼ》』では、あいつらが一番弱い魔物ってことだろうね」

先日踏破《とうは》したダンジョン『セクメト』、その最下層の一歩手前にいた獅子《しし》に似た魔物が遠くに見えた。

大きさは二メートルほど。

鋭い爪《つめ》と牙《きば》は、甲冑《かっちゅう》を着た人間を引き裂くことも簡単だ。

それが複数うろついていた。

「ちなみにネムちゃん、あいつらもネコっぽいけど、抵抗はある？」

「にゃあ？　あいつらは仲良くできないから敵にゃ」

「それは助かる。みんな一度は遭遇したことのある魔物だけど、絶対に油断はしないように。俺かリリアのどちらかのそばにいてね。状況次第《しだい》でどちらかの宝物庫に避難。訓練通りに行こう」

リーダーはもちろんマルス。副リーダーがリリアである。

これはリリアを一番信頼しているからというだけではなく、物資を二分しているからでもある。

全員が『身体強化』を使って、戦闘準備を整える。

結果を言えば、撃退するのにそれほど苦労はしなかった。

最初のダンジョンと比べれば精神的な落ち着きが違う。

「なんか弱くないですかっ？　前のダンジョンのよりも弱い気が……疲れてる感じっ？」

「それは私も感じていました。魔物に覇気《はき》がないですよね。二週間前にあの王子一行が通り過ぎたのなら、とっくに疲労は回復しているはずなのに」

「わたしたちが強くなってるのかもっ？」

「可能性はあります。ダンジョンは二度目ですし、戦闘経験も積んでいますから。ですが驕《おご》らないようにしましょう」

後衛《こうえい》のリリアとハズキはどこか腑《ふ》に落ちない様子だ。

そもそも『セクメト』の深層、つまり疲れた状態で遭遇してもなんとかなった敵である。

体力的な問題がない状況なら、マルスたちの障害としては大したことはない。

住宅街などに出没すれば一頭でも深刻な被害をもたらすだろうが、ダンジョンの魔物として身構えている状態なら多少厄介《やっかい》という程度だ。

それにしてもあまり手ごたえがないというのは、近接戦闘を行うマルスも感じていた。

「──あいつら、臭いのが混じってるにゃ」

「臭いの？」

「ボロボロなやついなかったにゃ？　ネムが倒したやつ、足が一本なかったし、血が出なかったにゃ。うまく言えないにゃ」

「怪我《けが》してるやつはいたけど……血が出ない？」

ネムは鼻をつまみ不満げな顔をする。

血の匂《にお》いはするが、鼻が慣れてしまっていてよくわからない。

言われてみればフロア全体に濃い死臭《ししゅう》が漂っているが、ダンジョンとはだいたいそういうものだ。

嗅覚《きゅうかく》に優《すぐ》れているネムだけは細かく種類が感知できるのだろう。

ネムが倒した魔物は当然すでに息絶えているため、ネムの言っていることを確かめるのは不可能だ。

マルスはうっすらと悪寒《おかん》を感じた。

──いや、まさかな。

「あっ、あれはっ……」

「俺も実物を見るのは初めてだな。──死体だ」

「うっ……」

魔物の死骸《しがい》とともに、三人ほどの分量の死体が見つかる。

三人ほどの分量というのは、魔物に食われたのか原形をとどめておらず、正確な人数が把握《はあく》できなかったからだ。

服装はクルーゼ一行の奴隷《どれい》服。

死んでから時間は経《た》っていないようで、血はまだ乾ききってはいなかった。

使い捨てにされたのか、ただ戦死してしまっただけなのかまではわからない。

ひょっとするとついさっきまで生きていて、自分たちが来る直前に魔物に殺されてしまったのかもしれないとマルスは内心無力感を覚えながら思う。

誰に看取《みと》られることもなく、悼《いた》まれるでもなく打ち捨てられている彼らが哀《あわ》れだった。

「そんな時間があるわけじゃないのはわかってるんですけど……埋葬してあげたいです。ここは大きなお墓ですし、墓守《はかもり》のわたしは心得《こころえ》がありますからっ」

「──そうだな。探してまではちょっと難しいけど、見つけた人たちくらいは埋葬しよう」

「簡易式ですけど、ここで火葬しますね。墓守の里では、そうやって魂《たましい》を肉体から解放するって決まりなんですよ。死体でも身体《からだ》があると死霊術に魂が囚《とら》われてしまうから」

死体に無理矢理、魂を固定化し、意のままに操《あやつ》るのが死霊術。

つまりは死後の強制奴隷化である。

構成要件として肉体が絶対に必要であるため、それを火葬してしまえば死霊術から自由になれる。

この世界では土葬が主流であるが、墓守の一族はそういった理由から火葬にしている。

「わたしが使ってる炎の魔法は、本当は葬儀用の魔法なんですっ。墓守の里では一族の仕事として最初に教わるんですよっ。わたしはお母さんに教わって、お父さんに鍛《きた》えてもらいました」

魔物も含め、ハズキは辺《あた》り一帯に杖《つえ》を向ける。

広範囲を一気に焼き尽くすハズキの魔法は強力である。

普段は間《ま》が抜けていても、魔法の技術は天才の域《いき》にあるのだろうとリリアも言っていた。

「……？　──痴女《ちじょ》、その死体から離れなさい！」

「どうしたんですっ？」

「いいから、早く！」

「は、はいっ⁉」

リリアは青ざめた顔で死体に弓を向け、どこかにいるであろう魔物たちに聞こえない程度の強い声でハズキに注意を促《うなが》す。

嫌な予感がしていたマルスも神経を研《と》ぎ澄《す》まし、剣を握る。

すると、ぴくり、と死体の手の指が動く。

続いて足先が動き、死体はゆっくりと不自然に関節を曲げながら起き上がった。

「え、生きてたっ⁉　治癒《ちゆ》しますねっ！」

「やめなさい！　〝それ〟はどう見ても生者ではありません！」

立ち上がった死体から片腕が崩《くず》れ落ちる。

ちぎれたというより、燃え滓《かす》が風に吹かれたかのように力なく崩れた。

血にまみれた土気色《つちけいろ》の肌《はだ》は温度のなさを示し、身体の一部を欠損《けっそん》してなお無反応な精神は、生者ではあり得ないことをこれ以上なく示していた。

「ゾンビ……！」

「動く死体だなんて……冗談がすぎます！」

「後ろからもいっぱい来てるにゃ！　臭いし見た目もズルズルにゃ⁉」

次々に奴隷の死体は動き出し、さらには先ほどマルスたちが倒した魔物の死骸まで起き上がり始める。

気づけばマルスたちの周りに何人かのゾンビが立っていた。

今は主流ではない動物の皮を主体に作った簡素《かんそ》な防具を身にまとい、錆《さ》びて欠けた武器を持っていた。マルスの知る範囲では、子供のごっこ遊びに使うレベルの古さだった。

時代が明らかに違う死体たちだ。なのにどうしてか肉は朽《く》ち果ててはいない。

「にゃあっ⁉　ネムの足に手がついてるにゃ⁉　手だけにゃ⁉　にゃあああ～！　気持ち悪いにゃっ！　取ってにゃ！」

「お、重い！　いきなり飛びつくんじゃありません！　──ひいっ！」

悲鳴を上げてリリアの背中に飛びついたネムは、リリアの首にぶら下がったまま片足をぶんぶんと振って、足首に取りついている手首を払おうとしていた。

ネムを摑《つか》むものは手首だけで動いていた。

事態を理解したリリアも悲鳴を上げる。

「うおっ⁉　気持ち悪っ⁉　なんだこれ！」

「こういう手だけの人間もいるのにゃ⁉　取ってにゃあああっ！」

「いないよ！　全員俺のそばに！　ハズキちゃんも早く！」

マルスはネムの足を強く握っていた手首を引き剝《は》がし、近づいてくるゾンビの頭に向けて全力で放り投げる。

手首の当たったゾンビの首はゴキリと折れ、ちぎれてゴロゴロと床に転がっていく。

なのに動きは止まらない。首の方も歯をカチカチと動かしていた。

全員が軽くパニックに陥《おちい》った。

精神的な嫌悪感も含め、魔物たちよりも質《たち》が悪い。

「あ……あ……」

「や、やっぱり、お、お話はできなさそうですねっ……!?」

虚《うつ》ろな視線と、喉《のど》を空気が通っているだけのかすれ声。

ゆらりゆらりと近寄ってくるゾンビから、ハズキは冷や汗《あせ》を流しながらゆっくりと後ずさりした。

するとハズキの背中にドンと何かが当たる。

振り返るとそこには、顔の原形がわからないほど損壊《そんかい》したゾンビが立っていた。

通路の方からハズキめがけて来ていたらしく、ほかにも何人かいて囲まれた状況だった。

「ひぃぃぃぃっ！　わたし人気者でしたぁっー！」

「バカ言ってないで、しゃがんで！」

マルスは何体かの上半身を切り落とし、うずくまるハズキを連れて脱出する。

ゾンビを斬《き》ると魔物よりも脆《もろ》い感触が手に残り、少々罪悪感を覚えた。

「じょ、じょ、上半身だけでも追ってきてますよっ!?」

「とにかく距離を取るぞ！」

ハズキを抱えたまま全員でゾンビの群れから逃げる。

さすがに生きているマルスたちのほうが速度は早かった。

「ハズキちゃん、あれは死霊術で蘇《よみがえ》った死体ってことで合ってる？」

「た、たぶん……わたしも見るのは初めてですけど……」

物陰《ものかげ》に隠れ一息ついて、マルスはハズキに尋《たず》ねる。

謎のウイルスに感染してゾンビパニックになったわけではなく、このダンジョンの場合はおそらく死霊術によるものだろう。

自分たちもウイルスに感染して……という最悪の事態は考えにくい。と思いたい。

「死霊術とはもっとこう、しっかりした状態で蘇るものだと思っていました……あんな状態でも動くだなんて。奴隷術に似た魔法ですし、術者本人を排除すれば止まりそうですが……あれらの術者は大神官ノルンでしょうか？」

「だと思いますっ。でもでも、近くにはいないと思いますねっ」

「遠隔《えんかく》で操作しているということですか？　魔法体系が違いすぎて、私も死霊術については詳《くわ》しくありません」

「遠隔で特定の人物にってわけじゃなく、たぶんこのダンジョンの全範囲で死霊術を使っているんだと思いますっ！　しかもずっとずっと大昔から。そんな信じられないようなことができるのがノルンって天才死霊術師なので」

このダンジョンの構造を把握しているわけではないが、ざっくりと、そして楽観的に考えたとしても全体でひとつの大きな都市ほどの面積があるだろう。

体外に魔力を放出する魔法のほうが基本的に難易度が高いという前提で考えると、ノルンという死霊術師の規格外の強さがわかる。

はっきり言ってでたらめなレベルだ。

「つまり……ここで死んだらああなるのか……」

ポケットから赤いリムのメガネを取り出し、ハズキは杖で地面にイラストを描きながら説明を開始する。ちなみに、可愛《かわい》い＆頭がよさそうに見えるという理由だけで買った伊達《だて》メガネである。

イラストを交えているのはネムのため。

学習そのものには意欲的だが、こういう少し難しい話をするときはイラスト混じりにしてあげると理解が早かった。

グロテスクなはずのアンデッドがファンシーなイラストで地面に描かれていく。

「た、たぶん一番アンデッドに詳しいのはわたしだと思うので説明しますね……まず、指示を受けていないアンデッドは本能で動いているはずですっ！　アンデッドの本能っていうのは、生者を死者にすることです。そして……食べちゃうんですよねっ……」

「確かに連中の身体には嚙《か》み痕《あと》がたくさんあった。でもさ、どう見ても代謝《たいしゃ》がはたらいているようには見えなかったけど、食べる意味あるのか？」

ゾンビといえば生者を襲《おそ》い食べるものというイメージがマルスにはあったが、それに何の意味があるのかはよくわからなかった。

ホラー映画であればホラーであるからがそのまま理由になるのだろう。

しかし現実に存在するのであれば何かしらの意味が存在するはず。

「アンデッドは魔法で死体が動いてるだけで、普通の生物ではありません。なので身体を維持《いじ》するために生き物の魔力を食べているらしいんですよ。だから明らかに古い時代のアンデッドでもお肉が残っていたりするんですねっ！」

「だから魔力量の多い痴女が大人気だったというわけですか。てっきり肉付きのいいのを探していたのかと」

「だ、だったらリリアさんだっておっぱい持ってかれますよっ⁉」

ハズキが喋《しゃべ》ると空気が緩《ゆる》む。

そこが魅力なのだが、こういうときだと少し鬱陶《うっとう》しい。

「噛まれたからってアンデッドになったりはしないよな？」

「それで死ななければあり得ないと思いますよっ？　まぁ、ばっちいですけどっ……！」

——噛まれて感染してゾンビに……というわけじゃないだけまだマシか。

でも病気にはなりそうだ。

騒ぎ始めたリリアとハズキの二人を制止し、気になっていたことを聞く。

「あのさ、そのアンデッドなんだが、能力はどこまで生前の状態に近い？」

「死霊術にも段階があって……そうですね、この階層にいる人たちはみんなただ手で襲いかかってきたり、持ってる武器を振り回すくらいが限界じゃないかと思います。要するに動く死体ですねっ」

「強いのは？」

「強い死霊術を受けた人でも素《す》の身体は弱ってると思いますけど……それでもほとんどそのままだと思っていいかもです。例《たと》えばわたしだったら、魔法はそのまま使えるんじゃないかな？」

アンデッドには理性は存在しないが多少の知性は存在する。

生前愛用していた武器は普通に使えるし、程度のいい個体は魔法まで使えるのだ。

「要するにハズキちゃんがそのまま敵になるのか……厄介《やっかい》だな。しかも言葉も通じない」

「痴女は今の段階でも言葉が通じないときがあります。アンデッドなのでは？」

「臭いしにゃー？」

「だ、だからあれはオシャレなのっ！」

さっき見かけたゾンビたちの装いは時代こそ違えど冒険者だろう。

そうなると、場合によっては相当強い者が存在する可能性もある。それこそ今のマルスのようにダンジョンを攻略してノルン大墳墓に来た連中もいるだろうし、攻略してはいないがそれが容易にできた連中もいただろう。

先行きを想像して早くも辟易《へきえき》していると、リリアも想像力を働かせてしまったのか、しゃがみ込んで大きくため息をついた。

「これは魔法の基本ですが、術者と距離が遠くなれば魔法の威力《いりょく》は落ちていくものです。それは超常の力を持つノルンでも変わりないでしょう。逆に言えば近づけば近づくほど強くなっていく……なので現状ノルンとは遠いのでしょうね。気が重いです」

「にゃあ……ダンジョンを進んでいけば、強いズルズルがいっぱいってことかにゃ？」

「その通り。察しがいいですね。言葉にされると少し嫌な気分ですが」

ハズキのイラストの横に指で落書きしていたネムは、ひらめいたという顔で言う。

ダンジョンの凶悪さだけでなく、魔物を倒しても物理的に減っていきすらしない。

しかも先行者であるクルーゼ一行には千人はゾンビに変わるかもしれない者たちがいる。

「人数の多いパーティほど難しい可能性もあるな。何しろ見知った顔が敵になるんだから」

仲間が敵に変わっていくのだから、指揮系統も一気に混乱するだろう。

例えば王子クルーゼがアンデッドになれば、その時点で集団は詰《つ》みになると言える。

下手をすれば生きている者同士での争いになる可能性もある。

「魔物たちも同じでしょうね。どうにもアンデッド同士は種族関係なく仲良しですし」

魔物に元気がなかったのにも納得がいく。

死んだはずの同族が起き上がり、自分たちに牙を剝《む》いたのだ。

上半身を斬り飛ばしても動く生命力があるのだから、獅子の魔物では対処しきれないだろう。

結果逃げ惑《まど》うことしかできず、魔物たちは勝手に疲れ切っていたというわけである。

だから手ごたえがなかったのだ。

「でもまさかダンジョンの中がこんな状態になってるなんてっ……」

「…………」

――ハズキちゃんの両親、ここから帰ってこなかったんだよな。

十年以上も前のことだ。今も生きて攻略を続けているとは考えにくい。
もしかすると……遭遇してしまうかもしれない。それも最悪の形で。
仮の話でもどうしても想像してしまう。
その時、自分はどうすればいいのだろう。
同じ考えに至《いた》ってしまったのか、リリアもマルスを見つめ小さく頷《うなず》いた。

第7話

「俺たちの生命線はハズキちゃんだ」

「えっ、世界の命運がわたしの手にっ⁉」

しーん、と空気が静まり、スベってしまったとハズキは照《て》れた。

どう考えても冗談を言っている場合ではないのだが、ハズキは相変わらずマイペースだ。

「うらやましいほど平和な脳みそですね。——貴方《あなた》以外、広範囲を焼き尽くすような魔法が使えないからです。私やご主人様、ネムはどうしたって原型が残る戦闘方法しかできませんし、範囲も狭いですから」

「そういうこと。だから俺たちはハズキちゃんのサポートに徹する。休憩《きゅうけい》のタイミングもハズキちゃんの魔力次第《しだい》だな」

「ネムもズルズルにはあんまり触りたくないにゃ……ぐにゃってするのがイヤにゃ」

生きた魔物は殺せても、その魔物が蘇《よみがえ》ってくるのだから、死体の処理が何より大切だ。

マルスは『身体強化』を含めたいくつかの身体操作魔法にすべてのリソースをゲームっぽさで割り振ってしまっているため、攻撃魔法は全く使えない。

リリアは攻撃魔法も使用できるが、基本的な割り振りとしては弓術《きゅうじゅつ》に割《さ》いている部分が多く、やはりマルス同様、物理メインなのでゾンビ相手には適さない。

ネムもまた身体能力特化の才能だ。

「魔力を喰《く》らいに来るのなら、アンデッドたちの標的になる可能性が一番高いのは痴女《ちじょ》でしょうからね。私たちがサポートするのは極《きわ》めて合理的です」

「……？　それって、間接的にわたしを囮《おとり》にするってことじゃないですっ⁉」

リリアは不敵に笑ってみせる。

もちろん冗談だということはハズキもわかっているから、険悪な空気にはならなかった。

「ひとまず新陣形の練習と埋葬もかねて、さっきのアンデッドたちを倒そう。──そういえば、ハズキちゃんの【禁忌《きんき》の魔本】の魔法、あれが使えるんじゃないか？　魔力の消費もほとんどないんだろ？」

「あー、あの地味な魔法ですね……もっとドカーンバコーン、ニュルルルーンってのを期待してたのにっ……！」

「最後の擬音《ぎおん》がわからん！」

ハズキは小石を蹴《け》りつつ不満ですと全身でアピールする。

もらった【禁忌の魔本】に込められていたのは、魔力増幅の魔法。

自分だけでなく他人にも作用させることができる。ちなみに重複はしない。

本来潜在的にある程度キャパシティの決まっている魔力を増やすことのできるチートじみた

魔法であるのに、見た目には何も変化がないという理由からハズキはあまり喜んでいなかった。

とはいえ、その有用性そのものは理解している。

「魔力増幅の魔法は非常に強力なものでしょう。数字で例《たと》えれば、一の魔力消費で百の魔力を生み出せるのですから。まさしく【禁忌の魔本】にふさわしい魔法です」

「でもでもっ、それ使っても見た目的には全然地味ですっ！　ほわっとするだけですもんっ！」

「いざってときは俺にもかけてもらおうかな。というか全員にだな」

「かしこまりですっ！」

会話に参加せず、ネムはマルスをちらちらと見ていた。

何か言いたげだが言い出せずにいる様子だ。

「にゃあ……黙ってたことがあるけど、怒らないにゃ？」

「怒りはしないよ？　何かあったの？」

「ネムもにゃあ？　その【禁忌の魔本】の魔法が使えるにゃ……黙っててごめんにゃ？」

「え⁉　どんなの？」

「見せたほうが早いにゃ。うまく言えにゃい。——『にゃ！』」

ネムが小さく叫ぶと空気が震える。

しかし周りのマルスたちには普通の音量の声に聞こえた。

ただネムが向いている方向の、遠くの壁面がボロボロと崩《くず》れていく。

音というより、巨大な空気の塊《かたまり》が動いたような違和感があった。

音は振動である。つまりは指向性のある衝撃波だった。

「声で遠くに攻撃できるにゃ。今のは小さいけど、本気ならもっとすごいことになるにゃ。あとにゃ？　ネムは耳がいいから、跳《は》ね返ってくる音でぼんやり地形とか敵の場所がわかるにゃ」

「ソナーか……！　コウモリとかが使うやつだ」

「ソニャーっていうのにゃ？　あっちの道の奥から、ズルズルがネムの手の指の数くらい来てるにゃ」

両手を広げて見せつけてくるので、おそらく十人前後という意味だと思い、マルスは頷《うなず》いた。

ネムはどうやら両手の数までしかカウントできないらしい。

声といえど岩を破壊できる威力《いりょく》があれば立派《りっぱ》に攻撃手段だ。

また反響音を利用したソナーとして耳を使う方法も非常に便利である。

新しいフロアに入った時に動かずとも全体のマッピングも可能なので非常に有用だ。

「ご主人様、私でも反響はわかりました。地図の作成がはかどりますね」

前回の教訓を踏まえて、今回はリリアがマッピングを担当している。

同じ場所を無駄に何度も歩いたりすることを防ぐためだ。

細かい数字については計算に異様な才能を持つハズキが補助する。

「使ってみれば相当有用な能力な気がする。——なんで怒られると思ってたんだ？　むしろもっと早く言ってほしかったよ」

「だって……これは金ぴかの部屋から勝手に取った本を見たら使えるようになったにゃ。ネムは文字読めないけど読めたにゃ。ぬ、盗もうとしたわけじゃないにゃ!? 紙の本をちょっと見てみたくて開いただけにゃ! で、でも盗みは手を切られるからにゃ……?」

両手の指をつんつんと合わせながら、ネムは耳を下げて戸惑《とまど》っていた。

「ああ、そういうことか。盗みはいいことじゃないけど、ネムちゃんだってボスを倒してダンジョン攻略したんだからもらう権利はあるよ。それにもう君の魔法だ」

ネムは罪悪感から黙っていた。

盗みはこの世界ではかなりの重罪だ。普通の人間がやっても二度としないように手を切られるのはよくあることだし、それが奴隷ならなおさらである。性善説などこの世界には存在せず、性悪説が世の中を支配しているから、更生《こうせい》だとか再起のチャンスは与えられない。

前提認識としてネムはそう思っており、マルスも盗みを知れば怒り狂うと確信していた。

だがマルスは盗みとは捉《とら》えない。というか攻略報酬《ほうしゅう》として考えれば足りないくらいだ。

「気にしなくてもいいですよ。聞いている限り悪意を持っていたわけでもなさそうですし、私からすればむしろ褒《ほ》めてあげたいくらいです」

「ネム偉《えら》いにゃ?」

クルーゼの戦力を低下させたとリリアは褒める。

何か間違っている教育方針のような気もした。

「あっちの方向ですねっ? じゃあ通路ごと焼いちゃいましょうっ!」

「発言がやばい人みたいだね？　でもお願いする」

ゾンビたちが追ってきているという方向へ、ハズキは杖《つえ》を突き出した。

「紅蓮《ぐれん》の方陣『炎槍葬送《えんそうそうそう》』！」

範囲は狭く、一直線に炎が伸びる。

広範囲を焼き尽くす魔法ではなく、貫通力を重視した魔法だった。

一度火がつくと通路に沿って炎は燃え広がっていき、延焼《えんしょう》を招く。

「『にゃ！』――全部燃えてるっぽいにゃ」

声を上げ耳をぴくぴくさせながらネムは言った。

反響音から動くものがいなくなったことがわかったようだ。

「やっぱり便利だな、その力！」

「すごいですっ！」

「探知し遠距離から攻撃を続けて……これはかなり効率がいいですね？」

ゾンビという存在に驚き、慌《あわ》てふためいた四人だったが、原因の究明と対処法により落ち着きを取り戻す。何より姿を見ずに倒していけるのが嬉《うれ》しい。

「ネムすごいにゃ？」

「すごいよ。ネムちゃんがその魔法を使えばかなり安全に進めるからね」

「……うれしいにゃ？　もっと頑張ったらもっと褒められるかにゃ？」

「ええ。ですが先ほどのように驚いたからといって人の首にしがみつかないように。仲間に殺されるところでした」

喜びでそうしたくてうずうずしているネムを見つめ、リリアは首をさすり苦笑いする。

ネムがゾンビの手首に襲《おそ》われたときに首にぶら下がってきた衝撃を忘れきれていない。

「この階層は全滅させていこうか。この先どうやって進むかの検討もその上でしたい」

「夢幻の宝物庫は出てくるとき無防備ですもんね……魔物はできるだけ倒しておきたいかもっ」

「時間が経過しても階層に魔物がいなければ問題ありませんしね」

亜空間《あくうかん》の『夢幻の宝物庫』は中にいるときは安全であるが、時間の経過は外と同じである。

時間が進まないのは物の時間だけだ。

入ったときは安全でも、出てくる際に魔物の集団のど真ん中という可能性もなくはない。

なのでできる限り安全な場所を確保してから入りたい。

その後一週間かけフロアを探索し、一同は次の階層に降りた。

第8話

「にゃぁ……あんまり眠くないにゃ」

「休むときは休まないといけませんよ？」

夢幻の宝物庫のリビングのソファで、ネムはリリアの膝《ひざ》に頭を乗せてゴロゴロしていた。手にはハズキの作った巨大な魚のぬいぐるみ。一メートル級の抱き枕のようなサイズだ。異種族仲間だからか、リリアの落ち着いた空気が好きなのかネムはリリアによく懐《なつ》いていた。

「ぐにゃってするから疲れてるんだけどにゃ……でも眠くないのにゃ」

「まぁそれならいいですが……なるべく静かにしていてくださいね。私は仕事がありますから」

リリアはマッピングした地図の整理や、書類で物資の管理を行う。

マルスはその書類と実際の数の確認をしていた。

ハズキは寝室で就寝中だ。

前衛《ぜんえい》はマルス、後衛《こうえい》はハズキの負担が大きいため、疲れもそれ相応にたまる。

「ハズキちゃんには悪いけど、何か甘いものでも食べる？　お腹《なか》いっぱいになったら寝られるんじゃないかな」

「それはいいですね！　とてもいい案だと思います！」

「リリアは甘いもの好きだよね。何にしようかな」

人間の食べるものなど、と出会った当初はバカにしていたリリアだが、マルスに連れられて行った数々のスイーツショップでその考えはあっさり覆《くつがえ》った。

『人間のもっとも偉大な発明は砂糖である』とリリアは断言する。

なのでダンジョン攻略のための食材の中にもスイーツ系の材料はたくさんある。疲れたときに甘いものが欲しくなるというのもある。

極地で何より大事なのは精神の健康だ。

人が化け物に変化し、生態すらよくわからぬ魔物が闊歩《かっぽ》する平和とは程遠い空間。

そんな極限空間だと、どうしたって人はストレスを感じ暴力的になってしまう。

暴力がそのまま権力になり、合わない者は集団から精神的にはぐれていく。

そうならないためにマルスたちはできる範囲で日常性を保つようにしていた。

幸せな日常は一人の気持ちだけでは維持《いじ》できない。

皆がそれを守る意思を持つからこそ保てるのだ。

身体《からだ》と同じく精神も柔らかいネムはいるだけで空気を和《やわ》らげるのに役立っていた。

マイペースであるハズキも同様だ。

「パンケーキとドーナツならどっちがいい？」

「……悩みますね。どちらも捨てがたい……」

む。

「チョコか。……ならどっちも作ろう。材料は同じだからね。チョコそのものももう少し上手《うま》く作れるようになりたいもんだ」

ぐ、と小さくガッツポーズしているリリアを見て、両方作る判断は間違っていなかったと微笑《ほほえ》む。

マルスが食卓で材料を混ぜていると二人の会話が聞こえてきた。

「にゃあにゃあ。最近にゃ？　お腹の下のほうがムズムズするにゃ。おしっこみたいなのが勝手に漏《も》れたりするにゃ……病気にゃ？」

「え？　それはまさか……」

ネムは下腹部を触りながら不安げな顔をした。

「マルスにゃん見てるとドキドキしてなるにゃ。おしっこのとこが変な感じなのにゃ……」

「発情期……」

豊かな食生活と適切な睡眠、過剰《かじょう》労働からの解放——戦闘は除く——により、ネムの身体に成長が起きていた。

本来脂肪《しぼう》はある程度必要なものだが、これまでのネムには無縁《むえん》過ぎた。

だから遅れていただけであって、十五歳という歳《とし》を考えれば普通のことである。

「なんにゃそれ？」

「子供を産むための準備期間……とでも言えばいいでしょうか。——大人になったのですよ」

「おしっこのとこムズムズしたら大人にゃ⁉」

「そういうわけではありませんが……ま、まぁそう思ってもいいですよ」

「にゃあ……みんなもムズムズするからスリスリするにゃ？　この前マルスにゃんに剣みたいなの刺されてるの見たにゃ」

「⁉　み、見たのですか⁉　いったいどうやって⁉」

「窓から見たにゃ」

手にしていた地図をまき散らし、慌《あわ》てふためいてリリアは叫ぶ。

その日のリリアはいつも以上に熱中していた記憶があった。

相手であるマルスや自分以上に恥《は》ずかしい姿を晒《さら》しているハズキに見られるならまだしも、第三者に見られるのは相当の恥辱《ちじょく》だ。

「見られてたか……どうしよう」

マルスは子供の性教育に迷う親の気分を初めて味わう。

体験してみると想像以上に気まずいし難しい問題だ。

「はぁ……いっそネムも交ぜましょう。ハズキもいますし、一人増えたくらいではもう動じませんよ、私は！」

「ひ、開き直ったな……？」

「いずれはこうなっていたでしょう。外で男を作られても嫌ですし……それに都合がいいと言えばいいのですよね。ここ最近はその……大っぴらにできなくて欲求不満なところがありますから。痴女《ちじょ》もトイレにこもる時間が増えましたし」

ダンジョンに入ってから一週間以上経《た》つが、この間、あまり性交はできていない。

ネムが一緒にいるため大っぴらにできないのだ。

ほかの部屋で致そうとしてもネムがついてきてしまう。

なので一緒のベッドで眠り、時々触り合う程度で悶々《もんもん》と夜を明かす日々が続いている。

一応何度かはしているものの、ネムにバレないようこっそりゆっくり静かにする性交ではイマイチ発散しきれないとわかった。

「ハズキにゃんはトイレでうるさいにゃ。うーうー言ってるけど何してるのかにゃ？」

「性的興奮《こうふん》を自分で鎮《しず》める……難しいですね。――遊びです、遊び。ハズキは一人で何かして遊ぶのが好きでしょう？　それです」

「この魚作ったりするのと同じかにゃ？」

「そうです。一人遊びという意味では」

無頓着《むとんちゃく》なネムの乱れた前髪を整えつつ、リリアは自慰《じい》と裁縫《さいほう》を同じだと言い切った。

若干《じゃっかん》自暴自棄《じき》にも感じるリリアのネムを巻き込めという発言だが、マルスには少し迷いがある。

リリアやハズキにはどうしても性的な視線を向けてしまいがちだけれど、ネムは純真さもあってなんとなくそういった目を向けにくいのだ。

とはいえしっかりした肉体の美少女でもあるので、いざしようと思えば身体はすんなり反応するだろう。

「裸でやってたあれ、なんでやるにゃ？　みんな楽しそうだったにゃあ？」

「楽しいというか……気持ちいいのですよ。ご主人様に触られたりすると……快感と落ち着きが一緒に来るような不思議な感覚に包まれるのです」

「にゃあ……ネムが最近頭撫《な》でられるの好きなのと同じかもにゃ。みんな撫でてくるにゃ？最初は叩《たた》かれると思ってちょっと怖かったにゃ」

「ちょうどいい位置に頭があるからつい撫でてしまうのですよね。髪も細くて柔らかいです」

背丈《せたけ》が小さいため、リリアだとちょうど胸くらいの高さにネムの頭が来る。

撫でやすい高さにあるのと、目を引く猫耳もあって思わず手が伸びてしまうのだ。

身体の関係にないからか、いまだに親戚《しんせき》の子供を相手にするようなゲスト感で可愛《かわい》がっている。

「ネムもやってみたいにゃ。仲間ハズレはイヤにゃ！」

「でも最初は痛いよ？」

「どれくらいにゃ？」

「俺にはちょっとわからないな……」

リリアのほうに視線を向ける。破瓜《はか》の痛みをマルスは知らない。体験したことのある者に聞くしか手立てはなかった。

「個人差もあると思うので一概《いちがい》には言えないのですが……私は本気で身体が裂けたかと思うく

らい痛かったですね。翌日もじんじんとしていました」

下唇《したくちびる》を撫でつつ、リリアは初めて交《まぐ》わった日を思い出す。

「ご、ごめん」

「あの時はご主人様も初めてで、ものすごく興奮していらしたので仕方ないかと。——私は痛くても嬉《うれ》しかったです。と、とにかく！　破瓜についてはハズキのように平然としている者もいますし、実際してみないと何とも言えませんね」

「と、とりあえずオヤツ食べてから考えようか」

ポロっとこぼれたリリアの本音にマルスも赤面し、パンケーキの材料を混ぜる手を加速させる。

——三人目か……身体持つのかな、俺？

男の性欲や精力が弱い分、女の性欲の強さでこの世界はバランスを取っている気がする。

マルスが相手にしている女たちはダンジョンを攻略できるくらいの体力を持っているのだから、本気で求められると天国のような地獄が始まる。

理知的なことを話す口は快楽を表明する器官に変わり、数多《あまた》の魔物を屠《ほふ》り極地を行く身体は性感に激しく腰をくねらせる。

性の悦《よろこ》びを知ったばかり、しかも女盛りの身体は、貪欲《どんよく》に好いた男の身体を求めてしまう。

しかも男はこの世界にはないはずの規格外の男根と精力の持ち主で、さらに常人《じょうじん》とは別格の身体制御《せいぎょ》までこなしている。

あげく持ち前の優しさで女たちを喜ばせることを信条にしているのだ。

精神の充足のほうも、本来贅沢《ぜいたく》を言える身分でない彼女たちが大切にされているのは傍目《はため》にもわかるのだから、本人たちが感じるそれにはこれまた尋常《じんじょう》ではない幸福感があった。

「オヤツのほうが今は食べたいにゃ」

「やれやれ……色気より食い気ですか。ま、まぁ私も食べたいですけれど……」

ひとまずパンケーキとドーナツを用意し、平和そうに笑顔で頬《ほお》を膨《ふく》らませるリリアとネムを見ながらマルスは内心少し困った。

ネムは仲間外れにされたくないだけで行為そのものをしたがっているように思えなかったからだ。


ベッドではハズキが寝息を立てていたため、ソファの上で行為を行おうと話がまとまった。

ネムとリリアがソファでマルスが棒立ちだ。二人を上から見る形である。

美しさはそこにあるだけで力だと思えるほど美しいリリアと、やはり美しく純真さがあるネムの組み合わせは、容姿が似通っていなくてもどこか同一のものに思える。

ネムが部屋着の長いTシャツの裾《すそ》をまくり上げようとし、すぐに元に戻す。

これまではリビングに脱ぎ捨ててパンツ一枚で風呂場に向かっていたのに、妙なためらいが見えた。

「？　変な感じするにゃ」

「どうしたの？」

「マルスにゃんに見られるのが恥ずかしいにゃ。前に一緒にお風呂入ったときはそんなことなかったのににゃ？」

性行為に参加してみたいと言うネムは、その意志とは裏腹《うらはら》に服を脱ぐのを躊躇《ちゅうちょ》した。

ほんのり頬を赤くして戸惑《とまど》った表情だ。

自分の中に新たに生まれた感情がうまく処理できていない。

「ネムに羞恥心《しゅうちしん》が目覚めましたか。——ご主人様、意識されてますね？」

「な、なのかな？　俺までちょっと緊張してくる」

ネムは落ち着きなくしっぽを振り、耳を動かしていた。

マルスはネムの横に座り、優しく抱き寄せて頭を撫でてみる。

指を滑らかに通っていく髪の柔らかさと、大きい猫耳にびっしり生《は》えた細かな毛。

耳の内側からはタンポポの綿毛《わたげ》のような白くほわほわした毛が生えている。

一回りは下なのではないかと思えるほどの小さく華奢《きゃしゃ》な身体だった。

普段なら意味もなくマルスにぶら下がったりしてくる柔軟な身体はいつになく強張《こわば》っていた。

「にゃあ……変な感じするにゃ。マルスにゃんは変な魔法使ってるにゃ？　身体あっついにゃ」

「それは普通のことだよ。ドキドキしたりするもんなんだ。俺もドキドキしてる」

心臓に手を引っ張り、マルスは自分の鼓動《こどう》をネムに伝えた。

「ホントにゃ。ネムもドキドキしてるにゃ」

今度はネムのほうからマルスの手を引っ張る。

ふにゃりとした感触がマルスの手のひらに伝わった。

「にゃっ……ピリってするにゃ。先っぽが寒い時みたいになってるからかにゃ……」

膨らんだ乳首の感触が手のひらにダイレクトに伝わってくる。ネムは普段から下着をつけるのを嫌がっていたので今もノーブラのようだった。

説明するよりも体験させる方が手っ取り早いと、マルスは何度か優しくネムの胸を揉《も》む。

リリアの胸が水のような手触りなのと比べ、ネムのは固めのゼリーのようなハリがあった。

「んにゃ……へ、変な感じにゃ。自分で触るのと違って気持ちいい感じにゃ」

戸惑う赤い顔を見ていると性欲が湧《わ》き上がり、手がネムの股間《こかん》へ伸びていく。

パンツの上から触ると、すでにうっすら水気があった。

ネムの意識はわかっていなくてもネムの身体は発情していた。

「にゃっ……へ、変な声出るにゃっ……！」

くにくにと大陰唇《だいいんしん》全体を揺すると、ネムが切なげな声を出し、マルスにしがみついてくる。

性の快楽を知らないネムには未知で巨大な違和感だった。

逃げようとしないのはそれがやはり快感であると身体は知っているからだ。

「にゃっ、にゃあっ……！　お尻《しり》カクカクするにゃっ！」

「もうちょっとかな。怖くないから俺に任せて」

ネムは腰の落ち着く場所を探し、左右に尻を振る。

段々と熱く荒い息を吐き始めたネムは、マルスがクリトリスに触れた瞬間、縦《たて》に全身を浮かす。

「にゃひっ……！　にゃ、にゃっ⁉」

驚いた顔で目をぱちくりさせマルスを見つめるネムは、呼吸の仕方を忘れてしまったように口をパクパク動かす。

「多分イケたかな？」

「にゃっ、にゃっ……お、お腹ぐるぐるするにゃ」

ねっとりとした愛液がパンツから染《し》み出ていた。

これは漏《も》らしたと思っても仕方ないなと思う量だ。

「気持ちよかった気がするにゃ……」

ネムが唸《うな》りながら言うと、リリアがソファの後ろからネムの服を引っ張り上げる。

「準備できましたね。さぁ、これからが本番ですよ」

「にゃ！　いきなりはびっくりするにゃ！」

パンツ一枚になったネムの身体は、出会ったときとは大きく違い、ふっくらと女性的なものに変貌《へんぼう》していた。

浮き出していた肋骨《ろっこつ》もある程度肉に覆《おお》われ、胸はツンと上向きの真ん丸形状だ。

「下は自分で脱ぎなさい」

「にゃあ……びちゃびちゃになってるにゃ……怒らないでほしいにゃ」

「わかっていますから大丈夫ですよ」

立ち上がったネムはパンツを脱ぐ。

クロッチ部分と割れ目を繋《つな》ぐ透明な糸が見えた。

充血して赤っぽくなった下腹部がマルスの興奮を呼ぶ。

リリアに促《うなが》され、ソファに浅く座ったネムは両足を広げ、マルスに見せつけるようにおまんこを開く。

ピンク色の中身がぬらぬらと輝いていた。

小陰唇《しょういんしん》は小さく、クリトリスは包皮《ほうひ》に軽く覆われていた。

ひくひく動く膣口《ちつこう》がマルスをいやらしく誘う。

とろりと流れ出る愛液がお尻を伝いソファに落ちていった。

「マルスにゃんのそれ、怖いカタチしてるにゃ……？　矢みたいなカタチにゃ。——抜けなくなったりしないかにゃ？」

「その……俺が気持ちよくなると柔らかくなるから大丈夫だよ。いつもこの大きさじゃないから」

「不思議にゃ……」

じろじろとマルスのチンポを見て、ネムは自分に入るかどうか確かめるように局部に指を入れていく。

自分のしていることがどういうことなのかわかっていなさそうだ。

発情して交尾《こうび》の欲求が高まっているのは確かなようだった。

ネムが指を引き抜いたあと、マルスは一歩近づき、腰を落としてネムの膣口に亀頭《きとう》を押しつける。

「行くよ」

「ど、どんとこい、にゃ！」

──何か空気が違う。

深くは気にしないようにして、小さな身体の中に自分をねじ込む。

めりめり、と肉を割《さ》く感覚があった。

柔軟な身体同様に、ネムの膣内は非常に軟らかい。

膜《まく》のような大きなヒダがたくさんあり、カリが進むとぷりぷりと弾《はじ》く。

「い、い、痛いにゃ⁉」

「ごめん！　ちょっとペースを間違えた！」

「──そうでもないにゃ。一瞬だけだったにゃ。で、でも苦しいにゃ……！」

つーっと真っ赤な血が流れていく。

ただそこまでの痛みではないらしく、それは幸いだった。

日頃から激しい運動をしているネムは、日常《じんじょう》の中で処女膜を損壊《そんかい》させていたのだろう。

体格の小ささも相《あい》まって、締まりの強さは尋常じゃない。

奥に行けば行くほど狭く、亀頭がつぶれる。

「マ、マルスにゃんの熱いにゃ……や、やっぱり苦しいにゃ！　魚が入ってるみたいにゃ⁉」

「しばらく動かないでこのままいるね」

ネムがぐにゃぐにゃと膣内を動かすから、マルスのほうもビクンビクンと反応してしまう。

処女相手にガンガンと腰を振るわけにもいかないため生殺《なまごろ》しだ。

——名器ばっかりだな！　動いてなくても気持ちいいぞ⁉

「じ、じわーっとしてきたにゃ……さ、さっきの変なのが来る感じにゃ……」

動いていなかったが、ネムは少しずつ呼吸を荒くしていく。

胸が弾《はず》み、荒い呼吸のせいで口を閉じられず、口の端からは少しよだれが出ていた。

「にゃっ、にゃっ……」

小さく喘《あえ》ぎ声を上げ、ネムは自《みずか》ら腰を浮かせピストン運動をする。

どうやら気持ちいい場所を見つけたらしく、無意識での動きのようだった。

「ネ、ネムちゃん……！」

「き、気持ちいいにゃっ、足がビリビリするにゃ！」

揺れる胸を押さえるように腕を前に出し、ネムは腰を細かく上下する。

このままでは処女に一方的にイカされると危惧《きぐ》したマルスは、主導権を握り返すべく腰を前後する。

軽い身体はマルスが突くとゆさゆさと簡単に揺れる。

「にゃあっ！　にゃあっ！　にゃあ～っ！　全身ビリビリにゃ！」

「ぐ、ぐにゃぐにゃがすごい……！」

ぷりぷりとカリに引っかかる膣肉の快感と、膣そのものの大きなうねりに徐々《じょじょ》に射精欲求が募《つの》る。

頭の中がほわっとし始め、思考が白んでいく。

もはや射精すること以外は考えられない。

「にゃ、にゃっ、来る、来るにゃっ！　さっきのあの……にゃあああああっ！♡」

「うっ」

びゅびゅびゅ、びゅくびゅくびゅく！

これまでろくに性について知らなかった女の子の膣内に、欲望まみれの白濁《はくだく》を塗りつける。

まだ誰も知らない苗床《なえどこ》に子種《こだね》を蒔《ま》く多幸感は男に生まれてよかったと再確認させてくれる。

焦点《しょうてん》の定まらぬ目をしたネムは、しっぽの毛を逆立て痙攣《けいれん》していた。

「すっごいぐったりするにゃ……気持ちいいけど疲れるんだにゃ……」

「ちょっと激しくしすぎたかもしれない。ごめんね」

「平気にゃ。スッキリしたにゃ。お腹のモヤモヤがなくなったにゃ！」

ぐったりソファに倒れ込んだネムは疲れた顔をしてそのまま眠ってしまう。

元々疲れていて、かつ満腹、疼《うず》いていた性欲が解消された今、身体が起きている理由を失ったのだと思われる。

股間を拭《ふ》いてやったあとは服を着せベッドに運ぶ。

リビングに戻るとソファを掃除していたリリアが呆《あき》れ顔で微笑んだ。

「すっかりハーレムですね？」

「だな……体が保《も》つか心配になってきたぞ」

「ここ最近は堂々と浮気されていますが、一番は私ですよ？」

「そりゃもちろん。まぁみんな好きだけどね」

浮気者、とリリアはマルスの鼻を突っついた。

怒りはなく、仲間が増えたことは素直に嬉しいようだった。

第9話

——私はクルーゼ様の理想の殉教者《じゅんきょうしゃ》だ。

主義主張など捨ててしまえ。最も有能な駒《こま》であればそれでいい。

ユリスがちらりと見たクルーゼは満足げに金の盃《さかずき》に入ったワインをあおっていた。

中央のテントの中で、ダンジョンとは思えないほどクルーゼは優雅《ゆうが》に過ごしていた。

さながら迷宮の中の王宮である。

ダンジョンであろうとクルーゼは自分の日常を曲げはしない。環境に合わせていくのは弱者の姿勢であって、強者は環境のほうを合わせる。特別意識しているわけではないが、そういった精神性がベースにあるからこそ幾度《いくど》も踏破《とうは》を成し得ている。

マイペースを維持《いじ》するには力が必要だ。

焦《あせ》り翻弄《ほんろう》され心乱し、ダンジョンのルールに巻き込まれた者から死んでいくのだ。

マルスたちのいる場所から四階層下にクルーゼ一行はいた。

彼等の攻略方法は、階層ごとにベースキャンプを作り、そこを拠点に魔物の探索、討伐《とうばつ》をする方式だ。

拠点の広さはかなりの規模で、面積的にはサッカーグラウンド以上にもなる。

クルーゼ率《ひき》いる本隊は中央付近に陣取り、分隊が『支配の王笏《おうしゃく》』を探しつつ魔物の討伐をする。

夢幻の宝物庫に収まる人数ではないので拠点作成以外の方法はない。

もっとも、クルーゼとユリスは夢幻の宝物庫の中で安全に休息を取っている。

外の様子がわからない夢幻の宝物庫から安全に出るための場所としてキャンプが必要なのだ。

ここに来る直前に攻略した小規模なダンジョンならばとっくに踏破できているほど、長く険しい道のりを歩んできた。

何しろ小規模ダンジョンで言えば最も強い魔物が平然とうろついている環境だ。

しかも仲間たちは死ねば敵に回っていく。

「ユリス、状況報告」

「人員の損耗《そんもう》率は一割程度。『支配の王笏』こそまだ見つかっておりませんが、想定以上に順調な行軍となっております」

「うむ。たかだか百人前後の損害で済んでいるのならば順調だ。やはり奴隷《どれい》を使い捨てていくのが最も効率がいい。奴隷紋《もん》を用いて身体の限界を超えた決死の特攻をさせているから、死体になったところで損壊《そんかい》がひどく脅威《きょうい》度は低いというのも思わぬ幸運である」

「はい」

「『支配の王笏』についてはもっと下層だろう。旧時代とはいえ、我が先祖がこんな浅い階層で死んでいるとは思えん」

ユリスはこれまでの地図と物資、人員のチェックシートを眺《なが》めながら行軍の順調さと、被害を完全には防げなかった不甲斐《ふがい》なさを噛《か》みしめていた。

順調と言っても百人前後死なせているのだが、ダンジョンの難易度を踏まえれば損害は皆無《かいむ》と言ってもいい。

クルーゼにすれば金を使っただけの認識である。その金もマルスにネムを売った金で十分補《ほ》塡《てん》できる。

マルスたちと違うのは、仲間の喪失《そうしつ》は利益の喪失と捉《とら》えている点だ。

現段階で報告できることを考え、そういえば、とユリスは思い出したことを伝えた。

「奴隷長の一人、糧秣《りょうまつ》担当が体調不良を訴えています。いかがなさいますか？　有能な人材ですので、なるべくならば休憩《きゅうけい》させ温存するのが良策に思います。一応情報と数字を集計している私でも代替は可能ではありますが」

すべての情報は一旦《いったん》ユリスに集まり、その中で必要と思われる情報だけがクルーゼに上がっていく。

「行軍予定に変更はない。次の階層への階段は見つかっている以上、明朝には発《た》つ」

「承知しました」

「単に疲れだろう。──しかし検品が済み次第《しだい》休ませてもよい。それでも回復しないのであれば最悪これがある」

クルーゼは奴隷紋をユリスに見せつける。

その答えはあらかじめわかっていたことではあったので驚きはない。

奴隷長だとしても奴隷の一人という認識程度しかクルーゼにはないだろうからだ。

クルーゼが奴隷の味方でないように、奴隷もまたクルーゼの味方ではない。だから信用などしない。信用しているのは個人の能力の限界だけだ。

奴隷紋は命を維持するという生物の最低限の無意識さえも支配する強力な魔法である。

一度命じられれば、腕がへし折れる、これから先動けなくなるとわかっていても、奴隷たちは無意識に全力を超えた力で魔物を屠《ほふ》るのだ。

『命を捨てても魔物を排除せよ』

クルーゼがそう言えば、全身の筋線維《きんせんい》が引きちぎれ骨が折れても、死ぬまで与えられた指令を順守する。

そうなるとただの奴隷たちが一騎当千《いっきとうせん》の兵士同然になる。

マルスが意識的に行うことを奴隷たちは無意識でやるのだ。

無論自由度の高いマルスのほうが総合的な能力値《ち》は圧倒的に高いが、力任せで何とかなる魔物相手なら十分以上の成果を発揮する。

「必ず攻略して国に戻るぞ。お前にも王の凱旋《がいせん》を見せてやる」

「はい。玉座《ぎょくざ》は貴方《あなた》のものです」

「当然だ。『あの頃』とは何もかも異なるのだから。知恵も力もなかった、『あの頃』とは」

ユリスには『あの頃』が初めてのダンジョン攻略のことを指しているのか、それとももっと前、幼少期のことを指しているのかわからなかった。

——おそらくは後者のほうだろう。クルーゼ様がこうなってしまった日のことだ。

純真な少年の心に黒いものが混じり始めた日はいつか、クルーゼの場合は明確にわかる。

——母親が暗殺され、王も兄弟も従者もすべてが敵だとわかったあの日から、クルーゼ様は強くあらねばならなかった。

ダンジョンも王宮も敵ばかりだという点では変わらない。

卓越《たくえつ》した才能だけでなく、心構えまで常在戦場だからクルーゼは強いのだ。

クルーゼとユリスが初めてダンジョンに挑《いど》んだのは五年前。

その際も今回と同じく千人規模で挑んだ。

部隊は今回のような奴隷だけの部隊ではなく、騎士たちが中心だった。

当時二十歳《はたち》だったクルーゼは、今ほど非人道的な策略を使わなかったのだ。

そうしない人格だったというわけではなく、ただ単に奴隷より騎士のほうが標準戦闘力が高いからの選択である。

結果は辛勝《しんしょう》で、潜ったのは小規模ダンジョンであったにもかかわらず、踏破した際に残っていたのは百人ほど。

単独で踏破したマルスと比べると限りなく失敗に近い成功だ。

失敗の要因として大きかったのは連携《れんけい》の不備。指揮系統の崩壊《ほうかい》だ。

リリアと出会う前のマルスが懸念《けねん》していた通り、無能な仲間は敵よりもよほど厄介《やっかい》だったというわけである。

騎士たちはなまじ戦闘経験があり、かつ命の危機に幾度も遭遇《そうぐう》する環境であったため、恐怖に駆られ連携せず個人個人で行動してしまった。

そうなればただの烏合《うごう》の衆でしかなく、魔物の脅威と罠《わな》で死ぬ運命をたどる。

ダンジョンはあまりに未知で、一行はあまりに無知であった。

クルーゼは怒り狂うことはせず、速《すみ》やかに冷静にアップデートを図った。

王子の身分と才能に恵まれた筋金入《すじがねい》りのエリートであっても、クルーゼは上手《うま》くいかない世の中の現実をよく知る男でもあったからである。

二回目の攻略の際は生き残った者含め騎士を全体の半数にし、残り半数を奴隷とした混成部隊で挑んだ。

騎士たちには魔物と戦えるよう訓練させ、経験から戦術や陣形など、すべてを刷新《さっしん》することにした。

これが非常に上手くいった。

さらに、試しに奴隷に無茶な命令を出してみたところ、潜在能力を極限まで活用できることも知る。

クルーゼはそのやり方をさらに先鋭化し、部隊を優秀な奴隷たち——戦闘能力において——

だけにすることに決めた。

奴隷たちは恩赦《おんしゃ》を条件に自分を売った犯罪者や、経済的政治的に弱みのある者たちだ。

そして現在に至《いた》る。

「クルーゼ様。私は負傷者たちの様子を見てきます。それと物資の確認も。数字だけでは安心できませんので」

返事をせずに片手を上げるだけのクルーゼに頭を下げ、ユリスはテントを出る。

負傷者からは血の匂《にお》いがするから端に寄せておけという指示のせいで、中央のテントからは距離がある。エサとして魔物をベースキャンプの端に誘導する目的も兼《か》ねていた。

死者は百人ほどでも負傷者は当然もっと数多くいた。

ベースキャンプそばに負傷者の治療をするスペースを用意し、治癒《ちゆ》魔法が使える者たちがつきっきりで手当てしている。

明らかに致命傷でない限りは死なせず、しっかり治療をし、再度戦列に加えるのが最も効率がいいからだ。

——あの方の望みまであと少しだ。

普段感情を出さずに——生来無口でもある——クールに振る舞っているユリスであっても、この状況には少し浮き足立つものがあった。

未《いま》だ誰も成し得ていない偉業の最先端に自分たちがいる——。

平民以下の孤児《こじ》出身のユリスからすればあり得ないような幸運だ。

ほんの少し口元を緩《ゆる》めたユリスは、治療スペースの近くにいた小隊長の一人に声をかけた。

「状況はどうだ？」

「やはり重傷の者が多く……死んでアンデッドに転化する者も出てきています。そうでなくとも骨折等で動けない者もかなり。この階層までくると蘇《よみがえ》ったアンデッドも強力です」

クルーゼたちはマルス一行ほど『ノルン大墳墓《ふんぼ》』についての経緯《いきさつ》に詳《くわ》しいわけではないが、ノルンの死霊術の影響下にあるのだろうと推測《すいそく》はついた。

階層を降りるにつれ術者であるノルンに近づき、アンデッドは限りなく生前に近い能力を発揮するようになる。

まだ能力全開とはいかないまでも、複数人でなければ対抗するのが難しいレベルになりつつあった。

アンデッドの攻撃力は皮肉にも奴隷紋を起動したあとの状態に近い。

死を恐れず眼前の敵を倒し終えるまで止まらないからだ。

「それらの負傷者は置いて行く。消費物資も抑えられるし、死ねば蘇り、あの黒髪の後続者の足止めにもなるだろう」

「そ、それはあまりに非人道的では⁉　奴隷からも扱いの不満が噴出しています！　このままでは集団の統率《とうそつ》が取れなくなるのも時間の問題ですよ⁉」

「何のために私以外を奴隷にしていると思っている。何も考えずクルーゼ様の策に従え。私はそうしている。——従わぬ者から命を捨てさせられるぞ」

個人の感情など関係ない。

クルーゼの言う通りに動く駒であれば用は足りる。

そしてそれは奴隷紋があれば実現可能だ。

──私だって駒の一つだ。

そう考えると悲しくなる。

それでもユリスは自分だけはほかの人間と違うのではないかという希望も持っている。

誰よりもクルーゼを知り、その心に沿うように行動してきたのは自分だけなのだから。

世界でただ一人の無条件の味方なのだから。たとえ王位に就《つ》けなくても、放逐《ほうちく》されたとしてもそばにいるつもりなのだから。

「攻略は順調だ。全体の情報の統括《とうかつ》は私に任せておけ」

「もう少し部下を気遣《きづか》う余裕があってもよろしいのではないですか？　貴方にはいつも余裕がない。私たちは貴方も好きになれません」

──お前になど好かれたくない。好かれたいのは……。

皮肉めいた言葉を放つ小隊長を無視し、ユリスは次の目的地である食料物資の管理場所へ向かう。

管理の責任者である奴隷長に休みの許可が出たことを伝える目的もある。

──感情など無視し、数学的な合理性を追求すべきだ。

昔聞いた言葉を反芻《はんすう》し、浮かぶ疑問や不安を頭の中からかき消していく。

冷徹な合理主義者、というのがユリスが感じる現在のクルーゼ像である。

部隊の人員を数字として考え、適切に運用していく能力が非常に高い。

幼少期から盤上のゲームを好んでいたが、ダンジョン攻略もその延長線上に捉えている節《ふし》があった。駒を失うことを恐れないところにそれを強く感じる。

毎日のように一緒に遊んでいたが、それらのゲームでユリスはついに一度もクルーゼに勝つことはできなかった。もっとも、たとえ勝てたとしても上手く勝ちを譲《ゆず》っていただろうが。

見かけこそ筋骨隆々《きんこつりゅうりゅう》の大男ではあるものの、室内にこもり思索に興《きょう》じることを好む元来の人格は健在だ。

実際その采配《さいはい》は上手くいっているし、成果もしっかりとあげている。

問題があるとすれば、その高い知能は他者を顧《かえり》みる方向には一切使われないことだけ。

その他者と自分をきっちり分ける冷酷さがクルーゼの強みであり弱みだ。

人間だろうと魔物だろうと己《おの》が剣で切り殺すことさえ平気でできる。

そうなった原因が極度の人間不信によるものだとユリスだけは知っている。

だから必要以上に他者を虐《しいた》げてしまうのだということも。

他人の命や運命をその手に握らなければ安心感を得られないのだ。

誰よりも上にいないと脅《おびや》かされると確信してしまっている。

「――平穏《へいおん》に生きるため。それには玉座が必要だ」

クルーゼが玉座を手に入れてもきっとまた彼を脅かす存在は現れる。

わかっていてももう止まれない。

次はもっと大きく盤石な地位と名誉を求めて動くことになるだろう。

――それでも私は。私だけは。そうすればきっと、余裕ができたクルーゼ様は私を見てくれる。味方は亡き母だけではないと気づいてくれる。

正反対の方向、食料を保管している場所にユリスは向かう。

陣地全体の半分を占《し》める巨大な空間だ。

そこに、食料という文字通りの生命線をダンジョンの空気や魔物、そして不正に持ち出す奴隷たちから守るため、出入り口が一つしかない超大型テントが作られている。

クルーゼとその直属の本隊の分の物資は別のテントそばに置いてあり、ここにあるのは奴隷たちの分である。クルーゼは奴隷と同じものなど口にはしない。

ここには実際に検品した数を聞きに来る必要があった。

クルーゼの恐怖支配があろうと、これだけ人数がいれば規律に反して盗みを働く者は確実に出る。書類上の数字と実数が合わない可能性は非常に高かった。

犯人を見つけ次第、皆に見せつけるように処刑するのもユリスの役割だ。

「食料部、実数について報告を――」

ユリスは声を出さないようにとっさに口を塞《ふさ》ぐ。

粘《ねば》り気のある生臭《なま》さが鼻を打ち、吐き気がする。

そこにいた連中は視覚だけでなく聴覚でも敵を認識するから、大きな声は出せなかった。

目の前には地獄が溢《あふ》れていた――。

肌《はだ》の下の真皮《しんぴ》のさらに下、筋肉や骨、内臓をむき出しにし、致死量を遙《はる》かに超えた赤黒い血液を垂《た》れ流すおぞましい死体たち。

それが動き回り生者を襲《おそ》うのだから、悪夢が現実になったような光景だった。

山積みの食料ではなく、仲間だった者たちに覆《おお》いかぶさり、引き裂き齧《かじ》りつき貪《むさぼ》る。

凄惨《せいさん》な状況なのに奇妙なくらい静かだった。叫び声も何もない。こんなことならば物資をちょろまかして騒いでいる方がよほどマシだ。

他の部門の者が気づかないのも無理はないほど音がしなかった。むしろ生きている者だけだったときのほうが音は大きかっただろう。

周囲に響くのは聞きたくもない咀嚼《そしゃく》音だけである。

くちゃくちゃくちゃくちゃと、粘っこい不愉快《ふゆかい》な音がした。

音を立てて噛み千切《ちぎ》られているのは仲間の死体なのだから、生理的な嫌悪感はどこまでも拭《ぬぐ》えない。

「いったいどうしてこうなる……!?」

順調だったはずだ。

それなのにどうして攻略外の部分で問題が発生してしまうのか、と悪態《あくたい》をつきそうになる。

噛まれていた者はやがてゆっくり起き上がり、ほかのアンデッドと同じように倒れている者に食らいついていく。

食えるものがなくなれば、剣を拾いゆらゆらと生者を探し始める。

「この数のアンデッドが発生すれば、もはやこの拠点は維持できない……！」

うろついているのはただのゾンビではない。

知能がそれほどなくとも一般人以上に剣を振るう能力を持ち、なおかつ動けなくならない限り死を克服した存在だ。それがざっくり三、四百人はいる。

警備のためにベースキャンプ内でも武装を許していたのが仇《あだ》となった。

きっと最初は数人で、音もなく徐々《じょじょ》に被害が増加したのだろう。

叫び声すらなかったのは、事態があっという間にこの状態になったからだ。

一番広いエリアであるから、配置されている人数も多い。

総数で言えば半数近い四百人はここに配置されていた。

ベースキャンプだからと気を抜いている者も多かったはずだ。

「ああ、そういうことか……」

口周りから下を赤黒く染め、視線を適当に振り回し、あからさまにアンデッド然とし、それでいて無傷な一体のアンデッドを見て、ユリスはこの状況に合点《がてん》がいく。

何度も会って会話をしたその男は、食料部門を任せていた奴隷長だった。

元騎士であり、今回でダンジョンに三度も同行しているベテラン。

単独でダンジョンを踏破できるレベルではないものの、単純な戦闘能力はクルーゼ一行の中でも有数だ。

「あなたが暴れ回ったのならこうなっても無理はないか……！」

奴隷長がほかのアンデッドたちと違い無傷であるのは、彼が死んだ要因がほかの者とは異なるからだ。

体調が悪いと申告があったが、おそらくそれが死に至る病《やまい》であり、死んで蘇ったあと、その高い戦闘力で無防備な奴隷たちを殺して回ったのだ。

見た目には普通の人間であった彼を警戒《けいかい》する者は少なかったはず。

そしてこの手遅れな状況になったのだと考えられる。

「死にそうなら早く言ってくれればよかったものを……！　くっ、すべてはもう遅いか……！」

若く健康的な奴隷ばかり連れてきていたから、病気での死亡はあまり考慮されていなかった。

奴隷長たちはこれまでのダンジョン攻略にも同行しているベテランであるため、周りと比べれば年は取っているが、それでも病気で死ぬほどの歳《とし》でもなかった。

実際ただのダンジョン攻略なら病気は気にしなくてもいいと言えばいい。死んだら死んだと割り切ればいいのだ。

だが死者が蘇る『ノルン大墳墓』では話が違う。

病気はこういったイレギュラーの要因でもあったのだ。

「皆の者！　食糧庫《しょくりょうこ》で異常発生！　ここにいた者はすべてアンデッドに転化している！」

複数のアンデッドがユリスに気づいてしまったため、急ぎテントを出て、ユリスは大声で叫ぶ。部隊は大騒ぎになった。

食糧庫にいた人数は全体の半分と言えるほどの数だと知っているからだ。

「『絶対守護領域』展開！　魔法が使える者は集まれ！　寝ている者も叩《たた》き起こせ！」

テントの入り口に陣取《じんど》るように、ユリスは魔法を展開する。

使った魔法は【禁忌《きんき》の魔本】から得た、自分の周囲三メートルほどの、円形に広がるバリア。

物理攻撃はもちろん、魔法攻撃も防げる文字通りの絶対守護領域だ。

それをここに広げていればテント入り口を塞ぐ大きな壁のようなものである。

弱点は持続時間。せいぜい一分足らずしか維持できない。

しかも次の発動可能時間まで三時間ほどはかかってしまうし、ユリスの魔力では一日二回しか使えない。

「食料はなるべく傷つけるな！」

ざっと四百人もアンデッドがいるのだから、無理難題だというのはわかっていて言った。

それでも目的はあくまで攻略であり、アンデッドの処理ではないのだから、食料の確保は最優先事項だ。

ユリスの魔法で一時的には入り口を防ぐことはできたが、それが切れれば、悲しきかな所詮《しょせん》は布のテント。

一斉《いっせい》に押し寄せるアンデッドの群れに突き破られ、四方八方に動く死者が散っていく。

それからはもう阿鼻叫喚《あびきょうかん》の一言である。

寝ていた者、怪我《けが》で動けない者が次々に食われアンデッドに変わり、近接戦闘しかできない者たちも無限の体力を持つアンデッド相手に一人また一人と死んでいく。

恐怖に駆られた魔術師が食糧テントに魔法を放ち、蓄《たくわ》えられていた物資はテントごと燃え始めた。

誰もが部隊の維持は不可能だと悟った瞬間だ。

「生き残っている者！　奴隷紋をもって命ずる！　『アンデッドを排除しながら私に続け！』」

それでもユリスは諦《あきら》めない。

奴隷紋を起動し、自分の配下となっている奴隷たちを集める。

ユリスに命令権が与えられているのはある程度の権限を持つ小隊長などの奴隷たちだけあって、この騒ぎでも生きている者は存外《ぞんがい》多かった。

「クルーゼ様を、クルーゼ様をお守りしなければ！　私の存在意義が、生きる意味が！」

絶対守護領域を失いながらも、剣でアンデッドの首を刎《は》ね、戦闘過密地域を避けながらユリスは走る。

目指すは中央のクルーゼ本隊である。

「クルーゼ様！」

クルーゼのいたはずのテントに飛び込み、大声でクルーゼを呼ぶ。

シンとしたテント内に人の気配はなかった。

焦り、外に出て、首を可動限界まで左右に回し確認する。

よくよく見ればテントそばにあった食料などの物資はなく、また、精鋭《せいえい》を集めた本隊もいない。

まさか、と思い、テントから離れたダンジョンの進路方向を見ると、本隊が物資を急ぎ運び出している姿が見えた。

本隊の後続――攻撃部隊は生きている者も死んでいる者も例外なく焼き払い、自分たちを追ってくる者を人間とアンデッドの区別なく排除していた。

秩序立った行動とためらいのなさは指揮官の存在――奴隷紋を感じさせる。

奴隷四人が担《かつ》ぐ移動玉座の上には浅黒い肌の男、クルーゼがいた。

「生きていてくれた！　クルーゼ様、私もお連れに……！」

ユリスは精いっぱいの声で叫ぶ。

目が合った気がした。その上で無視された。

クルーゼの姿が見えなくなっていく中、置いていかれたユリスは気づいた。

――自分も同じだった。

特別だと思っていたのは自分だけで、クルーゼからすれば奴隷紋なしで使える奴隷でしかなかったのだと理解した。

極限状況だからこそクルーゼの根底の人格が見えてしまう。

――あの日の約束を大事にしていたのは、私だけだった。

『ずっと俺のそばにいろ。この寒々しい王宮で、こんなに人がいる王宮で、俺の味方はお前だけなのだ』

孤児で何も持っていなかったユリスが与えられた、唯一《ゆいいつ》にして最大の誇り。
幼少期に抱いた義務感は恋心になり、愛に変わった。
だから何をしても守ろうと思っていたし、クルーゼの敵は闇《やみ》の中で排除してきた。
自分だけはクルーゼの特別だと思っていた。
それなのに――見捨てられた。
生存意義を失い、足元がふらつき、視界が上下左右にぐらりと不快に揺れる。
いっそ自分もアンデッドになってしまえばとの考えがよぎる。
剣を握る手から力が抜け、地面に落としそうになった。
しかしすぐに目が覚める。
正気に戻ってこれたのはアンデッドに足を強く握られた痛みのおかげだ。
「私はまだ生きている。――約束はまだ終わっていない」
手を振り払ってアンデッドの頭を踏みつぶし、ユリスは全軍の指揮を執《と》る。
追いつけばいい。まだ何も終わってなどいないのだ。

第10話

「やっぱり七大ダンジョンの一つってだけのことはある。俺が最初に踏破《とうは》したダンジョンのボス、あの巨大毒蛇《どくへび》が普通にうろついてたのにはビビった。あの王子たちもスルーしたんだろうな」

「あれはバジリスクという魔物です。石化の視線を持つなどと聞いたことがありますが、どうやらそれは嘘《うそ》だったようですね。ただ、実際に目の前に現れたら動けなくなるくらいは怖い魔物でした……もしかするとそれが誇張されて伝わっているのかもしれません」

偶然うろついているところに遭遇《そうぐう》したのだがネムが倒し、アンデッドとして復活する前に逃げた。

ネムの魔力の爪《つめ》は非常に強靭《きょうじん》で、身体強化を使っていない状態ならばマルスよりも身体能力は高かった。

まき散らす毒の浄化さえできれば、バジリスクはそれほど苦労する相手ではなかった。

マルスはたった一人で倒した経験もある魔物だ。

魔物よりもクルーゼ一行だと思われるアンデッドのほうが精神的にはキツイものがある。

「余裕にゃ！　やっぱりネム強いにゃ⁉」

「すごかったですよっ！　――ところで気になってたんですけど、ネムちゃんちょっぴりふっくらしてきてませんっ？」

「それは湯浴《ゆあ》みの時に私も思っていました。まぁ元を考えると健康体になったと言えますよ。太っているとは言えませんからね。ようやく肋骨《ろっこつ》の浮きが薄くなってきたくらいですから」

ダンジョンに入ってから早一カ月が経過しようとしている。

これまでと違って豊かな食生活と適切な睡眠――少々長いが――を堪能《たんのう》しているネムはすっかり健康体になっていた。

「ちなみにハズキ、貴方《あなた》は普通に少し太りましたね」

「そ、そんなことないですよっ？　魔法をたくさん使ったあとのご飯がびっくりするくらい美《お》味《い》しいからたくさん食べてるだけでっ！」

「ハズキにゃんはぷにぷににゃ。歩くとお尻《しり》が前よりむにむにしてるにゃ」

「うん……俺も思ってた。ちょっと存在感が増したよね。エロくて好きだけど」

「なんでか下半身にお肉つくんですよねっ……」

ハズキは下半身の肉付きがより扇情《せんじょう》的に成長していた。

太っているというよりムチムチし始めているのだ。

毎日長距離歩いていることも影響していた。

「それにしても、魔物が適当すぎる配置じゃないか？　種類が多すぎる」

「前の『セクメト』では階層ごとに一種類か二種類くらいでしたのに。食物連鎖《れんさ》の順番ではないのでしょうか。バジリスクがいたと思えば、愛玩《あいがん》動物のような魔物まで同じ階層にいるだなんて」

「変なんだよな……二例しかないけど、俺の行ったダンジョンはたまに遭遇するくらいとはいえ、きっちり階層で種類が分かれてた」

魔物の移動はゲームのダンジョンとは違って階層間でもある。

しかし自分を捕食する敵のいる場所にはいかないのが生物の本能である以上、一定の階層の中でその種族のコミュニティが作られる。

食うものと食われるもので自然発生したカーストが階層間で存在するのだ。

この『ノルン大墳墓《ふんぼ》』はそれが非常にあいまいで、両方がまとめて存在していたりする。

人間にも魔物にも共通の敵であるアンデッドの存在が関係していそうだ。

「お、下層への階段だ。やっぱり先に進んでる連中がいると楽だな」

「ゴミがたくさん散らばっているのが少々癇《かん》に障《さわ》りますけれど。それに、死体も適切に処理してほしいと思いますね」

クルーゼたちは出たゴミをすべて放置して進んでいた。

なのでマルスたちが通るときは悪臭がひどい。

アンデッドたちはハズキが焼き払い、魂《たましい》を肉体から解放していく。

「なんか焦《こ》げ臭くないか?」

「何かが燃えているのでしょうか……？」

「臭いにゃ！　この下からすごい匂《にお》いするにゃ！　燃えてる匂いとズルズルの匂いにゃ！」

階段を指さしネムが鼻をつまむ。

ネムでなくてもわかるほどの悪臭が下層から漂っていた。

黒煙が上がり続けているわけではないので、煙の匂いは現在進行形で燃えているわけではなさそうではあった。

「これは……王子たちに何かあったたな」

「ええ……それも悲惨《ひさん》な何かが」

「音聞いてる感じ、降りてすぐそばにいっぱいいるにゃ。両手の指の数よりいるからちょっと数はわからないにゃ」

詳《くわ》しいわけではないが、前世のマルスもゾンビものの映画は見たことがある。

そういった映画では炎は不可欠だ。

例《たと》えば松明《たいまつ》がパニックで倒れていたりなど、考えられる原因も多い。

おそらくは下層でそういったトラブルが起きた。

そのうえ解決しないで何かが燃えているのだから……気乗りしないが進む以外の選択肢《し》はない。

「ハズキちゃん、いつでも魔法が使えるように準備しておいて。──俺が先陣を切る」

「は、はいっ……！　魔力増幅の魔法をもう使っておきますっ。みんなにもっ！」

あらかじめ剣を抜いたマルスは、夢幻の宝物庫に手だけを突っ込み、もう一本予備の剣を出す。

そして『身体強化』を重ね掛けした。

「うっ……これはひどいな。全滅ってほどではないけど、余裕で百人以上死んでる」

「に、匂いがすごくて苦しいにゃ……！」

死者の都、という言葉がマルスの頭によぎるほど悲惨な光景だった。

降りるなりずらりと並ぶアンデッドが目に入る。

生者の気配に気づいたアンデッドたちは一斉《いっせい》にマルスたちのほうに首を向けた。

「こういうのはどうだ⁉」

ハズキにより増強された魔力で『身体強化』を使い、マルスは剣を横に振って投げる。

ごうごうと風切り音を鳴らし、剣は回転してアンデッドの群れに突っ込んでいく。

アンデッドの上半身を斬《き》り離しながら進み、十体ほど真っ二つにしたところでアンデッドの一体に突き刺さり停止する。

遠距離の攻撃手段がないマルスが考えだした戦闘方法だ。

柄《つか》の部分が当たると勢いが消滅してしまうのがネックだった。

——微妙だな。投げ槍《やり》みたいに直線で投げるべきか？

手首を投げつけても崩《くず》れるくらい弱い個体なら十分使える気はしたんだが……。

「付与《ふよ》弓術『流星』十二連！　近づいてくる者は私が足止めしますから、まとめて焼き払ってしまいなさい！　其《そ》ノ二！　其ノ三！」

「かしこまりですっ！　紅蓮《ぐれん》の方陣『烈火招来《れっかしょうらい》』！」

リリアが弓矢でアンデッドの膝《ひざ》の関節を十二体同時に打ち抜き、それを何度か繰り返して言葉通り足止めをする。

ハズキはすかさず大規模に魔法を放ち、まるごと焼き払う。

魔力が増強された分、同じ魔法でも発現規模は圧倒的に大きくなる。

あとに残ったのは無数の灰《はい》だけだった。

「入り口付近にみんな来てたんですね……ああいう風になってもやっぱり外に出たいんでしょうかっ？」

「生者の気配を――つまり私たちの気配を感じ取っただけだと思いますよ。アンデッドは生者にはものすごく敏感だと聞いたことがあります。でもそうですね、解放されたい気持ちは存在するのかもしれません。死してなお誰かに縛《しば》られているのは辛《つら》いでしょう」

「できる限り頑張って解放していきますっ！」

魔法で燃えて灰になったアンデッドを簡単に埋葬し、マルスたちは先に進む。

すると少し先に人《ひと》のいた形跡――クルーゼたちのキャンプ跡を見つけた。

荒れ方は酷く、おそらくは今後も使う予定であっただろう家具類や衣料品などは置き去りのまま。

ここにいた人間だけが消え去ったようだった。

アンデッドも一体もいない。

しっかりした事後処理から、王子一行が全滅したわけではないとわかる。

「慌《あわ》てて逃げた感じだな。多分寝ている間とか無防備な状態でアンデッドが増えたんだろう。人数の多さが完全に仇《あだ》になったんだ」

「あっちのほうは真っ黒焦《こ》げですねっ……火事になったんでしょうかっ……」

「故意に燃やしたんじゃないか。アンデッドの処理には一番効率がいい。あの王子なら平気で燃やし尽くしそうだ」

マルスたちは知る由《よし》もないが、アンデッドの発生源である食糧《しょくりょう》テント付近は徹底的に燃やし尽くされていた。それは指揮権を掌握《しょうあく》しきったユリスによるものだ。

アンデッドと化した者たちを細切れにし集め燃やし、使える物資を回収して持てるだけ持ってクルーゼの後を追っていた。

「一応生存者の確認と、残ってる物資の確認もしよう。使えるものはなるべく持っていきたい。食べ物は放置で」

「生存者はどうします？」

「そりゃもちろん連れていくよ。放置ってわけにはいかないだろ？」

「……ですね」

人間を、それも人間性のわからない者を仲間に入れたくないのだろう。

リリアはあまりいい反応をしなかった。

「宝物庫が物騒《ぶっそう》になっちゃうけど、剣はなるべく持っていきたいな。さっきの投げるやつは結構使える」

「ご主人様に遠距離攻撃をされると私が形無《かたな》しではありませんか？　ただでさえ最近少し存在感が減ってきている気がするのですが⁉」

「いや、俺は適当に力任せに投げてるだけだから、大して役には立てないよ。——それにリリアの存在感はすごいと思うぞ！」

胸元に目を向けマルスは言ったが、そういう意味ではないのだとリリアは頬《ほお》を膨《ふく》らませた。

リリアの弓の腕前は蟻《あり》の眉間《みけん》を打ち抜けるほど正確だ。

マルスの剣投げは攪乱《かくらん》させる程度ならまだしも、精度的には自分の手を離れてしまった剣のイレギュラーな動きに大きな期待はできない。遠距離攻撃はリリアとハズキの独壇場《どくだんじょう》である。

ダンジョンで入手した魔法の武器ならもっと効果的だろうが、ネムを買うときにクルーゼに渡してしまったためあまり残数がない。

「こっちに武器がいっぱいありますよっ！」

「食べ物もあるにゃ！」

ハズキとネムが案内する先には、持ちきれなかったのであろう保存食の山と大量の武器が残されていた。

どれも乱雑な置き方で、焦《あせ》って放棄《ほうき》したように見える。

特に武器に関しては持っていく意味がなかったのだろう。使用者がほとんどいないのだから。

「七大ダンジョンっていうのは、もしかしてルールが違うダンジョンなんだろうか。これまでのダンジョンは道中に武器なんて一つも落ちてなかった。死体も。罠《わな》から出てくる矢でさえ、また同じ道を通ったら消えてたろ？　なのにここには残ってる」

「言われてみれば……ノルンの存在がダンジョンに影響を与えている可能性もありますね。ダンジョンに思考があるとは思えませんが、本来なら回収する死体が動き回っているならいい迷惑でしょう」

　これまでのダンジョンは死体も遺留品も見つけられなかったためダンジョンに吸収されているのだとマルスは考えていたが、ノルン大墳墓ではその法則が当てはまらない。

　本来であれば回収する死体がすべてアンデッドに変わっているからかと考えるも、武器などは放置で、少々納得のいかない部分もある。

「むむむっ！　さては難しい話をしてますねっ？」

「ダンジョン生物論というか……まぁ妄想《もうそう》だな。俺がそう思ってるってだけの」

　マルスは自分の考えをリリアとハズキに話す。

　ここはダンジョンという巨大な魔物の腹の中である、というのがマルスの考えだ。

　想像の範囲ではあるのだが、マルス個人はこの説を前提に考え行動している。

　誰も問題にしないが、どこのダンジョンも同じように罠が存在し、魔物が闊歩《かっぽ》し、階層を繋《つな》ぐ階段が一つだけ存在するなど、妙に秩序立ったルールが存在する。

これがそもそもマルスの疑問だった。

「ここが誰かのお腹《なか》の中だって思うとちょっぴり怖いですねっ……」

「しっくりくる感覚もありますよ」

この世界の人たちは、マルスが当たり前に知っているような免疫《めんえき》の知識や身体の構造を知らない。だから連想すらしない。

転生者であるマルスだからこその着眼点と考察だ。

生物には最適な状態を保つための調整機能、恒常性が存在する。

ダンジョンにも同じような機能が備わっているように思う。

体内の免疫代わり――いわば白血球――に侵入者対策の魔物が生まれ、死ねばまたダンジョンに戻り、同じ数を生み出し続ける。

魔物は生き物である以上、本来想定された数より多くなることもあり得る。そういったケースでは罠により数の調整をするのだ。

そしてダンジョンに入ってきた冒険者たちは病原菌やウイルスだ。

なので免疫機能として魔物が冒険者の敵になるというわけである。

そういう新陳代謝《しんちんたいしゃ》のごときシステムが存在し、ダンジョン内部に入ってきた生物や無生物を区別なく消化し、ある種の排泄物《はいせつぶつ》として最奥部に宝を生み出す。

攻略の難しいダンジョンほど宝の数が多いとされているのは、吸収した栄養素、つまり冒険者やその装備の数が多いからだと考えられる。

この七大ダンジョンの一つ『ノルン大墳墓』は、そういう意味では病気に罹《かか》っているようだ。侵入者が減っていかないので免疫機能が過剰《かじょう》すぎるのである。

結果アンデッド処理のためにボスクラスの強力な魔物が複数生み出され、本来生息していた魔物たちは様々な場所に追いやられ、現在の多種多様な分布が生じているのでは、とマルスは考えた。

「みんな頭いいにゃあ？　ネムはおいしいゴハンがあればダンジョンなんてなんでもいいにゃ」

ダンジョンの考察など退屈なだけでさほど役に立つわけでもない。

わかったところでやることに大きな差はないし、そもそも妄想のレベルである。

「色々考えちゃうもんなんだ。気にしなくてもいいっちゃいい」

「それよりゴハンにゃ」

放棄された食料を見たネムは、箱を開けるなり中の干し肉を食べ始める。

「おいしいにゃ！」

「食べちゃダメだって！　すぐ吐いて！　毒があるかもしれないだろ!?」

後続者、魔物のことを考えると、残していく食べ物に毒を仕込むくらいする可能性がある。

ただ捨てていくなんてもったいない選択をするとは思えなかった。

自分がクルーゼだったら罠にするとマルスは思う。

戦争で敵地の井戸や畑をつぶしておく、なんて戦法も現実にあったはずなのだ。

ネムは「吐け」という言葉に焦ったのか、ごくん、と音を立て飲み込んでしまう。

仕込む毒なのだから治癒《ちゆ》は効果が薄いはずだとマルスは焦る。

「食べたらだめなのは匂いでわかるから大丈夫にゃ！　それにこの箱はユリスの匂いがするにゃ。あいつは結構いいやつだから大丈夫にゃあ。一年に一回、寒い日に魚をくれるにゃ」

「それでも危ないから……傷《いた》んでるかもだからあまり食べないようにね」

拾い食いは最悪の状況になってからだ。

現在の食料貯蔵は十分すぎるほどある。あと半年ダンジョンにこもっていても持つくらいは持って来ているし、夢幻の宝物庫の中なら腐らない。

「ネムの嗅覚《きゆうかく》で匂いに問題がなければ大丈夫だと思いますよ。最悪、毒分解の魔法もありますし。ハズキの【禁忌《きんき》の魔本】の魔法で魔力を底上げすればなんでも分解できると思います」

「マルスさんはちょっぴり潔癖《けつぺき》なところがありますよねっ？」

「あれ、俺が少数派なの!?」

考えてみればリリアもネムも元奴隷だし、ハズキは食い意地が張っているから気にしないのかもしれない。

現代日本人の衛生感覚があるマルスだからこそ感じる疑問や不安なのだろう。

個人的には人死《ひとじ》にがあった場所にある食べ物は食べたいと思わないが……。

「ま、気にしすぎか……じゃあ少し休憩《きゆうけい》にしよう。みんな魔法使って疲れただろうしさ」

「捨てられて腐っちゃうのもったいないから、みんなでこれ食べちゃいましょうっ！」

「それはダメ。もったいないかもしれないけど、持ち込んだ物だけ食べよう」

「痴女《ちじょ》やネムが食べ過ぎなければまだまだ余裕ありますしね。わざわざ危険な方法を選ぶ必要はありません」

時間が動かない夢幻の宝物庫から新鮮な食材を取り出し、四人はまるでピクニックでもするように食べることにする。

緊張感がないと言えばないが、不安なことばかり考えていても仕方ない。

宝物庫は出てくるときに外の様子がわからないため、外で食事する。

「何食べたい？　ささっと作っちゃうよ。あまり匂いを出したくないから組み合わせるレベルだけど」

「お肉っ！」

「魚にゃ！」

「私は野菜系統が食べたいです。状況が状況ですので食欲はいまいちですし」

「びっくりするくらい意見が分かれるな……？」

仕方ないので、全員の好みに合わせたものを用意する。

砂漠地帯であるのと奴隷なのとで、ネムは新鮮な魚類を食べることが今までほとんどなかったらしい。

数少ない機会はユリスにもらったものだと言う。

——気が強そうだったけど、思ったよりいい人なのか、あの赤い髪の美人は。

今度会うことがあればしっかり謝ろうとマルスは少し反省していた。

「ダンジョンはまだ続くと思うけど、中間地点は過ぎてる気がする。ノルンが最下層にいるって前提だから根拠ってほど強い要素じゃないけど、アンデッドの力がかなり強くなってると思うんだ。たまに魔法を使うやつも出てきた」

「確かに限りなく生前に近いと思われる個体もいますね。――ノルン本人はどのような状態なのでしょう？　あまり言いたくありませんけれど、嫌な予感がします」

「普通に動いてそうだよな……死霊術って自分にも使えるんだろうか」

ダンジョン全土に魔法をかけられるような天災じみた天才が、自分だけは対象にできないとは思えない。

マルスの知る限りで最強の魔術師がノルンであるのは疑いようがないのだ。

「う、うーん、どうなんでしょうっ？　今の墓守《はかもり》の一族は死霊術の使い方は知りませんから……それにノルンって十歳で墓守の首長になってるくらいすごかったみたいで、すごすぎてあんまり基準がわからないんですよね。なんでもアリな気もしますっ！」

「十歳⁉　もっとよぼよぼな爺《じい》さんを想像してたんだけど⁉」

「あっ！　ノルンは女の人ですよっ！　二十歳《はたち》くらいで処刑されてここに封印《ふういん》されたんですっ！」

悪い死霊術師というイメージが先行していたので、想像していたのは長い髭《ひげ》を蓄《たくわ》えた真っ白な老人だった。

ハズキの一族に女しか生まれなくなったのはノルンの呪《のろ》いのせいなのだから、当然それまでには男もいたはず。なのでなんとなく男だと思っていたのもある。

「そんなに若いのか。だけど首長に選ばれるくらいはまともな人間だったんだろ？　なんでまた裏切りなんて」

「さぁ……墓守のわたしたちからしても、ノルンの話はおとぎ話ですからねぇ……でも、一族を裏切ってでも生き返らせたい人がいたんじゃないかなって、わたしは思います。死霊術で世界征服したいですっ！　なんて話は聞いたことないですもんっ」

「家族や恋人でしょうかね。もしそうであれば、私には気持ちがわかります。ご主人様が――マルスが死んでしまったら、私もきっとそうしますから」

――多分俺もそうする。というより、今の俺の目的と根本は同じかもしれない。

大事な人と生きていく。

そんな理由であれば心情的にはわからないでもなかった。

しかもノルンの場合それを実現できる力を最初から持っていたのだから、その誘惑に勝てなかったのだろう。

推測《すいそく》でしかないが、そのシンプルな答えが真実な気がする。

どれだけ大それた能力を持っていようとも、同じ人間、根底にあるものに大きな差はないはずだ。

「穏《おだ》やかに生きていきたいね。よりいっそう気をつけていこう。ここでは何もかも死に至《いた》る要因だ。だから拾い食いはしないように！」

「はい。ここで寿命《じゅみょう》操作の魔法が手に入れば、あとはゆったりと」

「にゃ？　じっと見ててもゴハンはあげないにゃ！」

目と頬を真ん丸くし黙々と食べ物を頬張《ほおば》るネムとハズキを見て、マルスとリリアは顔を見合わせる。

平穏《へいおん》で平和で、不可逆のかけがえのない時間。

不可逆なのは誰よりもよく知っている。

取り戻すことができないのもまた、よく知っている。

求めるものはいつだって未来だ。見るべきものもまた、未来にある。

第11話

「にゃはは！　変なのいるにゃ！　でもちょっとかわいいにゃ！」

クルーゼたちのキャンプ跡を出てしばらく歩くと、一際《ひときわ》大きな通路に出る。

幅も高さも二十メートルを優に超える、腹が膨《ふく》らんだツチノコのような形状の通路だ。

その向こうはまた元の比較的細くて低い道が続いていた。

みーみーと子猫のような声がする方向にネムが走って行く。

そこは大きな通路から少し外れたくぼみのような穴だった。

小さな体格のネムから見ても小さな何かが、足元をうろついているようだ。

ネムは警戒《けいかい》せずにしゃがみ込んでその何かを触りまくる。

「すべすべふにふにしてるにゃ。お前、丸いにゃあ？」

「また何かに懐《なつ》かれたの？　オアシスの街でも猫やら犬やらに囲まれてたよね」

「ネムはそうでもにゃいけど、動物はネムのこと好きみたいにゃ」

「動物好きじゃないの⁉　そんなによく囲まれてるのに⁉」

「ちょっと臭いにゃ」

獣人《じゅうじん》としての特性らしく、ネムは動物に異様に好かれやすい。

本来魔物は別なのだが、小動物じみた魔物はネムに無防備に近寄ってくることが多かった。

今回もそれだろうということで、軽く注意を促《うなが》すだけにする。

ネム自身戦闘力があるため心配が少ないというのも原因だ。

しかしネムが動物好きでない事実はマルスにはそれなりに衝撃だった。

「思わぬカミングアウトだったな……ネムちゃん、気をつけてね。可愛《かわい》くても何してくるかわからないよ」

「わ、わたしもちょっと気になりますっ！　ネコちゃんですかねっ？　みーみー可愛い声ですっ！」

「ダンジョンにいるわけがないでしょう？　何かの魔物の幼体《ようたい》ですよ、きっと」

「でもでも、たまーにすっごい可愛い魔物もいますよねっ。ペットで飼われてるような可愛いのっ」

「確かに。角生《つのは》えたウサギっぽいやつ……アルミラージ？　は俺も飼ってみたいと思ったことあるよ。近所の家で飼っててな……可愛いんだ、あれが」

「……私にもウサギの耳は似合うでしょうか？　ご主人様が好きなら常時着用もやぶさかではありませんよ！」

「リリアがウサ耳付けたら耳が渋滞する！」

カテゴリは魔物でも危険度の低いものはそれなりにいる。

そういった魔物はペットとして飼育されていたり、家畜になっていたりと人間社会に溶け込んでいた。

ネムが見つけた魔物も同じようなものかもな、とあまり強く止めはしなかった。

どんなダンジョンにも場違いに弱い種類はいるのだ。それらはほかの魔物の食料として存在しているように感じる。

「そろそろ行くよ、ネムちゃん」

「小さくても魔物でしょうから、ネムも痴女もあまり近づかないように。無視して先に進みますよ」

危険度の低い魔物は相手にはしない。

殺生《せっしょう》そのものはあまりしたくないというのが集団の意見だ。

当然危ない魔物は討伐《とうばつ》するが不要な殺生はしない。

普通のダンジョンでもそのようにするが、倒しても蘇《よみがえ》ってくるノルン大墳墓ではなおさら相手にする理由がない。

それに普通の魔物はアンデッドとは敵対関係にあるため、生かしておいた方が利点もある。

「にゃはは！　お前、いっぱい頭あるにゃあ⁉　誰が一番偉《えら》いにゃ⁉」

「頭がいっぱい……？　な、なんかわたし嫌な予感がするんですけどっ⁉」

ネムが撫《な》でているものをネムの後ろからそっと全員で覗《のぞ》き込む。

サイズはバスケットボール大だ。

そこにいたのは――。

「ヒュドラじゃありませんか！」

「このダンジョンにもいるのかよ！　絶滅したんじゃなかったのか⁉」

ダンジョン『セクメト』で遭遇《そうぐう》した絶滅種の魔物、ヒュドラがそこにいた。

ボールのようなずんぐりとした球体に手足が生え、九本の小さな蛇《へび》が頭のようについている。

リリアが言うにはドラゴンの亜種《あしゅ》であるらしい。

毒の息を吐き、中心部にある核を粉砕《ふんさい》しない限り再生し続ける魔物だ。

サイズも成体ならば十六トントラックを二台重ねたような巨大なものになる。

しかし何度見てもアンバランスな生き物だとマルスは思う。蛇を生やした饅頭《まんじゅう》が歩いているようだ。

――こう見るとちょっと可愛いかもしれん。でも蛇って鳴く生き物だっけ？

子猫のようにみーみーと声を出している姿と、丸っぽいフォルムは思った以上に可愛らしく見えなくもない。

ネムの脛《すね》に向けてじゃれるようにどんどんと突進していたが、見た目以上に柔らかいのか、むにゅむにゅと反発していた。

「そういえば！　そいつは毒があるんだ！　離れてネムちゃん！」

「にゃ？　お前毒あるのにゃ？　そんな匂いはしないけどにゃあ」

「幼体のときには毒がない……？　と、とはいえ、離れなさい！」

「あ、あのっ……こっちのほうにその赤ちゃんたくさんいるんですけどっ……!?　卵の殻《から》もいっぱい……!」

あちこちからぞろぞろとヒュドラの幼体がやってくる。

敵意はなく、純粋に興味本位から近づいてきているようだった。

子猫のような鳴き声はどんどん増え、かなり広範囲に広がり始める。

人間が珍《めずら》しいのか構ってほしいのか、マルスたちの足元に身体《からだ》を擦《こす》りつけるような突進を繰り返す。

「巣穴《すあな》……!　あの、子供がいるということは、当然その親もいるのでは……!?」

「い、言わないようにしてたのに!」

リリアが白い肌《はだ》をさらに蒼白《そうはく》にして言うと、ぐらりと地面が揺れる。

大重量の何かが近づいてくるような振動だ。

「でっかい何かが来るにゃ……!」

「わ、わかってますよぉっ!」

ネムはソナーで感知したようだが、そんなものを使わなくてもわかるくらい近くにいることはその振動で全員に伝わっていた。

しかも子供たちが鳴いているので、親は子供に何かしたと思い怒っているだろう。

「逃げよう!　こんな場所で毒の息を吐かれたら死ぬかもしれん!」

広い通路でも、巨体の魔物が九本の首で息を吐けば遠からず充満する。

倒すには粉々《こなごな》に砕《くだ》くしかないが、血にも毒が含まれているからできることなら戦闘にはなりたくない。

まさか通路でこんな大物に出くわすとは思っていなかった四人は、マルスを最後尾にして全力で走った。

第12話

距離を取って、遠くに行ったことを確認し、マルスたちは地面に座り込んだ。

ダンジョン内部のでこぼこして意外と起伏の激しい地面は、走ると見かけ以上の距離感があった。

「ビビったな……その辺をお散歩気分で歩いてていい魔物じゃないだろ、あれは」

「戦わずに逃げられたのが幸いでした……倒すことはできても、ご主人様が負傷してしまいます」

「反動があるからね。あのサイズの魔物を粉砕《ふんさい》するならどうしたって『身体強化』の重ね掛けが必要だから。それにああいう家族でいる状態だと、倒すのはちょっと罪悪感もある」

マルスの切り札は一言でまとめるなら自分を目いっぱい強化し、力任せにぶん殴るというもの。

剣を衝撃吸収材のように使っても、ある程度の衝撃は不可避《ふかひ》だ。

腕をはじめ上半身の筋肉がどうしても痛む。

これが最後だとわかっている状況であれば出し惜《お》しみしないが、終わりの見えない状態だと調整が難しい。

「家族……やっぱりあの王子様の仲間にも家族がいる人がいるんですかねっ……？」

「……いるんじゃないか？　奴隷《どれい》っていっても全員が全員生まれたときから奴隷ってわけじゃないだろうし、奴隷同士の家庭もあるだろうからね。子供も将来労働力になるから止められはしないだろう。あとは……ダンジョン攻略の報酬《ほうしゅう》として自分を買うとか、そんな目的で来てる人もいそうだ」

奴隷からの解放を望むなら、自分で自分を買うのが手っ取り早い。

クルーゼがそれを許すかどうかは別として、ダンジョン攻略の報酬でそれを望む者は少なくないはずだ。

ハズキは家族持ちもいるかもと聞いて複雑な顔をした。今にも泣きだしそうな顔だ。

「にゃあ……これ言ったら怒られるかもだけどにゃ？　さっきの大きいのが三匹この奥にいるにゃ。そして同じところに人間もたくさんいるにゃ。――どんどん死んでるにゃ」

「私には聞こえないくらいの距離ですね。それなりに離れているかと。迂回《うかい》路を探しますか？　わざわざ助けずともよろしいと私は思います。彼らとてどうあれ命を賭《と》してここまで来ているのですから、助けるのはその覚悟に水を差すような真似《まね》でもあります」

リリアは毅然《きぜん》と言い放った。

冷酷にも思える発言でも、極地であるダンジョンでは正論である。

仲間でもない他人のために命を懸《か》けるのか？

七大ダンジョンとは余計なことに力を割《さ》けるくらい簡単な場所なのか？

顔つきだけでも言いたいことはわかった。

「うーん……ネムちゃん、そいつらは戦闘してる？」

「してるにゃ。わーわー叫び声も聞こえるし、鉄のきーんって音も聞こえるにゃ」

――助ければあいつらと合流する形になる。

まずヒュドラ三体を無傷で突破できるだろうか……はっきり言って、無視して迂回路を探すのが得策《とくさく》だ。

ダンジョン内で積極的に戦闘を行うメリットは存在しない。

ゲームのようにお金を落とすわけでもアイテムを落とすわけでもないし、経験値《ち》を得てレベルアップなんてこともないからだ。手に入るものは疲労や怪我《けが》などマイナスなものしかない。

自分はともかくリリアやみんなを危険に晒《さら》すことにもなる。

アンデッドが大量にいるであろう地点でもある。

合理的な思考をするなら、近寄ることさえ愚《おろ》かしい行為だ。

冷たく思われても寿命《じゅみょう》を延《の》ばし平和な日々を維持《いじ》するのが目的なのだから、それに至《いた》るまでの過程で必要のないものはたとえ他人の命でも気にする必要はない。

マルスやリリアはもちろん、ネムも乗り気でない顔をしていた。

ただ一人、ハズキだけがうろたえてみんなの顔を交互に見る。

「た、助けましょうっ！　そ、そりゃ見捨てるのが論理的には正しいのかもですけどっ……――

わたしたちの旅はもっと行き当たりばったりで楽しいはずで、マ、マルスさんは優しいはずで！　あの人たちにも家族とかっ、か、帰りを待ってる子供とかいてっ……！」

喋《しゃべ》りながら息をどんどん荒く乱し、ハズキは途中から泣き始める。

これまでは生きている可能性のある者をどうするかといった場面に遭遇《そうぐう》しなかったから見ることはなかった光景だ。

——ああ、さっきの泣きそうな顔は……。

マルスが気づくのと同時に、リリアもはっとした顔をした。

ハズキはまさに「親の帰りを待っていた子供」なのだ。

だからこそこの先で起きている悲劇が生むさらなる悲劇を想像してしまった。

このダンジョンに入ってからハズキは一度も両親の話をしなかった。きっとずっと心のどこかで両親のことを考えていたはずなのに。

毎日毎日、ハズキは両親の帰りを待っていたのだろう。

来客を両親が帰ったと勘違《かんちが》いしたことがあるかもしれないし、寂《さび》しくて泣いた夜なんて無数に存在するだろう。

やれやれ、とリリアは肩をすくめて苦言を呈《てい》する。

薄氷色《アイスブルー》の瞳《ひとみ》が涙ぐんでいたのをマルスは見逃さない。

「私たちも死んでしまうかもしれないのですよ。情で動くべきではありません。——と言いたいところですが……」

リリアは、はぁ、と一度ため息をつき、マルスに苦笑いしてみせる。

なんやかんや言っても、結局リリアは優しいのだ。

「大丈夫、そんなことにはならない。──助けに行こう。確かに俺たちは行き当たりばったりだもんな。これも何かの巡《めぐ》り合わせだ。前向きに考えれば、ここを乗り越えればたくさんの仲間が手に入る。ただ……しっかり作戦に従ってくれ。場合によっては奴隷紋《もん》も使う。特に攻撃の要《かなめ》のハズキちゃんには」

「は、はいっ！」

ぐずるハズキを抱き寄せて慰《なぐさ》める。

無論行き当たりばったりで動いているわけではない。多少のイレギュラーは前提として組み込んでいるだけである。

──俺まで人間性を失うところだった。

ここは頼まれてなくても助ける場面だろう。

助けを求められたら助ける。そんなあいまいな自分ルールなど無視するべきだ。これまでだって何度も破ってきた。

「じゃあ全員に魔力増幅の魔法をお願いする。そして全員『身体強化』を」

本気で死ぬかもしれない戦闘はここに来て初めてだ。

だが不思議と心は落ち着いていた。二度目の死の恐怖が頭を冷静にさせる。

脅威《きょうい》がまとめて来ていても、一つ一つは乗り越えてきたものだ。

だったらヒュドラ、アンデッド、そして毒と個別にしてしまえばいい。

「ヒュドラの弱点は腹の中にある核だ。だから壊せる俺が三体ともやる。一度やってるから確実性も高い。実質的に俺の単独行動になるね。みんなにお願いしたいのは、たくさんいるだろうアンデッドの処理、そして毒分解の魔法だ。毒分解をリリア、アンデッドをハズキちゃんにお願いする。基本的にリリアはあまり動かずサポートだ」

「アンデッドを弓でその場に留めておきつつ、各種魔法で集団全体の補助、ハズキ、ネムへの指揮が私の仕事ですね？　かしこまりました」

「その通り。さすが呑《の》み込みが早くて助かるよ。任せる部分が多くてごめんな。戦闘に集中したいんだ。場合によっては向こうの生き残りとも協力すること」

ヒュドラはなんとかできても、心配なのはアンデッドの方だ。

力量のわからないアンデッドが数百いる可能性がある。

マルスの考えるのは速攻で自分がヒュドラを片付ける作戦だが、アンデッドのほうはどうしても手が回り切らない公算が高い。

「ネムはどうすればいいにゃ？」

「ネムちゃんには生きてる人の救助をお願いしたい。だから到着次第《しだい》『生きてるやつは端に寄れ！』って魔法を使って叫んでほしいんだ」

戦闘の邪魔であるし、アンデッドと区別するために最低限自発的に避難させたい。

「そして動けなくなってる人がいたら、その人たちをネムちゃんが連れて避難する。あとに残るのはヒュドラとアンデッド、そして俺だけの状態を作ってくれ。そしてハズキちゃんが俺もヒュドラもアンデッドも全部焼く」

「わたしマルスさんを焼くんですかっ⁉　いやですよっ⁉」

「焼き殺されるのは困る。でも大丈夫なんだ。――そのために今回はこれを使うから」

マルスは宝物庫の中から色々なものを取り出す。

魔法の武器や武具だ。基本的には適当な汎用品《はんようひん》を使うマルスだが、今回はまともなものが必要な予感がする。

リリアたち三人にも使えそうな道具を渡す。

マルスはその中の黒い甲冑《かっちゅう》を着込んだ。

魔法をダイレクトに受けても変形せず影響も少ない魔法防御《ぼうぎょ》に長《た》けた甲冑である。

なぜだかは知らないが、魔法の武器や武具アクセサリーは、攻撃用のものよりも圧倒的に防御のものが多い。

「ネムちゃんはこの首飾りをつけててくれるかな。俺と同じく前衛《ぜんえい》戦闘だから、毒を吸い込むかもしれない。『毒分解』ほど強くはないんだけど、多少は毒を防いでくれるものなんだ」

「便利なものがあるんだにゃあ。――これでネムもおしゃれにゃ？」

「うーん……微妙だな」

ネムの首にぶら下がるのは、どこの誰かもわからない老人の顔をかたどったペンダント。

趣味が悪いのレベルにさえ到達していない実用品だ。

リリア曰《いわ》く開発者の顔ではないかとのことである。ちなみに、老人の顔の口から毒を吸い込む機能がある。

「開幕と同時に状況判断して、そこで最終の指示を出すことになると思う。基本はさっき言った通りの作戦で。ネムちゃんの叫びで俺たちに注目が集まると思うから、俺がある程度倒して作戦開始」

三人はこくんと頷《うなず》く。

ネムはそうでもなかったが、ヒュドラの成体の脅威を知っているリリアとハズキは険しい顔だ。

「聴覚鈍化《どんか》の魔法もお願いするよ。リリアとネムちゃんにはキツイ音がする」

「雷《かみなり》落ちたような音しますもんねっ……」

初めてダンジョンを踏破《とうは》した時、マルスは『雷鳴《らいめい》』と呼ばれた。

魔物を全力で攻撃した際、ダンジョンの外までその轟音《ごうおん》が鳴り響いたからである。

本人はそんなこと知りもしなかったが、話の流れで自分がその『雷鳴』だと気づいた。

「此度《こたび》の戦闘は私が取り仕切ります。冗談抜きに死の可能性がありますから、しっかり従うように。危ないと思ったらすぐ私の宝物庫に移送し、一時間ほどしてから外に出ます」

「ハズキにゃんもちゃんと真面目《まじめ》にやれにゃ？　今は遊んでるときとちがうにゃ？」

「えっ、ネムちゃんの中のわたし、もうそんな印象っ⁉　しっかりやりますよっ！　わたしが言い出したことですし、わたしの攻撃力が大事な作戦ですからっ！」

「その通り。アンデッドの数が多いだろうから、まとめて対処できるハズキちゃんの役割がとにかく重要だ。だからみんなでハズキちゃんが楽に仕事できるようサポートを」

四人は駆け足で現場に向かう。

途中「ドン！」と巨大な音が聞こえて、それから急に音がほとんどしなくなったことから、四人はさらに急ぐ。

現場に到着するまでにかかったのはせいぜい十分前後。

しかし事態が動いてしまったダンジョンでは、気が遠くなるほど長い時間の経過だったと言える。


「……大惨事《さんじ》だ。これじゃ何人助けられるか」

マルスが声に出してしまった本心に、ハズキは息を呑むようにして現場を見つめる。

「――『毒分解』！　ご主人様もネムも、近距離であまり大量に吸い込まないようにお願いします。――できる限りのことをしましょう」

到着して一目見るだけで状況の把握《はあく》はおおかたできた。

ドーム球場より少し広い空間、三体のヒュドラが人々を蹂躙《じゅうりん》し、踏みつぶす。

例《たと》えるならば毒ガスをまき散らす十六トントレーラー三台が、人間を追い回しているのだ。

アンデッドも生きている人間もどちらもお構いなしである。

壁のシミになってしまっている者のほうが立って動いている人間よりずっと多いのではない

かと思うほど、生臭《なま》い血の匂いとヒュドラの麻痺《まひ》毒特有の酸《す》っぱい匂いが充満していた。

集団戦闘における秩序は崩壊《ほうかい》し、生き残った者たちはアンデッドからも逃げ惑《まど》う。

そしてアンデッド共々ヒュドラに突進され、やはり壁の飾りに変貌《へんぼう》していった。

「ヒュドラの特性をわかってないんだ。首の再生には限界がある、つまり全部切り落とせば死ぬと思ってる。リリアに言われてなかったら俺もそう思う」

地面にはヒュドラの首が何本も落ちていた。

一本の首だけでも乗用車一台分ほどの大きさがある。

その九本ある首のどれも本体とは言えないのがヒュドラという魔物の特性だ。

岩のような硬《かた》い鱗《うろこ》に覆《おお》われた首を刎《は》ねること自体には成功しているのだから、奴隷紋を用いた集団運営そのものはうまくいっていたのだろう。

ここまで戦線が崩壊してしまったのは、攻略方法が確立できていないことからジリ貧に陥《おちい》ったものと思われる。

じんわりと戦力が減り、過半数の仲間がアンデッドになって詰んでしまったのだ。

「『生きてるやつは隅《すみ》っこ行くにゃ！』」

ネムが魔法を使い叫ぶ。

するとすべての音が一瞬消え、マルスたちに注目が集まった。

同時にリリアが絶え間なくアンデッドの膝《ひざ》を打ち抜き続け、その場に留めさせる。

ネムも同じタイミングで生き残りを探しに駆け始めた。

動く者はほとんどいない。何人かが自発的に動いて壁際に寄っていくが、毒にやられてしまっているのか疲労のためか、非常にスローモーで、実はアンデッドなのかさえ区別がつきにくい。

ヒュドラは頭が九本もあるからか意思決定が遅く、首の過半数が同一方向に向くまで動かない。

それでも動き出せばその巨体からは考えられない異様な速さを見せる。

ヒュドラは特別な技《わざ》を使うわけではない。その巨大な体格で暴れまわるだけだ。

「作戦開始！」

言いながらマルスは飛び出し、ヒュドラの一体の側面に近づく。

三体のヒュドラはそれぞれ散らばっていて、一体一体の間には百メートルほどの距離があった。

ヒュドラの周りをうろつくアンデッドは横一閃《いっせん》に薙《な》ぎ払いながら一直線に進む。

重い甲冑を着込んでいても瞬間移動さながらの移動速度は変わらない。

もしヒュドラの核を破壊できなかったとして、身体《からだ》すべてが復活するまでにかかる時間こそわからないが、首だけならば一分もすれば元通りになる。

ほかの部位と結合して再生……なんて想像もできたので、マルスは自分にリミットをつける。

一分ですべてのヒュドラを粉砕するというリミットだ。その時間内であれば、破壊できていなくても再生前の破片をハズキの魔法で処理できるだろう。

肉片が爆散し周囲に散らばるのを多少でも軽減するために、ヒュドラの真下に潜り込み鞘に入ったままの剣を鈍器《どんき》替わりに振るう。

ドゴン、と鈍《にぶ》い轟音《ごうおん》が響き、ヒュドラの胴体が細かく砕《くだ》けて天井に舞う。

二回目の遭遇なので力加減は前より適切にできたはずだが、やはり身体への反動は大きい。

「次！」

腕の調子を確かめながら次のヒュドラへと走る。

加減しても腕の筋肉が多数ちぎれた感覚がもうすでにあった。

右半身がマヒでもしたかのようにしびれている。

このまま続ければしばらくの間は腕が使えなくなるかもしれないが、自分以外ヒュドラに決定的なダメージを与えることは不可能だ。

「ユリスがいたにゃ！　でもボロボロにゃ！」

二体目の粉砕が終わった頃、ネムから生存者——ユリスを助けたとの声が届く。

赤い髪をしたクールな女の側近《そっきん》の顔が頭に浮かぶ。

——あの王子は死んだのか？　一緒じゃないのか？

ネムとは一方通行なので聞きたいが聞けない。

「三体目！　ハズキちゃん！」

三体目を粉砕して、マルスは全力で肺を膨《ふく》らませて叫ぶ。

「かしこまりですっ！　遠慮なく全力で行きますからねーっ！」

直後マルスの周囲は炎に包まれた。

ハズキの発生させた魔法炎は通常の炎よりもずっと温度が高く、あっという間にすべてが灰《はい》になる。

「――少しかっこつけすぎたかな。ハズキちゃんの魔法、もはや災害級のレベルじゃないか。天井まで炎だ。この鎧《よろい》、炎は防げても熱は完全にはダメか……。そして『痛覚鈍化《どんか》』が解けてきてる……完全に切れたら痛すぎて叫んじゃいそうだ。かっこ悪いから黙ってないと」

自分を巻き込めとは言ったものの、せめて視界くらいは確保できるものだと踏んでいた。

一キロ近い範囲の炎の迷宮、上下左右がわからないほどの真っ赤な世界の中をマルスは歩く。

本当はさっさと抜け出したいが、どちらに進めばいいかわからないので走りようがない。

真っ赤な炎の中にいると、黒い影が――生きている者が自分だけだとよくわかる。

急激にやってきた疲れと倦怠感《けんたいかん》、痛みと酸素不足で頭がぼんやりしてくる。

――結局何人死んでしまって、何人生きているのか。ここは地獄みたいだ。

ほんの少しの見込み違いで自分たちが全滅するかもしれないと思うと、炎の中にいるのに寒気がする。まるで氷の中にでも連れ込まれたようだ。

熱で温まった空気が上昇気流になり、ごうごうと甲冑姿のマルスを持ち上げようとする。

浮き上がる感覚と状況が否応《いやおう》なしに死を連想させる。

身体を全力で動かしたため、全身が『身体強化』の重ね掛けの影響で痛む。

右腕に関しては骨折までしていた。本人は痛みが軽減しているので気づかない。

「ご主人様！　どこにいらっしゃいますか、ご主人様！　──マルス！　ご無事ですか⁉」

遠くからかすかにリリアの声が聞こえ、おぼろげながらもそちらに進む。

何度も何度も自分の名前を呼ぶ声が聞こえる。聞き間違えるはずがない。

一歩一歩の歩幅がどんどん広がっていき、駆け足になっていく。

炎の迷宮から抜け出すと、見るからに心配そうな顔をしたリリアとハズキ、ネムが待っていた。

「ただいま！」

「ご無事ですか⁉　ハズキが調子に乗りすぎてこんな規模の魔法を！　お怪我《けが》は⁉　すぐに治《ち》癒《ゆ》を！」

「反動だけだね。あとちょっぴり火傷《やけど》」

「ご、ご、ご、ごめんなさいっ！　わたしが思ってたより強くなっちゃってっ！」

「巻き込めって言ったのは俺だから気にしないで。治癒はお願いしたいけど」

ハズキはボロボロ泣きながら必死に頭を下げる。

リリアはリリアでオロオロとマルスのそばを回り治癒をかけていた。

甲冑にもはや用はないのでゆっくりと脱ぎ捨てる。

「マルスにゃん、右腕が変な曲がり方してないかにゃ……⁉　関節が一個多いにゃ！」

「お、折れ、折れて⁉　先にそれを言ってください！　ハズキ！　力尽きるまで治癒を！」

「甲冑がへしゃげた時に一緒に折れたみたいだな。今はまだそんなに痛くない。それより、生存者はどれくらいいる？　治癒はとりあえず生存者の方を優先してほしい。俺は死ぬほどの怪我はしてないから」

マルスが言うと、三人は表情を曇《くも》らせた。

特にネムは耳をぺたんと倒し、人差し指同士をつんつんとくっつける。

「にゃあ……ネムが助けたのはたくさんいたんだけどにゃ？　ユリス以外はみんな死んでズルズルになっちゃったにゃ……」

「──手遅れでした。かろうじて息があっただけで……一応三十人ほど回収し治癒は施《ほどこ》したのですが、甲斐《かい》なく。アンデッドに食われて欠損《けっそん》している者、麻痺毒で呼吸困難になっている者が多く、生きているのが不思議なくらいでした。独断でしたが、アンデッドに転化してしまった者は適切に処理させていただきました」

無理して作った冷酷な顔でリリアは言い捨てた。

だが声は震えていて、本意でなかったことが伝わる。

ハズキもネムも暗い顔をしていた。

「残念だけど仕方ないね……一人でも助けられたんだ。無意味じゃなかった」

作戦を開始した段階で生存者は少なかった。

何よりマルスたちが来なければ全滅は確実だった。

一人救えただけでも上出来である。

「ユリスってあの赤い髪の人だよな？　今どこに？」

「私の宝物庫で休ませています。受け流しはしたようですけれど、ヒュドラの突進を受け、両腕と左鎖骨《さこつ》が骨折していましたから。接合までは治癒を済ませてありますが、意識はまだ戻りません」

「たぶん今のマルスさんのほうが重傷ですっ！　この近辺には魔物はいませんし、宝物庫の中で急いで治癒しないとっ！」

「お願いする。魔法をたくさん使ったから腹も減ったしね。——いたたっ！　つ、『痛覚鈍化』が切れた！」

　ズキンズキンと痛みだす半身をかばい、リリアたちに連れられて宝物庫で休むことにした。

第13話

「……ここは？　あの蛇《へび》の化け物は？　私は生きているのか？」

ハズキの治癒《ちゆ》を受けていると、ベッドに寝ていた赤髪の女――ユリスが目を覚まし、ぼんやりとした声でつぶやいた。

ユリスの負傷の程度は大きく、体力を消費して行う治癒は目が覚めるまでするべきでないと判断され、全身に打撲《だぼく》傷を負ったまま寝かされていた。

「まだ動かないで。というか動ける状態じゃないでしょ」

起き上がろうとするユリスを、マルスは無事な左腕で止め、ベッドに落とす。

骨折こそ治りはしていても、言うなれば巨大なトレーラーに轢《ひ》かれた直後なのだから動けるはずがない。

「お前はあの時の……！　ならばここは宝物庫の中か！　早く出せ、私はクルーゼ様のもとへ急がなくては！」

「生意気を言うのはやめなさい。つい先ほどまで死にかけていたくせに」

また無理矢理起き上がりかけるユリスの脳天をリリアが軽くチョップする。

手にはお粥《かゆ》が一人分。負傷した直後のユリスのために作ったものである。

「異種族奴隷《どれい》が私に意見する気か！　あげく暴力だと！　長耳の分際《ぶんざい》で！」

「貴方《あなた》の奴隷ではありませんし、だいたい、私たちは貴方からすれば命の恩人なのですが？　開口一番《かいこういちばん》に言うべき言葉は『ありがとうございます』であるべきでしょう？　──耳だけでなく気まで短いのですか？」

──あ、これ犬猿《けんえん》の仲ってやつ！

クール対クールの図式で、リリアとユリスの間に冷たい火花が散る。

「け、喧嘩《けんか》はよそう！　ほ、ほら、ユリスさんも一緒にお粥食べよう⁉　リリアの作る料理は美味《うま》いんだ！」

「毒でも盛っているのだろう。お前たちはクルーゼ様に反感を持っているからな」

ユリスはマルスを睨《にら》みつける。

その切れ長の目は涼しげで、まつげが長く美麗《びれい》だ。

「そんなことするはずがありません。殺すつもりならそもそも助けませんし」

「そうですよっ！　ちょぴーっと薄味ですし、お肉も入ってませんけど、美味《おい》しいですよっ！」

「濃い味で肉が入っていたら別な料理でしょう。消化吸収が早いから素のお粥なのです。速《すみ》やかに体内に栄養補給しなければなりませんから。──貴方も早くあの王子のもとへ行きたいのならさっさと身体《からだ》を治しなさい」

「そうそう。たくさん食べないと治癒に耐えられないぞ。結局、早く治るかどうかは自分の体力次第《しだい》だからな」

「必要ない。すぐに出ていく。——助けてもらったことは感謝する」

無表情のようで怒りの色が見える顔をして、ユリスは視線を壁の方へ投げ続ける。

するとネムがお膳《ぜん》に載《の》せた食事をさらに持ってくる。寝室のドアは足で開けた。

何やら口をもごもごさせていて、明らかに何か食べている様子だ。

リリアはため息をつき、咎《とが》める口調で言った。

「——ネム、つまみ食いをするなと注意しておきませんでしたか？　食事は全員ですると約束しているでしょう」

「むぐ……し、してないにゃ。ネムの分だけじゃなくハズキにゃんの分も食べちゃったわけないのにゃ」

ごくんと何か飲み込んだ後、しっぽを左右に振り目を泳がせ、ネムはすべてを説明してしまった。

調理した段階であらかた片付けまで終えているはずのリリアがここにいるのに、ネムがなかなかこちらにやってこなかった理由はつまみ食いしていたせいだったのかとマルスは気づき、思わず笑ってしまい、全身の痛みで真顔《まがお》に戻る。

「えっ、わたしの分まで食べちゃったんですかっ⁉」

「——ど、毒にゃ！　毒が入ってるかもだから、ネムが確かめただけにゃ！」

「美味しかったですかっ？」

「肉がすごいおいしかったにゃ！」

「しっかり食べてるじゃないですかっ！　わたしのお肉が……！」

はっとした顔でネムはハズキにはめられたことに気づいた。

しっかりとメインディッシュだけ食べてしまったらしい。

「落ち込むにゃ？　肉の代わりにネムの草あげるにゃ」

「葉っぱじゃお肉の代わりにはならないですよっ……！」

「野菜もしっかり食べなさい。また残したのですか？」

「だっておいしくないにゃ。あれは馬が食べるものにゃ」

この世界では農民出身のマルスは当然として、森育ちのリリアも野菜は大好きだ。

しかしハズキとネムは野菜を「葉っぱ」や「草」と呼ぶ過激派である。砂漠地帯の出身なので食生活が肉に偏《かたよ》りがちのようだ。

よく見ればネムの持ってきたお膳に載っているのは妙に細かくちぎられたサラダだけ。

お粥とサラダしかないので、とんかつ定食からとんかつを抜いたようながっかり定食である。

毎日のように繰り広げられるこうしたやり取りだが、ベッドの上のユリスは目を丸くしてこの光景を見ていた。信じられないものを見たという顔だ。

「その耳としっぽ……ネムなのか……？」

「そうにゃ？　頭ぶつけちゃって忘れちゃったのかにゃ？」

「いや、そうではなく……私の知るお前とあまりに違うから」

マルスがネムに出会った頃と比べるなら別人の装いではあった。

元来の美少女の姿を取り戻し、不健康極《きわ》まりなかったころと比べ肉付きもよくなっていた。

毎日風呂にも入っているし、食事も少々過剰《かじょう》なほど食べている。

睡眠もしっかり取っているし、初めての発情期も経験した。

簡単に言うならネムは大人っぽくなっていた。

もちろん中身に大差はないのだが、成長期ということもあって生活状態のフィードバックが早い。

「たくさん食べると元気になるにゃ。だからユリスもたくさん食べるにゃ。これはネムが作ったにゃ！」

「あ、ああ……その、なんだ、上手にちぎれている」

ずい、とユリスの顔の前にサラダの入った皿を突き出すネムに根負けし、ユリスはそれを受け取り、感想を述べる。

料理がまともにできるのはマルスとリリアだけで、ハズキとネムは手伝いだ。

ユリスは施《ほどこ》しは受けないと固辞《こじ》したばかりでバツが悪そうな顔だった。

「今は食べて休もう。難しいことは後で考えればいいさ。ダンジョンなんてどこまで行っても体力勝負なんだから」

「…………いただきます」

「よし、それでいい。じゃあみんなで食べよう」

ネムにわざわざお膳を持ってこさせたのだから、リリアもここで食べるつもりだろう。まだ動けないとはいえ、一応は敵対勢力にあるユリスを警戒《けいかい》しているのだと思われた。

「でも、わたしのお肉……」

「――ネムがつまみ食いすることは想定済みです。下に見られているハズキの分を食べるということも。したがって別途用意はしてあります。鍋《なべ》に残してありますよ」

「リリアさんっ……！　一生ついていきますっ！」

「それも食べたにゃ」

「なんでっ!?」

「ふっ……」

全員がユリスに目を向けた。くすりと漏《も》れた笑いが聞こえたからだ。

ユリスは注目され顔をそらした。

「ユリスが笑ってるの初めて見たにゃ……いっつも怒ってる顔にゃ」

「べ、別に怒っているわけではない。私の振る舞いはクルーゼ様の評価につながる。だからなるべく表情に出さないようにしているだけだ」

うんうんとリリアは頷《うなず》く。

常日頃《つねひごろ》ハズキやネムに同じことを言っているから同意できるのだろう。

「一緒にいるやつが怒ってたら嫌われそうだけどにゃ？」

「威厳《いげん》というものが大事なのですよ」

「まぁ俺たちの前では気にしなくていいから。いつも通り緩《ゆる》い感じで」

いただきますの号令で食事を始めると、ユリスは不思議そうな顔をする。

「奴隷と同じものを食べるのか？」

「え、そうだけど？　分けて作るのは不経済だし、みんな俺の家族だから当然だろ」

ハズキはリリアのものを分けてもらいながら、全員で小さな食卓を囲む。

ネムは先に食べてしまったので、残ったサラダだけを嫌々食べさせられていた。

当然マルスも同じものを食べる。それが腑《ふ》に落ちないようだった。

「平民の感覚なのか、それとも……どちらにせよ変わったやつだな、お前は」

「俺はマルス・アーヴィング。そういえば自己紹介してなかったね。この前はごめん。エルフの子がリリアで、黒い髪の子がハズキちゃん。ネムちゃんは知ってるか」

「私はユリス・ハウ。──ではマルス。いくつか聞きたいことがある。私の連れていた仲間と物資はそれぞれどうなった」

「……全滅。生きてるのはユリスさんだけ。物資もアンデッドと一緒に燃えちゃったよ」

「やはり……その、無理な頼みなのはわかっているが、途中までで同伴させてもらえないだろうか？　私はどうしてもクルーゼ様に追いつかねばならないのだ」

「別にいいよ？　一人でほっぽりだすわけないじゃないか」

たった一人でダンジョンに放り出されて生きて帰れるはずがない。

関《かか》わった時点でもう他人ではないとマルスは考えていた。

「これでユリスも仲間にゃ！　前に魚くれたから代わりにこの草やるにゃ！」

「自分で食べなさい！　大きくなれませんよ！」

「お野菜食べたらわたしもおっぱい大きくなりますかっ⁉」

わーきゃーと騒ぎ始める三人を見て、ユリスは再び笑う。

今度は何か毒の抜けたような穏《おだ》やかな表情だった。

「――お前たちを見ていると、肩ひじ張って生きるのが馬鹿《ばか》らしくなる」

「冒険者っぽくないのは自覚してる。でも楽しいし、これが目的だから」

「腑《ふ》抜けたこの時間が目的だと？」

「腑抜けたって……俺はみんなとこうやって穏やかに生きていきたいんだ。平和で何事もないような時間を過ごしたいんだ。だから、リリアの寿命《じゅみょう》と同じだけ生きられる寿命が欲しい。【禁忌《きんき》の魔本】ならそれが手に入るかもと思って、ダンジョンに来た」

第三者から見てバカげているのなんてわかっている。

王子について回っているユリスなら、きっと鼻で笑うようなことだろう。

そう思っていたマルスだったが、ユリスの思わぬ反応にユリスの鉄面皮《てつめんぴ》の下の心を見た気がした。

驚いたような、今にも泣きだしてしまいそうな幼《おさな》い顔。

十七歳の身体を持つ自分よりも年上のユリスが、幼子同然の顔をした。

マルスは目的を話しておけばいざというときに協調し合い、欲しい【禁忌の魔本】を譲《ゆず》ってもらえないかと思って言っただけだった。

「奴隷たちは大切にされているのだな……」

「あの王子に『お前のような下衆《げす》と一緒にするな』と言った意味がわかりましたか？」

「――クルーゼ様の望みも同じだ」

「平穏《へいおん》なんて言葉が似合わないにもほどがある人物に見えましたが？」

急にぼんやりとし始めたユリスは、本当は王子の望みを言うつもりがなかったのか、リリアの発言に一言も返さない。

その後もずっと何かを考え込むようにユリスは言葉を発することはなかった。

◇

――主人が強権を用いていないのに、この集団は統率《とうそつ》が取れている。

指示を出しているから従っているのではなく、同じ望みに向けてそれぞれが最善を心がけているからか？

ユリスはベッドの上からマルスたちを見ているうち、落ち着かない気分になっていた。

これまでの自分は間違っていたのかと思わされる緩い空気が心をざわつかせた。

ユリスの考える集団の最善の形態は、強いリーダーがすべてを決めるというもの。

自発的に動いている者ばかりでは集団は崩壊《ほうかい》する。

一回目のダンジョン攻略で痛いほど思い知らされた。

なのにマルスたちは各個人の意思が強い。

「ハズキちゃん、ここの計算頼む。ユリスさんの分まで含めて、あと何日食料が持つのか調べてほしい」

「かしこまりですっ！　ネムちゃんがつまみ食いするのも計算に入れておきましょうっ！　わたしの分を二倍にすれば近い数字になると思いますっ」

「もっと食べるかもしれないけどにゃ……？」

「ダメですってっ！」

床に座り込んで地図や物資、遭遇《そうぐう》した魔物のリストの整理をするマルス、その隣にはすさまじい速度で取りつかれたように数字の計算をし続けるハズキ、ハズキ特製の巨大な魚のぬいぐるみに抱きついてごろごろ転っているネムがユリスのいるベッドの足元にいた。

監視されているのではなく、怪我《けが》で満足に動けないマルスの周りに集まっているらしかった。

しばらくそんな光景を眺《なが》めていると、寝室にリリアが入ってくる。

ユリスが見るところ、本当に権力を握っているのはリリアだ。

「ネム、洗濯物は裏返しにして出さないように」

「にゃあ？　めんどくさいにゃ！」

「ご主人様も靴下が裏返しでした。以後気をつけてくださいますように」

「ご、ごめん」

「ハズキはこういうところだけ優秀です」

「えっへへっ！」

「笑い方が気持ち悪いです」

「褒《ほ》められた後に落とされたっ⁉」

奴隷であるはずのリリアがあろうことか主人に眉《まゆ》をひそめ苦言を呈《てい》し、主人であるマルスは素直に申し訳なさそうに頭を下げる。

同じことをユリスがクルーゼにすればムチが飛んでくることは確実だ。

「ユリス元気ないにゃ？　これ貸してやるかにゃ？　ふかふかで気持ちいいにゃ」

「いや、いい。それはお前の物だろう」

「そうにゃ。前は名前だけだったけどにゃ？　今はこの服もこの魚も、スプーンとかもネムだけのがあるにゃ。さっきこのおしゃれなのももらったにゃ！」

ずるずるとベッドに這《は》い上がってユリスのそばに近寄りながら、ネムは先ほどマルスに渡された魔法のペンダントを見せつける。ヘッドは老人の顔の形状をしていた。

何て悪趣味な代物《しろもの》だ、と見るたびに思うよくある魔法のアイテムである。

この製作者の作品にはどれも同じ顔が刻印《こくいん》されている。

「それはお洒落《しゃれ》じゃないぞ。ただの実用品で……」

「にゃあ……これおしゃれじゃないにゃ？」

「ち、違う、私の趣味に合わないというだけで……お洒落だと思うぞ」

じわっと悲しそうな顔をするのでユリスは慌《あわ》てて取り繕《つくろ》う。

これまでは自分たちの陣営の奴隷として扱ってきたから、そうでなくなったネムにどう対応すればいいのかわからない。

ユリス個人としてはネムは嫌いではなかった。

異種族に対する偏見《へんけん》自体がユリスには実はない。皆がそう言うから空気を読んでいるだけで、先鋭化した特徴を持っている異種族にはある種の尊敬すらある。

弓や魔法の技術に潜在的に長《た》けているエルフも、十五歳の少女であるのに人間以上の身体能力を持つネムも自分より優《すぐ》れていると思える。

だからネムの誕生日だとされる日に魚を贈ったりしていた。

歳《とし》の離れた妹のような感覚もあった。

クルーゼにより特に酷使されていた奴隷だったというのもある。

要するに、罪悪感からの行動だ。

「ネムは今楽しいか？」

「楽しいにゃ！　ハズキにゃんのお尻叩《しりたた》くのとか好きにゃあ。良い音するし変な声出すにゃ。にゃはは！　思い出したら叩きたくなるにゃ！　ユリスは楽しくないのかにゃ？　クルーゼと仲いいにゃ」

「あんまり叩かないでくださいよぉ！」

イジメられそうな態度の少女、ハズキがネムに文句を言う。

見ている感じ仲が悪いわけではないようだ。

ユリスからすればハズキもたいがい変わった人間に感じる。

「クルーゼ様と私は仲がいいわけじゃないよ。そういう関係じゃない。私はただの道具だ」

「そこまでわかってるなら俺たちと一緒に来ないか？　ここにいれば幸せになれるとは言わないけど、少なくとも俺は道具扱いしたりはしないよ」

「道具でもいいんだ。そばにいられれば」

――この気持ちがわかる者はいるまい。

孤児《こじ》出身の自分が未来の王とともにいられるだけでも奇跡なのだ。

今のクルーゼがユリスをどう思っていても、あの日の約束だけは本当だ。

強い者が自分にだけ見せた弱み、自分だけが特別であることの証左《しょうさ》。

生まれた意味はいまだわからないが、生きていく理由だけは確かにある。

――私はまだ見捨てられてなどいない。

ならば必要なものは休息であると、ユリスは気合いで眠りにつく。


「だいぶ回復してきましたね。全身の腫《は》れもほとんど治ったように見えます」

「……おかげさまで。私自身治癒の魔法は使える。――お前は寝ないのか？　みな寝てしまった。敵かもしれない相手の前で眠りこけるとは、つくづく冒険者に向いていないな、この男は」

マルスとハズキはベッドに寄りかかり床に座ったまま寝てしまっていた。ネムはベッドの足元でぬいぐるみを抱き丸くなって眠っている。

「貴方と少し話したいと思いまして起きていました。もちろん、眠くて仕方ありませんよ」

エルフのリリアが含みのありそうな神妙《しんみょう》な態度で話しかけ、寝室の外を指し示す。

場所を変えて話そうということなのだろう。

リリアはこの集団で唯一《ゆいいつ》ユリスへの敵意を隠さない存在だ。

主人が寝ているうちに外敵を排除しようとしている可能性は高い。

武器は失《な》くしてしまったが格闘にも覚えはある。

見るからに戦闘向きでないリリアなら倒せると踏み、ユリスはリリアの後についていく。

「どうして風呂なんだ……？」

「今日は疲れましたから。それに貴方も疲れているでしょうし、汚れているでしょう？　ここなら話の邪魔も入りません。ハズキやネムがいるとどうしても空気が緩くなってしまいますから」

てっきり戦闘になるのかと思いきや、リリアはするすると服を脱いでいく。

武器などは全く持っていない。それでも魔法技術に長けたエルフであれば、たとえ全裸《ぜんら》でも戦闘そのものはできる。

「私はいい。そこまで施しを受けるつもりもないし、お前を信用してもいない」

「正直で結構。――私に敵意はありませんよ。無論好きでもありませんけれど。ですがご主人様が受け入れると言うなら、私はそれに従うまでです。さぁ、さっさとその臭い服を脱いでください。身長的にご主人様のものならば着られると思いますので、用意させていただきました。下着は私のものを。本当に下だけですが。胸は我慢《がまん》してください。それも洗濯しましょう」

露《あらわ》になった豊かな胸を腕で隠しながら、リリアはカゴに入ったマルスの服を見せる。

血と汗《あせ》が染《し》みこみ自分の服がひどい状態になっているのはわかる。

激しい戦闘から一度も着替えていないのだから当たり前だ。

「何度でも言いますが、危害を加えるつもりはないですよ。貴方の命を奪ってご主人様に嫌われたくはありませんから。──貴方にだってその気持ちはわかるはず」

「…………」

誰よりもリリアの言っている意味がわかってしまう。

極論すれば自分よりも主人のほうを大事に思っているのだ。

同じ基準を持っているのだとすれば、リリアが危害を加えてくることは考えにくいのは事実だった。

黙ってリリアの後について風呂場に入る。

間に二人分の距離を開け、身体を洗い、湯船に入るまで一言も会話はしなかった。

「綺麗《きれい》な身体をしているな」

「……そっちの気《け》があるのですか？」

「違う。そのままの意味だ。傷もなく適度に肉付きもある健康体だと言っている」

「そちらは奴隷でもないのに傷だらけですね。暴力でも振るわれているのですか？」

「何か失態があれば仕方があるまい。まぁ、多くは戦闘によるものだ。あの方も本当はお優しい方だから」

「暴力がある時点で優しくはないと思いますが。傍《はた》から見ればあの男は異常ですよ」

湯船の中で長く綺麗な金髪を指でとかし、リリアはじっとユリスの顔から身体へ視線を移していく。

比べられると無性《むしょう》に恥《は》ずかしくなる。

リリアは傷もシミも一つもない肌に、官能《かんのう》的な身体つき。

それに対してユリスは戦闘や訓練で筋肉がついてしまっているし、全身にはいくつもの傷痕《きずあと》。髪だって戦闘で邪魔にならないよう短め。服装も鎧《よろい》姿のほうが自分でもなじみがあるくらい女らしくない。

女としての魅力を比較するなら自分の完敗だと劣等感がこみ上げる。

いっそ女を捨てきってしまえればいいのに、クルーゼと結ばれる未来を諦《あきら》めきれない。

従者としても女としても中途半端だなと自虐《じぎゃく》したくなる。

「ご主人様——マルスのもとへ来ては？　理由は説明せずともわかるでしょう」

「言いたいことはわかる。あの男はきっとさっき見た通りの人間なのだろう」

「ええ。差別というより区別する気持ちがないのでしょうね。エルフも人間も同一に見ていますから」

「お前の方はどうなのだ。——人間が嫌いなのではないのか？　憎《にく》んでいるほうが普通だろう」

リリアはユリスを睨みつける。風呂場に緊張感が走る。

鋭い目つきをしたリリアは一転それを弛緩《しかん》させ、真面目《まじめ》な顔を崩《くず》し呆《あき》れたように笑った。

「今の顔は冗談ですよ。――正直、今も人間そのものは嫌いです。異種族だからと排斥《はいせき》し、皆殺しにしたのですから。生きている者は見世物《みせもの》にし、肉体的にも精神的にも苦痛を与えますし。私も少し前まではそうでした」

「………………」

「――でも、全部が全部悪い者でないのも知っています。心が優しい者も少なくないのだと。私の最も愛する者は人間ですし……一番の友人も人間ですから」

一番の友人、という言葉を発した時、リリアは唇《くちびる》をもごもごと動かし、赤くなった顔を水面につけて隠した。

黒髪の少女ハズキのことだろうとわかったユリスだが、どうしてリリアがここまで恥ずかしがるのかはわからなかった。

「本音を言うと、貴方を仲間にすることで生じる不安は、人間であることよりも女が増えるほうにあります」

「女……？　お前たちも情婦なのか？」

「も、ということは、貴方はあの下衆王子とそういう関係に？　――私たちは情婦ではありませんよ。状況によってはむしろマルスのほうが情夫……――わ、忘れてください。と、とにかく双方同意の上でのことです。いつか子供も欲しいですからね」

再び赤くなったリリアは、鼻までお湯に潜ってブクブクと泡《あわ》を浮かばせる。

マルスに関することだとよく口を滑らせる女だなとユリスは感じていた。

好きなものについて語るときに早口になるタイプだ。

熱くなるというか、平静さを失ってしまうようだ。本当に好きなのだなとよくわかった。

こういうのが可愛《かわい》げだとしたらユリスは持ち合わせていない。

ダンジョンに潜るときはほかに女がいないため、クルーゼの性欲はユリスに向けられる。

クルーゼ付きのメイドだった頃から関係は続いていた。

「奴隷だというのに結婚でもするつもりなのか？　無理な話だろう？」

「ご主人様は私やネムを悪意ある人間から守るために奴隷にしてくださっているのですよ。そういえば、ネムなんて実は首輪をしているだけで奴隷ではなかったりします。私はこの絆《きずな》を手放したくないのでそのままですが。——ご主人様が初めて選んだのは私。その称号《しょうごう》は何よりも心の支えです」

幸せそうな顔をしてのろけるリリアを見ていると虫唾《むしず》が走る。

愚《おろ》かしい幻想に身をゆだねる様《さま》は、炎に飛び込んでいく蛾《が》のように危うげなものに見える。

——いつか結婚しよう。いつか、いつか、いつか、いつか……。

そんな寝物語を本気にしているのだろうか。

奴隷として飼っているのだから、マルスに結婚する理由などないだろう。

現状維持《いじ》でいい。少なくとも自分はそう扱われている。

クルーゼに何回そんな甘い言葉を言われたのかさえ、もうわからない。

「冷静ではないな。そんなの、口だけなら何とでも言える。お前たちに優しくして好意を持たせ利用したいだけかもしれないだろう?」

ユリスは自分の声が震えているのがわかった。

無性に怒りがこみ上げた。それが自分自身に向けられた怒りだとうっすら知りながら、ユリスは言葉を止めない。

「——愚かしい。エルフという種族は長寿《ちょうじゅ》で賢《かしこ》いと聞いていたが、噂《うわさ》に過ぎなかったようだ」

口調がキツくなっているのを自覚しつつも言葉は口を衝《つ》いて出ていた。

リリアを責めたいと思ってしまった。あるいは、リリアに完膚《かんぷ》なきまで反論してほしかった。

「——恋をしてなお賢くはいられません。合理も非合理も論理も何もかもが無力無意味です。身を焦《こ》がす熱だけが真実。——好きだから同じ未来を信じていたい。ただ、それだけ」

「信じて痛い、になるかもしれないぞ」

ぼそっと言うと、リリアは目を丸くして小さく噴《ふ》き出し、笑いだす。

空気に緊張感はない。

ユリスはそこでようやく、この会話は敵同士としての会話ではなく、王宮の下女のするような世間《せけん》話だったのだと理解した。

「仏頂面《ぶっちょうづら》のつまらない女かと思っていましたが、そんな冗談も言えるのですね? ——マルスにつけばいいというのは、あくまで一つの提案です。多分、私たちは本質的には似通っているのでしょうから、──愛する男を捨ててほかの男に移るなど、簡単には選べませんよね」

「あ、愛するなど、私とクルーゼ様はそんな関係では──」

「経験則からの忠告ですが、好きな人には素直に好きと言ったほうがいいですよ？　しばらくの間、私はその機会を逸《いっ》していました。今にして思えば、私は初めて出会った頃からマルスのことが好きだったのですよ。しばらくはどうしてマルスについていこうと思ったのか自分でもわかっていませんでしたが、人間の言葉で言うところの一目惚《ひとめぼ》れだったのだと恋仲になって気づきました。ちなみにエルフの言葉で同意語は『終《つい》の一矢《いっし》』と言います」

その名の通り撃ち抜かれたら終わりだという意味合いの言葉だ。

エルフは一度相手を決めたら二度と変えることはない一途《いちず》な──執念深い──種族であるとリリアは説明した。

「まぁ大事にしてくれる人のそばにいるほうが幸せな場合もあるという話です。どのみちしばらくは一緒ですから、そこで判断すればいいですよ。一つ言えるのは、あの王子は貴方を置いて行った。マルスは貴方を助け迎え入れた。事実だけはしっかりと受け止めるべきです」

思い出したくない事実だ。

確かに目が合ったはず。だがクルーゼはユリスを捨て石にでもするように置いて消えた。

今や残されたのは自分だけ。仲間も何もかも失った。

──もう過去しかない。あの頃に戻りたい。

未来を夢見ているリリアの瞳《ひとみ》は明るい。晴れた日の空に似ていた。

対して自分はどうだろう。過去ばかり望んで暗く濁《にご》ってしまっている気がするとユリスは憂《ゆう》鬱《うつ》になった。

「どこで何を間違ってしまったのだろうと思う時がある。いや……何が原因かはわかってはいる。お前たちの中でクルーゼ様の評価は酷《ひど》いものだろう。でもそれは不幸な事件のせいなのだ。あの日からすべての存在が敵に変わり、心を開かなくなってしまった」

「事件？」

「クルーゼ様の母君が暗殺されたのだ。無論クルーゼ様自身も暗殺の危機には何度も遭《あ》っている。王宮とはそういう場所だ。殺すか殺されるか、兄妹であろうと生まれついて用意された敵に過ぎない」

幼少期のクルーゼにとって、唯一心を許せたのは生みの親である母親だけだった。

その母を失い、クルーゼは一人になった。

クルーゼの性格に排他《はいた》的なところが見え始めたのはその頃からだ。

当時幼かったユリスにはクルーゼの心境の細かな変化は理解できなかったが、その時にはもうすでに壊れ始めていたのだと大人になった今ならわかる。

王宮ではよくある事件ではあったが、被害に遭ったクルーゼ本人からすればそれで納得できるものでもない。

これまで趣味だった勉学に一層打ち込み、国一番の戦士と呼ばれるまでに身体を鍛《きた》え、第四王子でありながら王位が見える場所まで実績をあげてきた。

屈折した憎悪《ぞうお》が見えない糸となってクルーゼを操《あやつ》っているように感じた。

従者としての義務感と、どんどん隆盛していく権力の熱狂に酔っていたユリスはクルーゼを止められなかった。

後悔先に立たず。ユリスの場合はまさにそうだった。

「だからクルーゼ様は誰にも脅《おびや》かされることのない地位を、平穏を欲している。そういう意味で、マルスとクルーゼ様は同類だ。違うのは王として生きるかどうかだけ」

「あれとマルスを一緒にしないでください。たった一人の望みで何千人殺すつもりですか。マルスはそんなことはしません。哀《あわ》れには哀れですが、現在の行いを正当化する理由にはなりません。——だいたい世界なんて、誰も彼も大なり小なり喪失者《そうしつしゃ》の集まりでしょう。あの王子は自意識過剰なのですよ。自分を特別だと勘違《かんちが》いしている」

実感を込めた辛辣《しんらつ》な言葉をリリアは発した。

確かにその通りなのだろう。ありふれた悲劇だ。

両親の顔を知らないユリスと比べてもクルーゼは恵まれている。

はっきり言えば好きな人に対する贔屓目《ひいきめ》だ。

「王となり争いのない平和な世界を作る。クルーゼ様の望みは間違っていないはず」

「——その夢はもう形を変えてしまっているのでは？　振る舞いからは王となること以外のものは感じられなかったです。子供の頃の夢などあいまいなものでしょう？　貴方も自分の幸せを考えて生きるのがいいと思いますよ。貴方は奴隷ではないのですから、人生は自分のものでしょう」

「私は……私の人生は……」

拾われたのだからクルーゼのもの。

しかし所有者はどこかへ消えてしまった。

進むべき方向を見失った今、大海原《おおうなばら》に一人放り出されたに等しい気分だ。

「マルスに惚《ほ》れてもいいですよ。何と言えばいいのでしょうかね。マルスといると、自分が自分でいていいのだと思わされます」

「自分か……」

クルーゼの望みの体現者であることを望んできた。だから自分などない。

——もし自己を確立できたなら、この言いようもない不安感は解消できるのだろうか。

——道具でなくなるのだろうか。

初めてクルーゼのもとを離れてわかったことは、自分が操り人形同然であったこと。

糸を切られた今、何をするべきなのかさえわからない。

自分で考える能力が欠如《けつじょ》している。言われるがままに生き過ぎた。

——このリリアもネムも、同じように言われるがまま生きてきたはずだ。それなのに今は生き生きとしている。

私もあの男と一緒なら何か変わるのだろうか。

◇

――全身痛いはずなのに、どうしてこう性欲だけは消えないのか。

全裸のハズキに起こされ、リリアとユリスが風呂場にいるのを確認したマルスは、戦闘の高ぶりと治癒によって回復させられた性欲をハズキにぶつけていた。

全身にまだ痛みがあるため、比較的楽にできる体位――寝バックでハズキを蹂躙《じゅうりん》する。

腕立て伏せの体勢なのでそれなりには疲れるが、ある程度はハズキに体重を預けられる分まだ楽だ。

「おっ！♡　すご、すっごいっ！♡　イ、イグ、ずっとイグっ！♡」

足元で眠るネムを起こさないように、ハズキはベッドに顔面を押しつけ濁音《だくおん》混じりの喘《あえ》ぎをあげる。

マルスの下のハズキはマルスの太ももに挟《はさ》まれ、一直線に両足を伸ばし、快楽を逃がすために足を上下に振ったりバタバタさせたりしていた。

逃げようとしても違いすぎる体重と体格がそれを許さない。自分の女だと自覚させようと体が自然に動き、ハズキの自由を奪う。

全身を乗り上げたマルスは腰だけを前後させたり上下させたりして突き刺す。

浅いところも奥も、マルスの巨根であれば自由自在に刺激可能だ。

「あっ！♡　あーっ！♡　チンポ……すっごいっ！♡　ひっ、またイグっ！♡　〰〰っ！♡

「マルスさんマルスさんマルスさんっ！♡」

ハズキの弱点であるＧスポット付近が広範囲に刺激され、一突きされるたびに全身をぶるぶる震わせていた。

リリアのとは違い、ハズキの膣内《ちつない》は様々な大きさのツブがびっしり蔓延《はびこ》る構造だ。

肉厚な尻とむちむちした太ももが強い締まりを実現していて、優しく絡《から》みつくのではなく握りこまれるに近い感覚があった。

女性の膣が男から精液を搾《しぼ》り取るために存在することを強く実感させられる。

押し戻される締まりに対抗すべく、一突き一突きハズキの反応を見つつ体重をかけていく。

「オチンポおっきぃっ……！♡　うぅっ……きぼぢぃっ……！♡」

体位的にどうしても敏感な裏筋《うらすじ》が擦《こす》れてすぐに射精感が上り詰めてきた。

下腹部に当たり波打つ尻の反発で腰が浮き、膣内のガリガリとした感触がまた欲しくなってさらに腰を突きつける。

マルスはハズキの上に倒れ込み、右手をハズキの腹の下に潜り込ませる。

結合部を下から押し込み、指はぷっくりと膨らんだクリトリスに向かう。

「おっ⁉♡　ひっ、ひぃっ！♡　ど、どっちもはっ！　だ、ダメっ、あぁっ！♡」

言葉とは裏腹《うらはら》にハズキは腰をくいと持ち上げ、もっと突いてほしいという動きをする。

子宮《しきゅう》も膣も二人の体重で強く圧迫され、ハズキは弓なりに身体をそらす。

パンパンと肉のぶつかり合う音がこだまし、それがどんどん激しく大きくなっていく。

射精直前のもっとも気持ちいいピストンを楽しむため、腰が加速した。

ぐぐ、と尿道を駆け上ってくる精液が漏れないよう力を必死に込め、より濃く大量に射精するため全力で性感を高めるピストンだ。

ぴゅっぴゅとこぼれる我慢汁《がまんじる》に精子が混じり始める。

マルスは足を大きく広げてハズキに覆いかぶさり、手のひらで簡単に摑《つか》める小さな両肩にしがみつき、ハズキを動けないようにして腰をずどんと落とす。

「出るっ……！」

「おっ！♡　だ、出してっ、ザーメンくださいっ！♡　おおっ……イグっ、イグっ！♡」

どぴゅぴゅ！　どぴゅっ！　どぽっ、どぽっ！

全身を組み伏せて行う動物じみた種付《たねっ》けに、ハズキは声にならない声を上げていた。

膣内射精の快感にマルスが頭を真っ白にして全身を震わせていると、リリアとユリスが部屋に戻ってくる。

気まずい沈黙が流れるもマルスは行動不能だ。

一見すると強姦《ごうかん》じみた光景でもあるし、これは嫌われたかもしれないと憂慮《ゆうりよ》しながらも、最後の一滴までハズキの膣内に射精しきった。

「私も抱いてくれないか？」

「……は？」

マルスは全員と関係があるとリリアがユリスに話したと聞き、実際に行為をしている姿まで見られてしまったマルスは開き直って全裸のままベッドにいた。

ネムの時もそうだったが、ユリスが同行するならば隠していてもいつか性欲の限界がやってくる。それなら早いうちにカミングアウトしておくのも悪くないように思えた。

隣にはさっきまでつながっていたハズキと、ハズキだけには負けたくないと対抗心を燃やしたリリアが全裸でいる。

リリアは胡坐《あぐら》で座るマルスに絡みつきキスをする。

ハズキはいまだ勃起《ぼっき》の収まらないマルスのチンポを丁寧《ていねい》にお掃除フェラしていた。

気持ちいいが射精まではさせてはくれない強さのフェラだ。

カリ首の隙間《すきま》までしっかり舌先を入れ、付着した精子の一匹まで逃さないようにする。

「ど、どういうこと⁉　その……ユリスさんはあの王子が好きなんじゃないのか⁉」

「そのつもり、だった。だがもうわからないんだ。――どうしたらいいのかも。お前に抱かれれば何か変わるかもしれない。クルーゼ様が好きだと再確認できるかもしれない」

ベッドのわきに座り込み、マルスのほうは見ずにユリスは自暴自棄《じぼうじき》を孕《はら》んだ力ない声を出す。

するすると色気なく服を脱いでいく様子をマルスは黙って見つめた。

背中には無数の傷があり、細い身体には余計な脂肪《しぼう》がほとんどない。

身長が高くスレンダーな身体付きはそれはそれで色気があるものの、どちらかと言えば肉がついていてほしいマルスからすると少々物足りない感もある。

他のみんなと少し違うのは、ユリスはこうなる以前から処女ではない点だ。

年齢の概念が人間と違うリリアと違い、正真正銘《しょうしんしょうめい》年上の女性なのでそこは興味があった。

「そ、その……私もそこまで経験があるわけではないから期待はしないでくれ。それにだな……クルーゼ様のはそんなに大きくない」

「ご主人様のは平均値を大きく逸脱《いつだつ》していますからね。大きさだけでなく硬さも回数も技術も、ほかの男とは比較にもならないと思います」

自分のことのように自慢げなリリアの言葉を聞き、ハズキも咥《くわ》えていた亀頭《きとう》から口を離す。

「わたしなんて今舐《な》めてただけで何回かイッちゃいましたよぉっ……♡　口で舐めてると大きさや硬さがよくわかるというか……入れられただけでイッちゃうんですよねぇっ……！♡　すぐイクイクって恥ずかしい声出ちゃいますっ！♡」

「イクとはなんだ？　どこかに行くのか？」

「えっ⁉　ユリスさんイったことないんですかっ⁉」

「絶頂はわかりますか？　イくとはその意味です。まぁ性交で絶頂を得るのは難しいですよね。ご主人様とならすぐ味わえますよ。その時にはきっともう逃れられなくなりますが」

ガチガチに膨らんだマルスのチンポを振り返って見つめ、ユリスは息を呑《の》んだ。

ここで初めてユリスの纏《まと》う空気に色気——性欲が乗った。

マルス本人にはよくわからないが、その凶悪なモノは女の興味を引きつける。

ユリスはほかの男を知っているからなおさらだ。

「そ、それが入る自信はない……」

「大丈夫ですよっ！　マルスさんは無理矢理ツッコんだりしませんしっ！」

「そ、そうだけどちょっと直接的だな！　再確認するけど本当にいいの？　浮気じゃないのか」

「私はクルーゼ様と婚姻《こんいん》関係にはないし、交際もしていない。ただの道具だ。どちらにせよバレるとも思えない」

「それでも今までと違うとかでバレるかもしれない」

「クルーゼ様がそこまでの関心を私に持っていると思うか？」

はっ、と吐き捨てるような笑いをしたユリスに何も返答できなかった。

クルーゼに捨て置かれるくらい自分には関心も興味もないのだと断じたから、ユリスは今こうやって自暴自棄になっているのであろう。

心を弱らせている女性に手を出すのはどうなんだろうと感じなくもないが、仲間にするメリットは確実に存在する。

「ほかの女と比べるとあまり色気はないだろうが……」

「ううん、そんなことない。──おいで」

「と、年上だぞ、私は……」

「おいで」

「意外と強情だな……」

ぽんぽんと膝を叩き、マルスはベッドのわきに座るユリスを呼ぶ。

パンツ一枚のユリスはベッドをゆっくり上ってマルスに近づいてきた。

近くで見るクリムゾンレッドの髪はハズキより少し短い。

視線を合わせるとすかさずそらすので、マルスはユリスの頰《ほお》を触れ、自分に向けさせる。

日焼けしていてもまだ白い範囲にある健康的な肌の色に、長いまつげが印象的な切れ長の目。

化粧っ気はなくても美人だとわかるパーツ配置。

「あまり見ないでほしい……可愛げがないのはわかっている」

言葉で返すより行動のほうがいいだろうと、マルスは肩を掴んで下敷きにする。

小さな胸は横になるとその存在がほとんど目立たないものになる。

サイズはせいぜいBカップあるかどうかというところ。

乳首は少し茶色がかったピンク。

リリアやハズキに見られながらというのも少々気恥ずかしかったが、マルスはキスをしようと顔を近づける。すると思わぬ抵抗があった。

「接吻《せっぷん》は……まだ待ってほしい。それは少々特別というか……クルーゼ様ともしたことがないんだ」

リリアはうんうんと頷く。この辺は男女での意識差がある気がした。

それならとマルスは身体の方へキスしていく。

首筋から肩へ流れ、途中胸歩みを止める。

ピンク色になっている傷跡にキスすると小さい声がこぼれた。

前戯《ぜんぎ》自体され慣れていない怯《おび》えた反応が見える。

「んっ……こ、こんなことをするものなのか」

「俺は相手に気持ちよくなってほしいからするよ。こうやってイチャイチャしてからするほうが男だって気持ちいいしね」

言いながら膨らんだ乳首に吸いついてみる。

びくんと下敷きの身体が動く。

性感帯らしい性感帯は敏感なようだった。

これから触るよ、とわかるように、腹から滑らせて最後の砦《とりで》であるパンツの方へ手を伸ばす。

腹筋があるほど鍛えられていても、感触は柔らかなもの。男女の違いを強く感じる。

パンツの中に手を滑り込ませると、指先に陰毛《いんもう》の感触があった。

感触だけでも濃いとは言えないのがわかる。

ユリスは秘部に触れられそうになり無意識に足を閉じた。

「は、恥ずかしい」

髪の色と同じくらい赤面したユリスは、首筋に吸いつくマルスに上擦《うわず》った声で言う。

そう言われてもこれからするのは局部同士を擦り合わせる行為だ。

どうするか迷い、耳へ優しく短く息を吹きかける。

「あっ」

短く嬌声《きょうせい》を漏らしたユリスは、反射的に身体の力を抜く。

マルスはすかさず手をさらに下部に伸ばす。

陰毛に隠れた割れ目に触れるか触れないかのところで、上下になぞる。

たどり着いたのを伝えるための行為で、すぐには割れ目には触れず、周りの大陰唇《だいいんしん》を撫《な》でまわし、大きく全体を軽く押して離すのを繰り返す。

「はっ……んっ……こ、こんなのされたこと……」

ぐにぐにと形を変える大陰唇の感触を楽しんだ後は、興奮の影響で開き始めた小陰唇《しょういんしん》の方へ指を伸ばしていく。

指先にはとろついた愛液の感触があった。

愛液まみれになった指の腹でクリトリスの皮を剝《む》き、指の指紋《しもん》だけで撫でる。

徐々《じょじょ》に開いていく足がそのままユリスの心情を表現していた。

「気持ちいい？」

「そ、そんなの言えるか……！」

素直には口に出さないようなので、マルスはさらに執拗《しつよう》にクリトリスを責める。

そして予告なしに膣口に中指を挿入《そうにゅう》し、クリトリスとGスポットを同時に責めた。

「ひっ……！」

びくん、と大きく腰を上に突き出し、ユリスは全身を震わせた。

生まれて初めての絶頂体験だ。ユリスの視界は真っ白で、その中に無数の光がちかちかと瞬《またた》く。

じゅくじゅくとあふれる愛液が準備完了をこれでもかと示していた。

「や、優しくしてほしい……お前たちと違って不慣れだし、あんな感覚知らなかった……！」

一度絶頂したユリスは凜《りん》とした顔つきに怯えを見せる。

挿入直前、下着まで脱いで、もう隠すものは何もない素の顔だ。

マルスが女を軽々と絶頂させる技術を持っていると身体でわからされた今となっては、マルスの股間《こかん》にそびえ立つ巨大なモノが欲しくて、しかし反面恐ろしくてたまらない。

先ほど見たハズキの醜態《しゅうたい》にはすさまじいものがあった。自分もああなるのかという恐怖もあった。

「もちろん、痛かったりしたらすぐやめるよ」

「ほ、本当だな……」

寝そべってM字に足を開くと、マルスが入ってきて片膝を摑む。

亀頭の先端を割れ目に押しつけ、にゅるにゅると愛液を擦りつける。

やがて膣口に太い亀頭が当てられ、ずずず、とゆっくりユリスの中に入ってきた。

「んぐっ……お、大きすぎる……！」

「痛い？」

「い、痛くはないが……あっ……」

こじ開けるように半分ほどまで入ると、ユリスは一気にすべての空気を吐き出す。

マルスが入って苦しくなった分の空気が抜けたようだった。

処女ではないため挿入そのものは案外楽にできたが、マルスのモノの大きさのせいでかなりキツイ。

膣内は筋肉質に感じるゴリゴリとした硬い感触で、こなれている様子はあまりない。

実質的には処女同然だ。

出会ってからほとんど時間が経《た》っていない女を相手にしている興奮でマルスの腰が激しく動く。

これまで他の男のものだった女に快楽を教え込んで自分のものにしていくのは征服欲が満たされる。

「ん、くっ……こ、こんなのクルーゼ様は……！」

「俺とどっちが気持ちいい？」

背筋《せすじ》をうす暗い背徳感《はいとく》が抜けていく。

下卑《げび》た興味だとはわかっていても聞いてみたくなってしまう。

「い、言えるか……ん、んっ……は、あっ……！」

「ここ弱いでしょ。多分、あいつじゃ届かないところだ」

こつんこつんと奥の手前にある場所をカリ首でひっかき回し、亀頭の先端をわかるように当てる。子宮口付近のそこは、リリアから聞いた限りこの世界の男の大半は届かない場所だ。

膣内の、ほかの男は知らないだろう場所を蹂躙していると思うとそれだけで射精感が高まってくる。

身をよじらせ顔を隠すユリスの手を強引に引きはがし、意識とは裏腹にとろけた顔をじっと見つめた。

うっすら涙を流していても、マルスが奥を突くたびに口からは喘ぎ声がこぼれ、顔全体が快楽に歪《ゆが》んでいた。可愛げのない美人だと思っていた印象は変わる。

「——のほうが気持ちいい……！」

「もっとちゃんと言ってほしい」

「あっ、あっ！　マ、マルスのほうが気持ちいい……い、いいか、これで！　ああっ、あああっ！♡　お、奥のところがっ……！♡　そ、そこをもっとっ……！」

一度言葉にしてしまうとすっきりしたのか、ユリスは声を抑えるのを止《や》め、素直な甘い声を出し始める。

「あっ！♡　き、気持ちいい！♡　もっと、もっとっ！♡　ううっ、こ、交尾がこんなに気持ちいいなんてっ！♡　さっきのっ……さっきの気持ちいいのがまたっ……！♡　イ、イクっ、これがイク感覚っ……！♡　イクっ！♡　——イクっ！♡」

両手足を力強くマルスに巻きつけ、堰《せき》を切ったようにユリスは喘ぎ散らす。

ぞくぞく、と背中に冷たい電気が走り、マルスはぐりぐりと奥の奥まで押しつけ、大量に射精した。

どぽっ！　ぼびゅっ！　びゅびゅびゅ！

出ると思ったときからラグなく大量の精液が放射状に飛び散った。

完全に自分の女にしたと認識できる射精だった。

「これで私たちの仲間ですね。気持ちよかったでしょう?」

「あ、ああ……その……死んだかと思うくらいだ」

事後、リリアはニヤけながらユリスにタオルを渡す。

何度も絶頂させられ、全身が汗だくでろくに動けない。

「料理ができるなら、私と一緒にご主人様のお手伝い係です。ハズキもネムも焼くくらいしかできないのですよね」

「て、手伝おう……腰が抜けて立てない」

「それ、いつまでも慣れませんよ。私も今でも腰が抜けて動けなくなりますから」

「そういうものか……あの男、普段は優しいがこういう状況だと少し違うな」

「確かに……男らしさを見せつけられますね」

赤ら顔の二人は今度はハズキ相手に腰を振るマルスに苦笑いした。

第14話

半《なか》ば固形化した水の中を泳ぐように、クルーゼは壁の中を進む。

どんな魔物にも不意打ちできる壁抜けの魔法は強力だ。

外には百人前後の奴隷《どれい》たちがいて、クルーゼの安全を守りつつ並走していた。

彼らが騒ぐとクルーゼが壁の中から攻撃する。

当初千人いた奴隷は現在百人ほどしかいない。周囲にいるのは奴隷の中でも強者《つわもの》ばかりだが、それ以上にダンジョンの魔物は強い。

さすがにこの状況にまでなれば奴隷の使い捨てはかなり減った。

自分を守る盾《たて》の消耗《しょうもう》を抑えたい気持ちが増してきたからである。

なので基本的な方針は戦わず逃げる、もしくは斥候《せっこう》が魔物を確認次第《しだい》避けていく方針だ。

「この階層にはアンデッドしかいないのか。少し前の階層から増えてはいたが……」

ぬるりと壁から出てきたクルーゼは、隊列の中ほどにいた奴隷長の一人に声をかける。

壁抜けの魔法は限りなく強力な部類の魔法だが、何もせず壁の中にいるだけでも走っているに近い疲労感がある。そのためいつまでもいられるわけではない。

「そのアンデッドも魔物のものと冒険者――それも相当古い冒険者が半々います。平然と魔法を使ってくるため、損耗《そんもう》は非常に大きくなっています。歴史に語られる以前にもダンジョンを踏破《とうは》した者はたくさんいたのでしょうね。明らかに普通の強さではありません。奴隷四人で一体を処理する状態です」

「わかっている。現在残っている正確な人数、物資の詳細《しょうさい》を報告せよ」

「その……私は物資の管理は不得手《ふえて》でして……専門としていた同僚も――ユリス様もおられない今では情報が錯綜《さくそう》してしまっていまして……」

「……………」

普段なら怠慢《たいまん》だと激怒している状況でも、クルーゼは何も言わなかった。

冷静に考えるなら、強力な魔物やアンデッドの襲撃《しゅうげき》により把握《はあく》している余裕がないというのが原因である。これぱかりは物理的な限界であった。

そして現状のグダつきの要因がもう一つ明らかに存在するから、怒りがこみ上げることはなかった。

――ユリス。

いなくなってみて初めて、ユリスの存在が集団の要《かなめ》だったのだと皆が知る。

具体的には上、つまりクルーゼと集団との連携《れんけい》が崩《くず》れた。

ユリスを少々優《すぐ》れた副官だと思っていたクルーゼは、認識を大いに間違っていたと思い知らされていた。

「ちっ……」

いつもそばにいる女がいないと落ち着かない。自分の口で奴隷と話すのも好きになれない。

──王たる我輩《わがはい》がただの下女《げじょ》にどうして心乱される。

生まれたときから多数の人間に囲まれ、かしずかれ生きてきた。

それなのに、たった一人が妙に気にかかる。

クルーゼが怒り出すと警戒《けいかい》し、奴隷たちはびくびくしていた。

目に浮かぶのは怯《おび》え。そこでようやく、部下たちとユリスの最大の違いを悟る。

──好意と自発的な行動。それがユリスにはあったのだ。

だからこそ先回りして行動し調整してくれていた。

「ずいぶん遠くまで来た気がする。──あの頃と我輩は何も変わっていないはずだ」

クルーゼが独り言《ひとりご》ちても誰も反応はしない。まず何を言っているのかがわからない。

三度のダンジョン攻略を成し遂《と》げ、七大ダンジョンの深層部までやってきた男の原初の想い。

母を権力争いで失い、自分が王となり争いをなくそうと考えた幼稚《ようち》な夢。

その夢の最初の同意者がユリスである。

幼《おさな》き日、クルーゼがただの力ない王子だった頃、王宮を抜け出して外に遊びに行くことがよくあった。

ユリスを拾ったのもそんな日の出来事だ。

それからはいつも二人で遊んでいた。どこへ行こうとユリスはついてきた。

自分の王国として作った陳腐《ちんぷ》な秘密基地も、ユリスだけは作るのを手伝ってくれた。やっていることはその頃と本質的にはさほど変わらないはずなのに、できることが広がって、使えるものが増えて、遠くにも行けるようになったのに、何も進んでいない気がする。

装備が増えて強くなったはずだ。それなのに息が苦しい。水の中に沈んでいるようだ。

夢を叶《かな》えるなら強くあらねばならない。大前提として力がなければ王にすらなれない。

間違ってなどいないはずだと、クルーゼは自分を納得させる。

権力が自身の根底を変質させているとクルーゼはまだ気づいていなかった。

真摯《しんし》な想いから始まった夢であるのに、肝心《かんじん》な感情を忘れかけてしまっている。

──好意のあるなしがどうしたというのだ。『支配の王笏《おうしやく》』さえあれば、誰もがユリスと同じように自発的に動くのだ。

奴隷紋《もん》を使う選択肢《し》が存在するということは、お互いを信頼できていない証拠であるとクルーゼは気づかない。

逆説的に、奴隷紋を刻《きざ》んでいないユリスとは信頼関係があったのだということもわからない。

──未来の王である自分がたった一人の道具に心を動かす必要はない。それは間違いだ。たった一人よりも大勢の奴隷を優先すべき。それこそが合理的な判断である。

「先へ進む。もっともっと前へ」

誰もが敵の、寒々しい王宮から抜け出したかった男は、今日もまた味方のいない道を進む。

血にまみれ、死体で舗装《ほそう》された冷たい覇者《はしや》の道を。

第15話

「アンデッドばっかりになってきたな……ただ、数はかなり減ってきた」

「生きている魔物は疲弊《ひへい》しきっていますから、あまり脅威《きょうい》ではなくなってきましたね」

マルスたちが攻略を進めてさらに一カ月経過した。

物資は十分、急ぎで攻略していないため、疲れも少ない。

将来的にスローライフを目指すマルスとしてはこれでも十分な速度だと考える。

命あっての物種《ものだね》であって、数日程度なら日程を前倒しする理由は見つからない。

先行しているクルーゼたちのほうが脅威は多く進行速度は遅いはずだ。

今回の『ノルン大墳墓《ふんぼ》』の場合、先に攻略される可能性はあまり考えていない。

ダンジョンのボスである魔物のほか、死霊術師ノルンの存在のほうが気がかりだからである。

「クルーゼ様は無事だろうか……」

「無事だと思うよ。今のところアンデッドの中にはいないし、仲間もたまにしかいないんでしょ？　部下でさえたまにしか遭遇《そうぐう》しないなら、王子は当然生きてるさ。聞いた感じそんな簡単に死ぬようなタマでもなさそうだしね」

クルーゼは【禁忌《きんき》の魔本】の魔法を四つも所持《しょじ》しているとユリスに聞いている。

そのほか、単純な肉体の強さも尋常《じんじょう》ではない。『身体強化』の魔法抜きの戦いであれば体格差もあって圧倒されるだろうとマルスは考える。もちろん、マルスが強みをなくすような戦いをするはずはないのだが。

ユリスはみんなとも仲良くしているものの、やはりクルーゼを心配しているようだった。

これまでの付き合いの年数を考えれば仕方のない話だ。たとえ男女の仲でないにしても情くらいあって当然である。

マルスとは出会ってせいぜい一カ月程度の関係、気の迷いと言えないこともない。

「ズルズルばっかでちょっとイヤにゃ。ぐにゃあって感触で力抜けてふにゃふにゃになるにゃ……」

「人の形してると罪悪感ありますよねっ……」

「このダンジョンで一番キツイのはそこだよね。自分が大量殺人鬼にでもなった気分だ」

大多数は腐敗や損傷《そんしょう》で原形をとどめていないが、中には生きているのかと勘違《かんちが》いするような者もアンデッドには混じっている。

そしてそういった人間に近い状態のアンデッドは例外なく強力だ。

死体の破壊作業ならば平気でも、人間に近い者は殺す感覚が強い。

しかしこの階層に降りて来てからはそのアンデッドも魔物もかなり数が減っていた。

嵐の前の静けさをマルスは内心感じていた。

「ダンジョンが初めて踏破《とうは》されたのってさ、何十年か前の話だったよな？」

「ルドルフ・アーゲストが五十年前に踏破したのが最初とされているな。現在のダンジョン攻略の基礎は彼が作ったものとされている」

ユリスが周囲を警戒《けいかい》しながら返答する。

ハズキとネムが「へぇ」と言いたげな顔をし、リリアは頷《うなず》いた。

「俺はさ、それ絶対嘘《うそ》だと思う。ここにいる冒険者のアンデッド、明らかにダンジョン攻略できる水準だよ。生前の知能がある状態なら。小規模なダンジョンは昔から何度も攻略されてたと思うんだよね。多分ダンジョンだってわかってなかったんだよ」

「うむ……宝がある穴、くらいの認識だったのかもしれない。実際この『ノルン大墳墓』は墓守《もり》の聖域だったと聞いている。だから盗掘者《とうくつしゃ》たちに狙《ねら》われていたのだろう」

「あー、それはそうかもですっ。宝が眠る、っていうのは本当に言われてたんですよっ」

ピラミッドだと思っていたらダンジョンだった、現代で言うならそれである。

「アンデッドたちは、まずここまでたどり着いていることが驚きなほど武器や装備が旧式だ。五十年なんてものじゃない。先ほど遭遇した者は、百年以上も前に滅んだ国の紋章《もんしょう》がついた服を着ていた」

「案外、昔に存在した多数の小国はダンジョン攻略者が建てた国が多かったのかもしれないですね」

ヒュドラより手ごわい冒険者のアンデッドは多数いる。

単独でダンジョン攻略ができそうなレベルのユリスと同等だったり、天才であるハズキに近い水準で魔法を使ってくる者たちが何人もいるのだ。

幸い、獲物《えもの》を捕らえる能力、つまり戦闘面以外の知性はほとんど残されていないため、真正面から馬鹿《ばか》正直に向かい合わない限りは対処できる。

具体的にはマルスやネムが囮《おとり》になり、リリアやハズキ、ユリスが仕留《しと》める戦法だ。

ユリスは器用で、剣だけでなく弓も使えるし魔法もある程度使える。

様々なことを器用にこなせるオールラウンダーなのは、きっとクルーゼの役に立つために色々挑戦したからなのだろう。

表情も硬《かた》いし話し方も硬いが、ユリスには一途《いちず》な健気《けなげ》さが見える。

「今はまだ突破できているが、大火力が必要になったときは私に言ってくれ。本来はクルーゼ様をお守りするための魔法だが、私の『絶対守護領域』ならば魔法を練る時間は作れる」

「はいっ！　便利な魔法ですよねぇっ！　わたしもそういうの使いたいですっ」

「魔力消費は激しいし、私だとせいぜい一日に二度ほどしか使えない。あまり使い勝手のいい能力ではないよ」

「いざってときに全員を守れる能力ってだけで助かるよ。何かのミスでピンチになることもある」

空気こそ多少緩《ゆる》いが、ここまでくると皆の中に緊張感がある。

アンデッドの存在が自分たちの不吉な未来を予感させるのだ。

「にゃあにゃあ。また二人ズルズルが来るにゃ。たぶん強いやつだと思うにゃ。動きがしっかりしてるにゃ」

「キリがありませんね……ここ最近は走る者まで現れて戦慄《せんりつ》します」

「走るゾンビは邪道だよな……」

「？」

欠損のないアンデッドは、この階層まで来ると平然と走る。

動きも機敏なので脅威度は高い。

「どうしますっ？　わたしの魔法で遠くから倒しちゃいますかっ？」

「いや……できるだけハズキちゃんの魔力は温存しておきたい。トドメ以外は俺がやる。あまりいいことじゃないけど、人を斬《き》るのに慣れておきたいんだ、できるだけ」

嫌悪感を忘れるべきでないと思うも、その感情はリスクにもなる。

もはやアンデッドから戻せないとわかっていながらもためらいは消せない。

実際、ここに至《いた》るまでの間にも何度かひやりとする場面があった。

殺傷を避けることでリスクを抑えてきた一行だが、同時にいざというときに実力を発揮《はっき》できないというリスクを負っていたのだ。

同胞だったものを切り捨ててきたユリスだけが剣筋にためらいを乗せない。

「ユリス、貴方《あなた》も弓を構えてください。姿が完全に確認でき次第《しだい》射抜《いぬ》きますよ」

「ああ」

視力のいいマルスとリリアにだけ二人のアンデッドの影が見える。

どちらも損傷は少なく、顔はかなり生前の形を保っていた。

——かなり強めのアンデッドだな。歩き方も明らかに剣をやってたやつの動きだ。

一人は男。

青い長髪の、背の高い男だ。両手に長剣を持ち、白い甲冑《かっちゅう》姿だった。

胸に剣が二本突き刺さっており、死因は明らかである。

もう一人は女。

こちらは肩くらいまでの長さの黒い髪をしていて、手には杖《つえ》。

服装はロングスカート。肩には短い赤いローブを羽織《はお》っていた。

胸には銀色のペンダント。そしてその下には男の腕が通るだろう大穴がぽっかり開いていた。

——まさか。

女のアンデッドの顔を見て、マルスの全身が凍《こお》りつく。

マルスが気づいた直後、カラン、と杖が地面に落ちた音がする。

振り向くとハズキが真っ青な顔で硬直していた。

そう、アンデッドの女の顔は、毎日見ている人物——ハズキの顔によく似ていた。

「お、おとうさん、おかあさん……」

想像だけであってほしかった悲劇が人の形をしてマルスたちに歩みを進めていた。

第16話

ボロボロと泣き始めたハズキからは、戦意は微塵《みじん》も感じられない。

目の前にいるのは十年以上も前に生き別れた両親なのだから、無理もなかった。

「や、やだっ、やだっ……！」

「――ハズキ！　しっかりなさい！　立って戦うのです！」

リリアがその場にうずくまってしまったハズキに檄《げき》を飛ばす。

残酷な言葉だとわかってはいる。しかしこれまでと本質的には同じなのだ。

――アンデッドは人間には戻らない。

これればかりはどうあがこうと解決しようのない問題だ。

「ハズキ、貴方《あなた》までああなるのは許しませんよ！」

「でも、だって、おとうさんおかあさんですもんっ……」

「――もう違うでしょう！」

目元を赤くしながらリリアは厳しい言葉を投げ続ける。

感情に引きずられていては、ハズキだけでなく全員が危険に晒《さら》される。

──倒してしまっていいのか。

ハズキちゃんが自分で乗り越えるべきなのではないか。

マルスは悩みに悩んで、結論を先延《さきの》ばしにする。

「ネムちゃん、ユリスさん！　押さえるのを手伝ってくれ！」

ハズキは仕方ないとして、リリアも戦闘に参加するのは無理だろうと思った。

喧嘩《けんか》ばかりしているように見えても、リリアにとってハズキが大切なのは明らかだ。

感受性の高さが今回ばかりは仇《あだ》になっている。

残酷な光景を見せるくらいなら、リリアの宝物庫に二人とも避難してくれる方がまだいいとも思う。

甲冑《かっちゅう》のアンデッド──ハズキの父は両手の長剣を振り回し、マルスたちの動きを止める。

一刀一刀が重い。

剣で受け止めるマルスだが、最適に動いたつもりでも衝撃はすさまじく押され気味になる。

甲冑を着込んだ大男とは思えないほど、ハズキの父の動きは速い。

強靭《きょうじん》な脚力で距離を急激に詰め、長いリーチで長剣を繰り出してくる。

肉体的能力にまかせた動きだが、シンプルゆえに対策が難しい。

それでも破壊する前提ならばやりようはいくらでもある。

腕や足などの破壊に集中すればいいのだ。

だがハズキの父親だと思うと、思考も剣も鈍《にぶ》ってしまう。

「くっ……！　魔法の速度が速い！　気をつけろネム！」

「にゃあああ！　いいにゃ⁉　倒してもいいのかにゃ⁉」

押さえろ、と命令したものの、それでは何も解決にならないと皆がわかっていた。

ハズキの魔法の才能は母譲《ゆず》りだったらしく、杖を向けられた瞬間に魔法の熱線がユリスやネムをかすめる。ラグがほとんどない。

全員が混乱していた。

唯一《ゆいいつ》冷静だったのはユリスだ。

ハズキとの付き合いの短さが結果として幸いした。

「杖を奪うか破壊しろ！」

「ど、どうしたらいいにゃ⁉　難しいことはわからないにゃ！　教えてにゃ！」

「声の魔法を使え！」

「『にゃあああああ！』」

ハズキの母のアンデッドに向け、ネムは大声を発する。

ビリビリビリ、と空気が振動し、右腕ごと杖が崩壊《ほうかい》した。

その気になれば全身を同じように破壊できただろうが、ネムにしてもそれは本意ではなかったのだろう。

「――私がやる」

トン、と踏み込み、ユリスはマルスにもらった剣で突撃していく。

高度に魔法を使いこなすアンデッドが残っていれば、あっという間に全滅してしまう可能性もある。

冷静に考えるならばやるしかないのだ。

「ま、待つにゃ！　ユリスがやっちゃダメにゃ！」

「なっ、何が言いたい⁉」

ネムはユリスに飛びつき、後ろで泣いているハズキとリリアのもとまで突き飛ばす。

そして地面に落ちていたハズキの杖を拾い、ハズキの顔をひっぱたく。

「ハズキにゃんがやれにゃ！　ネムには難しいことはわからにゃいけど、たぶんほかの人がやっちゃダメにゃ！」

「ネムちゃん……」

頰《ほお》を叩《たた》かれたハズキは、目を丸くしてネムを見上げる。

叩いたほうのネムも泣いていた。

この時点で、誰もがハズキがやらねばならないと理解していた。

「ハズキ。辛《つら》いのはわかります。泣きたいのだってわかります。こんな再会、残酷すぎますから。世界を呪《のろ》いたいでしょう。でも、今ではありません」

「ユリスさん、『絶対守護領域』の魔法、お願いできますか？　――わたしがやります」

ゆっくりふらつきながら立ち上がるのを、リリアとネムが支える。

震えた足が痛々しい。

「距離を取って戻る！　あと五秒――三秒待ってくれ！」

彼女たちに注目が集まったため、マルスがハズキの両親の相手をする。

母のほうは杖を失い魔法の能力値《ち》はかなり下がっていたが、父のほうは相変わらず強い。

二対一、それも倒してはいけないとなるとさすがのマルスも長持ちしそうになかった。

戦いのさなか、ハズキの母がぶら下げている銀色のペンダントが気にかかる。

父のほうを思い切り蹴飛《けと》ばすと、マルスは母のほうへ跳《と》び、ペンダントを傷つけないようにして奪った。

そして着地と同時にハズキたちのそばに向かう。

「『絶対守護領域』！　――長くはもたないぞ」

直径三メートルの魔法のドームができ、その中に全員が入る。

支えられて立っていたハズキは一歩前へ出た。

「はい。みんな、ご迷惑おかけして申し訳ありませんっ！　――わたしは墓守《はかもり》の一族。おとうさんもおかあさんも見てます。わたしがやらなきゃいけないんですよね」

眼前にハズキの両親のアンデッドが迫る。

見る影もないだろう、生者を求める姿が哀《あわ》れだった。

「昔おかあさんたちがここに来る前、最後に教えてもらった魔法を使います。その時は全然うまくできなかったんですけどねっ。――約束したんです。今度帰ってきた時には、ちゃんと使えるようになってますって。見せるって。だから……」

マルスたちからはハズキの後ろ姿しか見えない。

泣いているのはわかった。声が大きく震えていたから。

ハズキは『絶対守護領域』を叩く母の手のひらに自分の手を合わせた。

大きさは同じくらいだった。

「わたしも大きくなったんですねぇ……最後に会ったときは、おかあさんの手のひらの半分くらいだったのに」

領域の維持《いじ》は一分前後しかない。

時間的余裕はない。だが誰もこの別れを止めようとはしなかった。

「おとうさん、おかあさん。わたしは大きくなりました。友達もできたし、好きな人もできました。お料理は上手にできないけど、お裁縫《さいほう》はとっても上手になったんだよ？　魔法だって、おかあさんに負けないくらい……」

俯《うつむ》いてどんどん声が小さくなっていく。

足元にボロボロと涙が落ちていった。

「本当はちょっぴり今でも寂《さび》しいけど、わたしはもう大丈夫だから」

アンデッドには生前の魂《たましい》が囚《とら》われているという。

技《わざ》や魔法がそのまま使えるのも本人のそういった経験が残っているからなのだとハズキは言っていた。

「――紅蓮《ぐれん》の方陣『白炎浄葬《はくえんじょうそう》』……おやすみなさい。おとうさん。おかあさん」

ハズキを中心に、オーロラのように揺らめく真っ白な炎が広がっていく。

瞬時に燃えて崩《くず》れていく両親のアンデッドは、最期《さいご》に笑ったように見えた。

白炎が消え、『絶対守護領域』も消える。

両親のアンデッドのいた痕跡《こんせき》はもうどこにもない。

彼らの大事な子供だったであろうハズキだけが彼らがこの世に残した痕跡だった。

「先に進みましょうっ。最後にお別れできてよかったですっ」

真っ赤な目をしたハズキはくるりと振り返り、いつもの明るい口調で笑顔を見せる。

無理をしているのは誰の目にも明らかだ。

全員が暗い顔をしているから、これ以上暗くならないように気を遣《つか》っているのだろう。

リリアはそんな痛々しいハズキを抱きしめ、胸に顔をうずめさせて言う。

「泣いていいのですよ。普段は欲求に素直なくせに、こんなときに我慢《がまん》するんじゃありません」

「ふえ、う、うぇぇぇん！　おどうざんっ、おがあざんっ！」

リリアにしがみつき、ハズキは大声で泣いた。

第17話

「ハズキちゃん、これ。お母さんがつけてたペンダント」

開閉式のペンダントの中身は、ハズキの両親と幼少期のハズキの家族写真。

母親の足にしがみつき、顔を半分だけ出しているハズキが写っていた。

「こんなの撮ってたんですね……全然覚えてないです。この頃からわたしは引っ込み思案だったんですねっ……」

「これしか回収できなかったんだけど……形見《かたみ》になるかなと思って」

ぽろ、と涙を流した後ハズキは無理に笑ってみせ、首にそのペンダントをぶら下げ、大事そうに服の中にしまう。

「すっごく悲しかったですけど、ちゃんとお別れできたのも、約束を守れたのもよかったですっ。どんな形でももう一度会えましたしねっ！」

「少し休もう。俺は外にいるから、みんな宝物庫の中に入ってて」

「ご主人様も入っては？」

「いや、少しだけ一人になりたいんだ」

「ネムも外にいるにゃ」

マルスとネムだけが外に残り、警戒《けいかい》しつつリリア、ハズキ、ユリスを休ませる。

ユリスの『絶対守護領域』は再び使用可能になるまで三時間ほどかかってしまうから、そのチャージ時間も考慮した休憩《きゅうけい》だ。

「ネムちゃん、ありがとう」

「にゃ？」

「ハズキちゃんに自分でやれって言ってくれて。俺も思ってたけど、言えなかった」

「ハズキにゃんはよく親の話してたにゃ。そんなに好きなのにほかの人にやらせたら、絶対あとで嫌な気持ちになるにゃ」

「うん、そうだろうね。——キツかったな……死霊術はこの世界にあるべきじゃない」

最低最悪の魔法だとマルスは強く感じた。

墓守《はかもり》の一族がどうとか、ノルンの呪《のろ》いだとか、そういった事情以前に存在してはいけない。

死霊術師ノルンが動いていようがいまいが死霊術を消滅させるという意思をマルスは完全に固めた。

「どうしてこの階層には魔物もアンデッドもいないのでしょう？」

「わからん……たまたま空白地帯なのか、先にいる王子たちが処理したか」

「私は三度ダンジョンに同行している。その経験では、最下層付近はこのような空気があった」

不気味な平穏《へいおん》さがあった。

悲しい別れの直後なので、ハズキは元気がないままだ。

平静を保っているようで、リリアもショックを受けているのが見受けられる。

「わたしは大丈夫ですよっ。過ぎたことばかり気にしていても仕方ありませんっ！　大切なのは未来ですっ！」

「そうにゃ！　んにゃ……あっちのほうから今音がしたにゃ」

ネムは通路の先を指さす。

「魔物？　アンデッド？」

「たぶん……人間にゃ。——クルーゼの匂《にお》いにゃ！」

「クルーゼ様!?」

「にゃあああっ！　ゆ、揺らすにゃ！」

ユリスはネムの肩を摑《つか》み、前後に激しく揺する。

「マルス！　先を急ぐぞ！」

「わ、わかった」

全員でネムの言った方向へ進む。ユリスは誰よりも速足だった。


近づかなくてもわかるほどの大穴があった。

長方形の大穴は、全長どれくらいあるのかさえわからない大きさだ。

そこが最下層への道――つまりはダンジョンのボスの根城《ねじろ》である。

真っ暗な大穴はまさしく冥界《めいかい》へと続く道といえた。

「クルーゼ様！」

「――ユリス？」

入り口付近に腕に入れ墨《ずみ》の男クルーゼと十人の奴隷《どれい》たちがいた。

一目見ただけでわかるくらい皆、満身創痍《まんしんそうい》だ。

権力者であるクルーゼでさえ、全身に血を纏《まと》い、自《みずか》ら帯剣《たいけん》していた。

「ご無事でしたか！　よかった……」

「貴様、なぜその男と一緒にいる⁉」

「そ、それは……」

置いて行かれたのだから、その後についてクルーゼが指図《さしず》するのはおかしな話だ。

現実問題、マルスが拾っていなかったらユリスは生きていなかった。

「やばそうだったから助けたんだよ。で、一人で行かせるわけにはいかないから一緒にここまで来たんだ」

ギロリ、とクルーゼがマルスを睨《にら》み、次にユリスに同じ視線を投げる。

あろうことか、クルーゼはユリスの顔面に裏拳《うらけん》を本気でぶつけた。

大柄《おおがら》な男の本気の一撃の威力《いりょく》はすさまじく、ユリスは三メートルほど吹き飛んでいく。

「な、何するんだ！」

「我が忠臣のような口ぶりをしておきながらほかの男について回るなど、なんたる恥知《はじ》らずか！　所詮下賤《しょせんげせん》の血は拭《ぬぐ》えぬということか⁉」

血管が引きちぎれそうなほど青筋《あおすじ》を立て、クルーゼは激怒する。

マルスのことは見えていないようだった。

クルーゼからはこれまでの疲れや不満が一気に噴出したように見えた。

要するに、八つ当たりだ。

「ク、クルーゼ様……」

「大丈夫か……？」

ユリスは鼻血を垂《た》れ流し、去っていくクルーゼの背に手を伸ばす。

どうしてこんな男に、とマルスは愚《おろ》かしく感じる。

人の想いが合理で動くわけではないとわかっていても、自分のところにいる方が幸せに生きていける公算は高いはずなのだ。

怒りに任せて先に行ってしまったクルーゼを追い、マルスたちも最深部へ向かう。

クルーゼのあとを黙ってついていくユリスがいたたまれなかった。


「死者の都だ……」

「こ、ここたぶん、大昔の墓守の里ですっ……！　あそこにある祭壇、今はもう壊れちゃってるんですけど、ちゃんとしてたらきっとあの形ですっ……！」

ダンジョンの中に街があった。もはや広さの見当さえつかない。

中央部には台形のピラミッドがあり、囲むように建物が並ぶ。

「街を持ってきた……？　いえ、作ったのでしょうか……？」

「わからん……」

「にゃあ……意味わかんにゃい」

ぽかんと口を開け、みんなでピラミッドを見つめる。

もはや観光に来たような気分だ。

パッと見た感じではボスらしき魔物もいないし、動いているノルンの死体も存在しない。

クルーゼとその奴隷たちはマルスたちの百メートルほど先にいた。

奴隷たちがクルーゼを囲む格好《かっこう》だ。

「何か見つかったか!?」

「…………」

マルスが呼びかけても、クルーゼは何も答えない。

完全に敵認定をされてしまっていた。

「なんだよまったく……みんな俺のそばにいてね。不思議なとこだけど、ここが最下層だと思うから、何が起きるかわからない」

「てっきり本物のドラゴンだとか、伝説級の魔物がいるかと思っていたのですが……不気味なほど音がしませんね」

「ニャオオオンッ！　のドラゴンにゃ？」

「それだったらちょっと可愛《かわい》い気がしますねっ……？」

微妙に緊張感が薄れる。

「？」

「にゃ？」

耳のいいリリアとネムが首をかしげる。

直後、マルスの耳にもシャラン、シャラン、と金属が擦《こす》れるような音が聞こえた。

ピラミッドの頂上に自然と目がいく。

「あれは……⁉」

「──ノルン」

おとぎ話と言えるほど昔の人物なのだから見たことなどあるはずがない。

それでも全員がその人物の正体がわかる。

黒い長い髪を左右に揺らし、金色の長い錫杖《しゃくじょう》をピラミッドに何度も突き刺していた。

錫杖の先端の輪《わ》の部分にある小さなリングがシャラン、シャランと小気味《こきみ》いい音を出しているようだった。

その音が反響して大きくなっていく。

そしてピラミッドの下部から大量のアンデッドが現れた。

これまでのアンデッドと違い、明らかに統率された不死の軍隊だ。

マルスたちとクルーゼたちを囲むように円形に迫ってくる。

「クルーゼ！　状況が状況だから協力しないか⁉　これは本気でまずいぞ！」

「くっ……！　許可する！」

「なんで上からなんだよ！」

「下民！　囲まれたら終わりである！　貴様らも一点突破に協力せよ！　我輩《わがはい》に続け！」

クルーゼが剣を向けた方向はピラミッドのある方向だ。

「死霊術は術者を倒せば止まりますっ！　だから遠くに攻撃できる人はノルンをっ！」

「確かに……何百人いるかもわからない、それもこんな強度のあるアンデッドを相手にしても全滅は時間の問題ですね！」

全力で弓を引き絞《しぼ》り、リリアは頂上のノルンに向け矢を放つ。

音速を超える勢いで放たれた矢は、仲間をはしごのようにして上り飛び上がってきたアンデッドの肉の盾《たて》に突き刺さり、停止した。

「紅蓮《ぐれん》の方陣『炎槍《えんそう》葬送《そうそう》』！」

ハズキの炎の槍《やり》は一直線にノルンへ突き進む。

アンデッドの盾であろうと、それを燃やして勢いを増していく。

魔力を増幅された威力はもはや災害級だ。

これは届き得る――。

誰もがそう思ったとき、事態は急変する。

しかも、最悪の方向に。

「——ドラゴン」

リリアがぼそりとつぶやいた。

羽ばたきの一回で嵐のごとき風を生む巨影。

巻き上がった砂が晴れて、見えたのは、ヒュドラの体格を持ち、俊敏に空を飛ぶ魔物だった。

それがハズキの魔法をあっさり受け止めた。

羽ばたきのたびに肉片が地面に落ちる。

——ドラゴンゾンビ？

マルスの脳裏《のうり》に浮かんだのは、昔やったゲームで出てきたモンスター。

強いモンスターの意識はなかったが、現実に目の前にいるそれはそういった強い弱いの範《はん》疇《ちゅう》にいないものだった。

このダンジョンの本来のボスは、きっとまともだった頃のこのドラゴンなのだろう。

それをノルンが倒しアンデッドにしたのだと思われた。

おそらく、生きていたころよりは弱体化している。

何しろ羽ばたくだけで自分の身体《からだ》を壊してしまうほどなのだ。

だがジャンボジェットが小回りを利《き》かせて飛び、あげく自分たちに敵意を向けているのだから、その脅威《きょうい》は尋常《じんじょう》なものではない。

ノルンを倒すにはドラゴンゾンビも倒さねばならない。

周りのアンデッドの脅威も強大だ。一体一体が平常時のマルスに匹敵《ひってき》する。
――まずいまずいまずい。ここは死地だ。
解決の糸口が一つも見えない。
そうこうしている間にアンデッドたちが包囲を狭《せば》めてくる。
「――マルス！　生きますよ、私たちは！」
リリアが呆然《ぼうぜん》としているマルスに喝《かつ》を入れた。
はっと意識が戻ってくる。
「ああ、そうだな。俺たちは生きる。ここを乗り越えなければ未来なんて摑めない」
宝物庫の中にある武器をすべて地面に出し、突き刺す。
ありったけの魔力を使い、限界数まで『身体強化』を重ね掛けする。
ヒュドラを倒したときの三倍の数で、マルスが一度も使ったことのない領域だ。
そしてそれは人類がたどり着いたことのない領域でもある。
自分の身体がどうなるのか予想できない。
それでもここが踏ん張りどころだ。

第18話

空にはドラゴン。

地にはアンデッド。

天地問わず死地である環境で、生と死の間に皆がいた。

未来を夢見て歩む者たちと、過去に囚《とら》われた者たち。

命運を分かつのはいつだって前向きな生きる意志だ。


『ずっと俺のそばにいろ。この寒々しい王宮で、こんなに人がいる王宮で、俺の味方はお前だけなのだ』

クルーゼとマルスの中間地点で、ユリスはクルーゼとの約束を思い出していた。

マルスといる時間は素直に心地よかった。

力を抜いて笑うこともできたし、きっとこういうのが幸せなのだろうと感じもした。

不満があったわけでもない。

しかし死を前にして思い出すのは、クルーゼと過ごした楽しかった日々の思い出ばかり。

王宮から抜け出し屋台で食べた食べ物の味、眺《なが》めた夜空の匂《にお》い、引かれて歩いた手の温度。

黄金の日々は過去にしかない。取り戻すことはできない。

わかりきっていながら間違った方向に進んできた。今、その清算が始まろうとしている。

たとえ結果がどうなろうとも、もうこの意志は揺らがない。

──私はユリス・ハウ。

クルーゼ様に拾われ、クルーゼ様とともに歩む者。

世界が燃えようとも、世界中のすべてがクルーゼ様の敵になろうとも、私だけはそばにいる。

──ずっと好きでいられたのは、片思いだったからだ。

「ユリス、こっちくるにゃ！」

「危ないですよっ！」

ネムとハズキがユリスを呼ぶ。

彼女たちにとってユリスはすでに仲間だ。

「──そっちには行けない。私はやはり、クルーゼ様とともにいたいのだ」

泣き笑いの表情で決別を口にする。

非合理な選択だ。大切にしてくれる人たちのもとを離れ、生き残っていたことを喜ぶどころか叱責《しっせき》する人物のもとへ戻るのだから。

「ダメにゃ、絶対ダメにゃ！　死ぬにゃ⁉」

「ユリスさん！　俺が何とかするから、こっちに！」

「一緒にいたいと言ったでしょう！　――自分も料理をおぼえると、私と一緒に作るのだと！」

「一緒に行きましょうよっ！」

口々にユリスを引き留める。

――私は幸せ者だな。人生の最後で、素敵《すてき》な出会いが与えられた。

こういう時は……そうだな、笑顔でいるべきだろう。

今生《こんじょう》の別れとなるだろうと悟りながら、ユリスは満面の笑みでマルスたちに言った。

「マルス、お前にはたくさんの味方がいるだろう？　たくさんの者に愛されている。――あの方には私しかいないのだ。だから……一緒には行けない。……ありがとう。お前たちが望みを叶《かな》えて幸せになることを祈っている」

言い残し、ユリスはクルーゼに向かい走っていく。

◇

――見つけた！

あれさえあれば、このアンデッドたちも我が配下に加えることすら可能！

死霊術師ノルンでさえも……！

国に帰ったらすぐに父上も兄上たちも殺そう。

国を平定したらすぐに世界もこの手にしよう。

我が覇道《はどう》を邪魔する者はノルンを従えてすべてアンデッドにしてしまおう。

煮えたぎる野心で心が躍《おど》る。

子供の頃の夢だった平穏《へいおん》な世界など頭をよぎることすらなかった。

平和を得るために脅《おびや》かされない地位が欲しかったはずなのに、いつの頃からか人の上に立つことを優先するようになった。

手段であったはずの地位獲得が目的にすり替わっていたのだ。

予定通りに進んだ人生のスケジュールが、元来持っていた覇者《はしゃ》の狂暴な遺伝子を呼び起こしたのである。

母の死を悲しみ、赤毛の幼馴染《おさななじ》みを大事に思っていたクルーゼはもうとっくの昔に死んでしまっていた。

増長しきった自意識と否定されない環境、数多《あまた》の成功体験がクルーゼに過《あやま》ちを気づかせない。

ピラミッドの方へ走るクルーゼは、途中で大声を出す。

「奴隷紋《もん》をもって命ず！　『我輩《わがはい》が攻撃するアンデッドを破壊せよ！』」

クルーゼが跳《と》びかかるアンデッドは、手に金色の小さな杖《つえ》を握っていた。

それは『支配の王笏《おうしゃく》』。クルーゼの求める王位の証《あかし》だ。

かつての王のアンデッドがノルンに指揮されて戦列に加わっていた。

奴隷《どれい》たちは周囲のアンデッドを蹴散《けち》らしながら目的のアンデッドを破壊する。

だがそれは決死の攻撃であった。

腕が折れ、足が折れ、すぐさま別のアンデッドに囲まれて奴隷たちはその餌食《えじき》になっていく。

そんな中、クルーゼだけは目の色を変え『支配の王笏』を奪い取り、天に掲《かか》げる。

このダンジョンの戦利品は今までの比ではないはず。

——楽しみだ、ああ、楽しみだ！

「クルーゼ・ラオファイトが『支配の王笏』をもって命ず！　アンデッドどもよ、我が軍門に下《くだ》れ！　ははは、はははははっ！」

勝利した。そんな態度でクルーゼは高笑いする。

『支配の王笏』は、一種の洗脳魔法を発動できるアイテムだ。

所持者に対し好意を抱き、自発的に協力を促《うなが》す強力なアイテムである。

言うなればどんな者でもユリスのように忠実な部下になるのだ。

ぴたり、とアンデッドたちの動きが止まる。

支配を確信し口元を緩《ゆる》めると、胸に熱い何かを感じた。

最初は感情の高ぶりが生んだ熱かと思った。

「は……？」

自分の胸元を見ると、白かったはずの服が真っ赤に染まっている。

そして錆《さ》びた鉄が右胸の下から伸びていた。

「なんだこれは」

ずず、と鉄が伸び、三十センチほど身体《からだ》から突き出ていた。

剣である。認識すると、全身に雷《いかずち》が落ちたごとき痛みが走る。

「ひゅっ……な、なぜだ、支配しているはず」

肺を貫通しているらしく、空気が漏《も》れて呼吸が上手《うま》くできない。

事態を把握《はあく》できずにいると、アンデッドが次々とクルーゼの身体に剣を刺していった。

『支配の王笏』は精神支配の魔法を使えるアイテムだ。だがそれはあくまでも生者に向けたもの。アンデッドは知性こそ残るものの元の人間の精神は残っていない。支配するものが不在なのだ。

第一、持ち主であるかつての王が死んで戦列に加わっているのだから、効力を発揮しないということは平常時のクルーゼならすぐに見抜けたはずだ。

見抜けなかったのは、疲労と目的の達成感のせいだ。

「だ、だれか……ひゅっ……だれかいないのか」

感覚を失っていく身体を必死に支え、霞《かす》む視界で周囲を探す。

奴隷たちはこれで攻略だと思い、自分で使いつぶしてしまった。

マルスたちは同じように戦闘中であるし、何より助けてくれる理由が全くない。

自分の周りを囲むのは敵しかいない。

感覚の消えた足が曲がり、地面に倒れ込む。

――寒い。寒い。誰かいないのか。誰も我輩の、俺の味方はいないのか。

俺の味方でいてくれる人がいたはずだ。ずっといつもそばにいた人が。

「ごぼっ……——ユリス」

　血とともにその名を吐き出した。

「はい。ここに」

　白んだ景色に見慣れた赤毛が映る。

　ぽたぽたと温かいものが顔に落ちているのがわかる。

　幻影かと思ったが、感じる温度は本物だ。

「泣いているのか」

「いいえ」

　死に瀕《ひん》したクルーゼには周囲の状況がわからない。

　霞む視界は目の前の女だけをぼんやりと捉《とら》えていた。

　自分に覆《おお》いかぶさるユリスの背中に無数の剣が刺さっていることもわからない。

　顔にこぼれたものは涙ではなく、ユリスの口から流れ落ちた血だった。

「どうして来た?」

「約束……しましたから。私だけはずっとそばにいると。味方だと」

「我輩は、——俺はお前に味方してもらえるような人間じゃなかったな」

「いいえ。そんなことありませんよ」

　最後の力でアンデッドを突き放したユリスは、『絶対守護領域』を展開し、クルーゼと二人きりの空間を作り出す。

一分間しか持たない二人きりの世界だ。

アンデッドの攻撃がなくなったことで、クルーゼもユリスの魔法だとわかっていた。

二人とも肺を負傷しており、呼吸は満足にできないし、会話も不自由だった。

それでもお互いが何を言いたいのかわかる。誰よりも付き合いが長いからだ。

「……俺は愚《おろ》かだった。望みすぎた。お前と二人だけでよかったではないか。こんなにも暖かいではないか」

「そうかもしれませんね。覚えていますか？　クルーゼ様が私を拾ってくれた日のことを。このユリスという名前をくれた日のことを」

「ああ。——実を言うと、一目惚《ひとめぼ》れだった。気づいたのはあとのことだったが」

「そうなのですか？　私の方もそうでした。ずっとずっと、あの日から愛しています。だから、私はあなたが何をしても味方です」

「——なんだ、俺が欲しかったものは最初から持っていたのか。帰る場所。母だけだと思っていたのに」

「遠くまで来てしまいましたね。——新しい友人に言われました。気持ちは素直に言うべきだと。愛しています。何があっても」

「——ごめん。たくさん傷つけた。お前だけが味方だったのに」

「許します。——さぁ、眠りましょう。今日は冷えますね。暖かくして、また明日出かけましょう。旅はまだまだ終わりませんよ」

「…………」

「おやすみなさい。また、いつか。今度は穏《おだ》やかな場所に行きましょう……」

火の攻撃魔法を自分に放ち、ユリスは震える身体を無理矢理動かす。

アンデッドになどなりたくないしさせたくない。

肺の損傷《そんしょう》はお互いに深刻で、もう何度かしか呼吸できそうにない。

ならばせめてと思い、冷たくなったクルーゼの手を握り、かすかな呼吸が残る唇《くちびる》にユリスは口づけする。

キスなどすれば呼吸ができなくなるのはわかっていた。

わかっていても、最期《さいご》は愛する者の体温を感じていたい。

重なり合った二人の呼吸は、やがて静かに止まった。

第19話

「ドラゴンは任せてくれ！　みんなはアンデッドを！」

——ユリスたちが死んだ。

囲まれていた『絶対守護領域』が消え、炎が上がったのを確認し、みんながそれを理解した。

悲しんでいる暇《ひま》はないのも理解していた。

自分たちだって数分後にああなるかもしれない。

マルスは己《おの》が陣地のように広げた魔法の武器をドラゴンゾンビに投げ始める。

自分の運動と質量にすら耐えられないほど脆《もろ》い身体《からだ》ならば、羽の皮膜《ひまく》に剣を当て続ければ落とせる公算は高い。

今までの限界の三倍の力で一本目を投げつけ、次いで二本、三本と続ける。

両腕を使い隙《すき》を見せないようにした。

剣を投げると戦闘機が通ったかのような空気の割《さ》ける音が鳴り響いた。

ズドン！　とドラゴンの胴体部に当たった炎や雷《かみなり》の属性を持つ魔法剣たちは、ドラゴンの身体を貫通し、勢いそのまま遙《はる》か高い天井に突き刺さる。

腹と羽、頭がそれぞれ一本ずつで破壊された。

「上手《うま》くいった……!?」

想像以上の戦果とともに、想像以上の損傷がマルスの全身を覆《おお》いつくす。

両腕はしばらくまともに使い物にならない。

「マルスさんっ！　ある程度は倒せましたから、ノルンを！」

「は、早くやっつけてにゃ！」

「私もともに参ります！」

リリアが足止め、ネムが声で破壊、ハズキが焼却と連携《れんけい》し、アンデッドの大半は無力化に成功していた。

残るはノルンだけ。だがしかし、そのノルン一人ですべての戦力より上だ。

シャラン、シャラン、と音がする。

音の出どころ、ピラミッドを見ると、ノルンが階段をゆっくり降りてマルスたちのほうへ向かってきていた。

「なぜ、邪魔をするの」

「話せるのか……?」

「なぜ、邪魔をするの。お前たちのせいで妾《わらわ》の力のほとんどが失われてしまった」

同じ言葉を何度も繰り返し、ノルンは近づいてくる。

言葉を発してはいるが、会話ができるかは怪《あや》しい。

見た目は若い女だ。ただし人間ではない。

真っ黒な髪に蠟《ろう》のような白すぎる肌《はだ》、そしてドブ川のように濁《にご》った眼《め》が狂気を十分すぎるほど表現している。

「憎《にく》い。憎らしい。なぜお前たちは一人ではないの」

「……？」

「妬《ねた》ましい……なぜ妾だけが不幸なの。お前たちのせいでまた一人になってしまった」

マルスは痛みをこらえ、剣を構える。

ノルンは特別なアンデッドのようだが、会話をする気が全くなさそうだった。

説得なんてことはできないだろうし、結局破壊しない限りはハズキの一族の呪《のろ》いは解けない。

「妾は恋焦《こ》がれていた者を蘇《よみがえ》らせたいだけ。それなのにそれだけなのに」

早口でぶつぶつとつぶやき続ける。理性があるようには見えなかった。

動機は理解できる。街を再現している理由もわかった。恋人が帰る場所を用意したのだ。

まず、ノルンといえどアンデッドだ。その本能には生者への憎しみと嫉《しっ》妬《と》が存在する。

「死霊術が使えるのだから使って何が悪いのだ。掟《おきて》？　ふざけるな。妾の里なのだから妾が決める。だというのにだというのにだというのに！　あろうことか妾を殺しおった！」

突如《とつじょ》激高するノルンに身構える。

元からこうであったのかは知らないが、いきなり感情が動くのは苦手なタイプだ。

「あははは！　だから同じ苦しみを味わわせてやったわ！　愛する者を作れず、血が絶えていく呪いを！」

「もういいだろ。──終わらせよう」

最初は哀《あわ》れな被害者だったのかもしれないが、今のノルンは無差別に死者を増やす危険な存在だ。

誰より、一番解放してあげるべき存在がノルン本人だとマルスは思った。

おとぎ話になるほど昔からずっと同じ人を思い続け、復讐《ふくしゅう》や嫉妬などの負の感情だけで動いているだなんて、可哀相《かわいそう》にもほどがある。

「大罪人、死霊術師ノルン。あなたを斃《たお》すのは、やっぱり子孫であるわたしですっ！　マルスさん、ここは任せてくださいっ！」

「大丈夫なのか⁉　魔術師としてはノルンのほうが……」

ここまで強大な魔術師相手に勝負ができるのだろうか。

マルスが心配すると、リリアが肩に手を置く。

「問題ありません。──彼女にはほとんど魔力がありません。アンデッド化にすべてを注いでいたのでしょう。ダンジョン全体で何千体いたのかわかりませんが、ノルンが自然回復しないアンデッドである以上、もう枯渇《こかつ》しきっていますよ。攻略そのものが彼女の力を削《そ》いでいたのです」

「おとうさんとおかあさんの仇《かたき》、取らせてもらいますっ！　紅蓮《ぐれん》の方陣『白炎浄葬《はくえんじょうそう》』！」

最後の最後はあっけないものだった。
ノルンは一切の抵抗を見せず、燃え尽きた。
声は聞こえなかったが、「ありがとう」と口が動いたように全員が感じていた。
ノルン自身、死霊術に魂《たましい》を囚《とら》われていたのだろう。
それでも止まれなかったのだ。
愛情も一種の呪い。ノルンにとっての死霊術は、誰も幸せになれない恋のお呪《まじな》いだ。

エピローグ

ノルンを破壊したことで、アンデッドはすべてただの死体に戻っていった。

「ユリスさん……」

「……この『支配の王笏《おうしゃく》』は持っていこう。どこかで彼女たちの国に寄ることがあれば形見《かたみ》として渡す」

「——私たちといればよかったのに」

「にゃあ……知ってる人が死ぬのはイヤにゃ……」

ユリスとクルーゼのいた場所に残っていたのは二人の身に着けていた金属類だけだった。

マルスはその中から『支配の王笏』を拾い、ネムがユリスがつけていた指輪を拾う。

悲しい気分ではあったが最終的にこうなる気もしていた。

「身体《からだ》はないけどお墓を作ろう。こんなところで申し訳ないけど」

「短い間でしたが仲間でしたからね。ですが、死に際の彼女は満足して逝《い》ったのではないでしょうか。根拠なんて何もありませんけれど、そんな気がします」

簡素に墓を作り、クルーゼとユリスの剣を突き刺す。

せめて死後は一緒にいられるようにと、墓は一つしか作らなかった。

すべての死体を埋葬し終え、一同はピラミッドの中に入っていく。

中にあったのは黄金の扉。そこが宝物庫であることは明白だった。

「開けるよ」

「はいっ……！」

「どうか、どうか【禁忌《きんき》の魔本】がありますよう……」

「金ぴかにゃ！」

少し押すだけで、ゴゴゴと自動で開いていく。

入り口の燭台《しょくだい》に火を灯《とも》すと全体がまばゆい黄金の光に包まれた。

「すごっ……」

「『セクメト』の五倍、いえ、十倍はあるかもしれませんね……！」

「ほぇー……び、びっくりしすぎて、ちょ、ちょっとおしっこ漏《も》れちゃいましたっ……」

「ゴハン食べ放題にゃ……？」

「ご飯ならきっと千年は毎日腹いっぱい食べられると思う……」

金額にして数十億円相当の財宝が適当に天井まで積まれていた。

それもマルスが適当に見繕《みつくろ》った金額でしかなく、実際にはもっとありそうな気配もあった。

「宝より【禁忌の魔本】を探そう！　読んじゃダメだよ⁉」

「わかってるにゃ！」

宝物庫の中は広大で、サッカーグラウンド級のサイズだ。

「ひかえおろうにゃ！　ネムは王様にゃ！」

「は、ははーっ！　でもでもわたしも王様ですっ！」

「にゃ⁉　どっちも王様にゃ⁉」

ネムとハズキは落ちていた王冠を被《かぶ》り、金貨の山の上で小芝居《こしばい》をして遊んでいた。

マルスは宝物庫の一角に少し不釣り合いな空間があるのを見つける。

木製の机が置かれている質素な場所だ。

「ご主人様！　この本棚に並んでいるのはすべて【禁忌の魔本】です！」

「ホントか⁉　よし、さっそくチェックしよう！」

リリアとの寿命《じゅみょう》差をコントロールできる【禁忌の魔本】があることを祈り、マルスとリリアは背表紙のチェックを始めた。

まず一冊目は、夢幻の宝物庫の拡張ができる本。

透明になれる魔法。弱点がわかる魔法。分身の魔法。短時間の空中歩行の魔法。

そして様々な攻撃魔法などの本が十数冊。

最後の一冊は、ノルンの手記のようだった。

「――ない」

「ここもダメでしたか……」

七大ダンジョンまでやってきて不発。これには落胆《らくたん》を隠せず、マルスとリリアはうなだれて座り込んだ。

ぐす、とリリアは泣き出してしまう。

「こ、このノルンの手記に何か書いてないかな？」

ノルンの手記には、亡き恋人に対する熱い思いが綴《つづ》られていた。

その恋人の死体はすべて灰《はい》になってしまっていて、このダンジョン内に撒《ま》かれてしまっているようだった。だからノルンはここまでたどり着いているのに外に出なかったらしい。

蘇生《そせい》の構成要件として死体が絶対に必要なのだ。

死霊術はアンデッドを作るだけで、蘇生には至《いた》らないこと、自分自身の完全蘇生すらできないことが書かれていた。

最初は正気を保っていたのかもしれない記述が多かった。

死霊術の改良のためにダンジョン内でアンデッドを作っていたらしい。

行き詰まって糸口がつかめないと記述されてからは、文章が崩《くず》れ、文字も適当になっている。

人が壊れていく過程が見えて憂鬱《ゆううつ》になった。

この先、自分たちも同じようにならない保証はない。

「存在しないのでしょうか、寿命の操作の魔法は……」

「ちょっと待って。ノルンも寿命を操作する方法を考えてたみたいだ」

マルスは重要と思われる記述を読み上げ、全員に聞かせる。

「迷宮というものが世界で初めて確認されたのは、およそ千年ほど昔にさかのぼる。全世界に同時多発的に出現したのだ。そしてこれは人為的なものであるらしい。妾《わらわ》は出会ったことがないが、どうにも数千年の時を生きている人間がいるようだ。人間種の寿命は最長でも百年前後だと考えると、その人物は自《みずか》らの寿命を操作しているに違いない」

リリアが顔を上げ、希望の光を目に携《たずさ》える。マルスもうなずいた。

ノルンの場合は死者――寿命ゼロの者に寿命を与えるというアプローチで考えていた。

「これは妾の推測《すいそく》でしかないが、その人物こそが迷宮を制作し、本棚にあるような超常魔法の込められた魔本を置いているのではないかと思われる。目的こそわからないものの、その人物の領域にたどり着くための試練が迷宮の存在意義であり、また、魔本がその人物に追いつくための力の供与《きょうよ》なのかもしれない。肉の身体を取り戻すことがあれば、妾もここを出てほかの迷宮に完全な蘇生術を探しに行くべきなのだろう。――この話、聞いたことある？」

「ありません。ノルンの時代は大昔ですから。その時代よりさらに千年前からダンジョンは存在したのですね」

「――可能性はまだある。ほかのダンジョンに行ってみよう」

ダンジョンを作り【禁忌の魔本】すら制作している人物――ダンジョンマスターの存在が本当ならば、そしてノルンの言うようにあえて力を供与しているのだとすれば、可能性は十分残されている。

それどころか今まで以上に可能性は高まった。

「にゃあにゃあ。地図が貼《は》ってあるにゃ」

に赤い丸がしてある。

「これは……世界地図？」

　ネムに引っ張られていった先の机の上に古びた地図が貼ってあった。現在地とほかいくつかに赤い丸がしてある。

「いえ、どこかおかしい気がします」

「……？　なんか多い気がっ？」

「ノルン大墳墓《ふんぼ》、レガリア大火山、クロートー大神殿跡……この印《しるし》が付いている場所はおそらく七大ダンジョンですね。ですが……二つ、現在言われているものと違う場所があります」

　リリアが指さした場所は海の中にある赤い丸と、どう見ても空を示している赤い丸だ。

「これは海の中と空ってことか……？」

「ノルンの時代の難関ダンジョンはここだったということなのでしょうが……どちらも行く手段の段階で詰んでしまいますね。だからほかのダンジョンに変わったとか？」

「うーん……なんか神秘めいててそれっぽいんだけど、そこに欲しいものがあるとは限らないんだよな」

　消された七大ダンジョン。それにどのような意味があるのかは推測しかできないが、行く手段が存在しない以上はほかを攻略していくしかない。

「手近なところから頑張っていきましょう」

「だな」

　今回は目的の魔法を手に入れることはできなかったが、旅を続けていればいつか。

「そういえば、マルスさんはここを出たら英雄とかって呼ばれちゃったりっ？」

「しっくりこない響きだ……英雄って見た目してないだろ？」

畑でクワを振っていても違和感ない容姿だと自認している。

「もしかしてネムも英雄にゃ⁉　王様にゃ⁉」

王冠を被ったままのネムとハズキはまたはしゃぐ。

するとリリアがネムの王冠を取り、マルスの頭に被せた。

「お似合いですよ。――国を作っては？　今回の戦利品、そして今後の戦利品を原資に、ご主人様の理想の国を」

「え？　俺が？　いやいや、無理だよ」

真面目《まじめ》なリリアの目つきに気圧《けお》される。

冗談ではないと言いたい顔だった。

「異種族でも誰でも大丈夫な国を作るのがいいと思いますっ！　国民の条件は『みんな仲良く遊びましょう！』」

「みんな遊んでたらすぐ滅ぶんじゃないかにゃ？」

「そういう意味じゃないですよっ！」

きゃいきゃいと騒ぎ始めた二人を見ながら、確かにそんな道もありかもしれないとマルスは思ってしまった。

長く生きるには場所も必要なのだ。

リリアやネムが自分ひとりでも安心して出歩けるような、そんな場所が。

「少し考えてみよう。――とりあえず凱旋《がいせん》と行こうか？　今は国より安全な場所で昼寝でもしたいね、俺は」

「ですね……正直疲れました」

「わたしも色々あったので疲れちゃいましたっ」

「ネムはまだ元気にゃ。オヤツ食べて寝れば頑張れるにゃ」

「それは疲れていますね？」

全員がぐったりして汗《あせ》まみれ。

ひとまずダンジョンの外に出ることにする。

目的は達成できなかった。

救えたかもしれない人は救えなかった。

残るものは宝だけではなかったが、マルスたちはまた歩き続けることを選択した。

旅の終わりはまだ先だ。

あとがき

本作をお買い上げいただきありがとうございます。

皆さまがこのあとがきを読んでいるということは、作者は三巻の原稿に頭を悩ませているころでしょう。

こんな書き出しで文章を始めてみたいと大昔に考えたことがありましたので、今回はこんな始まり方をしてみました。作者の火野《ひの》あかりです。

おそらく大多数の方はこの二巻を読む前に一巻を読んでいただいた方でしょうが、きっと比較してこんな感想を抱いてしまったのではないかなと作者が予想していることがあります。

「エロ少なくない？」「薄くない？」

——申し訳ありません。尺の都合や作中の空気もあり今回は少な目でした……！

新キャラが二人いましたので、その顔見せもありプレイ内容もオーソドックスなものにしました。三巻では関係の進んだ濃いエロ部分もたくさん書けたらと思います。

この二巻は少しだけこれまでの制作スタンスと違うのもエロが少ない理由の一つです。

話は少し変わり、よく勘違《かんちが》いされるのですが、この作品は「小説家になろう」様ではなく、その外部サイトである「ノクターンノベルズ」で掲載させていただいていたものがベースになっています。

いわゆる十八禁のサイトで、官能を主目的にした作品を掲載する場所ですね。

タイトルも『エルフ性奴隷と築くダンジョンハーレム――異世界性事情は遅れているようなので、寝取って仲間を増やします――』というもう少し直接的なものでした。

私が活動している場所がそこなので、これまでの作品はすべて「エロのための物語」として構築してきました。

エロにはシチュエーションが不可欠ですが、突然入る取ってつけたエロでなく、作品全体で大きくエロの必然性とシチュエーションを作っていくやり方ですね。

そうやって生まれた作品でそれを評価されたのですから今後も同じスタンスの維持《いじ》はしていくつもりですが、エロ抜きでの物語としての完成度を上げることも義務だと考えました。

何しろ戦場が違います。必然的に読者層も違います。しかもお金と手間をかけてもらっての出版ですので、好き放題に書いていいＷＥＢとは責任も違います。

ダッシュエックス文庫は官能小説のレーベルではありませんから、ライトノベルの商品として成立させるのが大前提です。

そういう意味で初めて商業を見据《みす》えエンタメに寄せてみた二巻でした。

これを書いている現在も「強みを捨てたのではないか」と不安感自体は存在します。

しかしエロ部分はどうしても話が進まないテンポの悪い部分――言うなれば不必要とも取れる箇所ではあるのですよね。

ストーリーを早く読みたいと感じている時にちょくちょくエロが入ってくると水を差されて

しまったと思う方も少なくないのではないでしょうか。

ギャグマンガのシリアスパートの感覚と言えばわかりやすいかもしれません。

一巻はなるべくテンポを損《そこ》ねないよう中盤付近と後半付近にエロを固める形でした。

どうしても前提となる説明などが増えてしまうのが一巻の宿命でありますから、合間にエロが入ってくると本筋の理解も難しくなってしまうかなと考えての構成です。

今回は一巻を読んでいる前提で書かせていただいたため、舞台設定の前提説明が必要ありませんので散発的にちりばめてみましたが、吉と出たか凶と出たかはこれを書いている時点ではわかりません。

ちょうどいい塩梅《あんばい》は作者もまだ把握《はあく》できていないところがあります。

多少実験的ではありましたが、お楽しみいただけていましたら幸いです。

今回もたくさんの方に尽力いただきました。

企画から見てくださっている担当編集者様に、厳しいスケジュールの中でも期待以上のイラストをくださるねいび様、そして読者様方。

今こうしてあとがきを書けているのは読者様方のおかげです。

望んでも続きを綴《は》ぐことができない作品の多い世の中、重版という貴重な経験もできました。

ぜひぜひ、今後の巻も応援いただけますと嬉《うれ》しいです。

火野　あかり

この作品の感想をお寄せください。

あて先　〒101-8050　東京都千代田区一ツ橋2-5-10
集英社　ダッシュエックス文庫編集部　気付
火野あかり先生　ねいび先生

ダッシュエックス文庫

エルフ奴隷と築くダンジョンハーレム2
—異世界で寝取って仲間を増やします—

火野あかり

2021年5月30日　第1刷発行

★定価はカバーに表示してあります

発行者　北畠輝幸
発行所　株式会社　集英社
〒101−8050　東京都千代田区一ツ橋2−5−10
03（3230）6229（編集）
03（3230）6393（販売／書店専用）03（3230）6080（読者係）
印刷所　株式会社美松堂／中央精版印刷株式会社
編集協力　後藤陶子

ISBN978-4-08-631421-3 C0193

裏切られたSランク冒険者の俺は、愛する奴隷の彼女らと共に奴隷だけのハーレムギルドを作る
柊咲
イラスト／ナイロン

裏切られたSランク冒険者の俺は、愛する奴隷の彼女らと共に奴隷だけのハーレムギルドを作る2
柊咲
イラスト／ナイロン

裏切られたSランク冒険者の俺は、愛する奴隷の彼女らと共に奴隷だけのハーレムギルドを作る3
柊咲
イラスト／ナイロン

裏切られたSランク冒険者の俺は、愛する奴隷の彼女らと共に奴隷だけのハーレムギルドを作る4
柊咲
イラスト／ナイロン

奴隷嫌いの少年と裏切られて奴隷堕ちした美少女が復讐のために旅立つ！　背徳の主従関係で贈るエロティックハードファンタジー!!

エレノアの復讐相手が参加する合同クエストに参加した一行。仲間殺しが多発し、ギルドが疑心暗鬼になる中、ついに犯人が動く…！

『無明の王国』の主となり、死地であった領地を繁栄させようと新大陸へ向かったエギル。愛する者を救い国を守ることができるのか？

王国の地下にある神の湖の封印を解く鍵は、エギルが抱くエレノアたちへの愛!?　裏切られた因縁の地で初恋との決別を誓う第4巻。

ダッシュエックス文庫

◆アズールレーンスピンオフ
アズールレーン Episode of Belfast
助供《すけとも》珠樹《たまき》
制作協力／『アズールレーン』運営
イラスト／raiou

◆アズールレーンスピンオフ
アズールレーン Episode of Belfast 2nd
助供《すけとも》珠樹《たまき》
制作協力／『アズールレーン』運営
イラスト／raiou

◆アズールレーンスピンオフ
アズールレーン Episode of Belfast 3rd
助供《すけとも》珠樹《たまき》
制作協力／『アズールレーン』運営
イラスト／raiou

◆アズールレーンスピンオフ
アズールレーン Episode of Belfast 4th
助供《すけとも》珠樹《たまき》
制作協力／『アズールレーン』運営
イラスト／raiou

大人気ゲーム『アズールレーン』のスピンオフが登場。ロイヤルの華麗なるメイド長、ベルファストのドタバタな日常が開幕!!

ベルちゃん登場でロイヤル陣営はさらに賑やかに！ ベルファストたちの日常を描いた、大人気ゲームのスピンオフ小説、第2弾！

ネプチューンとお茶会を懸けたパンケーキレースや、サフォークが記憶喪失!? そしてメイド隊がアイリス陣営の舞踏会に招待され!?

学園祭の季節。ミスコンが中止となり、ロイヤル陣営は「涙なしでは見れない大傑作のお芝居」を出し物として提案してしまい…？